Leonardo Sciascia:

Das Hexengericht

Drei Erzählungen

Deutsch von Christine Wolter

Deutscher
Taschenbuch
Verlag

dtv

Von Leonardo Sciascia
sind im Deutschen Taschenbuch Verlag erschienen:
Der Tag der Eule (10731)
Tote auf Bestellung (10800)
Tote Richter reden nicht (10892)

Oktober 1988
Deutscher Taschenbuch Verlag GmbH & Co. KG,
München
Lizenzausgabe mit freundlicher Genehmigung des
Benziger Verlags, Zürich
Titel der italienischen Originalausgaben:
‹La strega e il capitano› (© 1986 Gruppo Editoriale
Fabbri, Bompiani, Sonzogno, Etas s.p.a. Milano)
‹I pugnalatori› (© 1976 Giulio Einaudi editore s.p.a.
Torino)
‹Dalle parti degli infedeli› (© 1979 Sellerio
editore Palermo)

ISBN 3-545-36433-X
Umschlaggestaltung: Celestino Piatti
Gesamtherstellung: C.H.Beck'sche Buchdruckerei,
Nördlingen
Printed in Germany · ISBN 3-423-10964-5

INHALT

DAS HEXENGERICHT

Ja, als du erstmals mir erschienen,
hat dein Blick es mir angetan,
dir mußte ich von nun an dienen,
Carmencita,
seitdem gehöre ich dir an!
Carmen, ich liebe dich.

Meilhac und Halévy, *Carmen*

Vorbemerkung

Freunde, Bekannte, Leser meiner Bücher senden mir alte oder aktuelle und persönliche Unterlagen über Vorfälle, in denen Ungerechtigkeit, Intoleranz und Fanatismus (und die Lüge, die diese Dinge zudeckt) eine offenkundige oder, was schlimmer ist, eine verborgene Rolle spielen; und sie hoffen und wünschen, sie könnten mein Interesse erwecken und mich zu einer Bearbeitung anregen, durch die ein «Exemplum», eine Wahrheit ans Licht käme. Das schmeichelt mir sehr, vielleicht ist es das einzige, wofür ich nach dreißig Jahren des Schreibens noch empfänglich bin.
Aber man hat nur ein Leben, und es wird von vielem anderen bedrängt und abgelenkt; daher muß ich die meisten Freunde, Bekannten und Leser enttäuschen, oft schaffe ich es nicht einmal, die mir mit soviel Aufmerksamkeit anvertrauten Dokumente ganz zu lesen. Überdies bin ich kein fleißiger Arbeiter. Ich bin es absolut nicht, ja mir liegt der Gedanke fern, daß Schreiben eine Arbeit ist, und schon der bloße Verdacht würde es mir verleiden. Arbeit ist Dinge tun, die man nicht gern tut; und diese Erfahrung habe ich zwanzig Jahre lang gemacht, während das Schreiben ein Gegengewicht der Ruhe und der Freude für mich war. «Ich tue nichts ohne Freude», sagte Montaigne, und seine Essays sind das heiterste Buch, das je geschrieben worden ist. Auch wenn die Dinge, über die man schreibt, bitter, schmerzhaft und beängstigend

sind, ist das Schreiben immer eine Freude, stets ein «Zustand der Gnade». Oder man ist ein schlechter Schriftsteller. Und nicht nur Gott weiß, ob es die gibt und wie viele, auch die Leser wissen es.

Und nun zu den Unterlagen des Prozesses gegen Caterina Medici. Als Fotokopien und Abschriften lagen sie ungefähr zwei Jahre lang, zusammen mit weiteren Büchern, die mehr oder weniger direkt mit dem Fall zu tun hatten, auf einer Schreibtischecke in meinem Landhaus. Der Prozeß und die Bücher waren mir von meinem Freund Franco Sciardelli übergeben worden, einem Sizilianer, der in Mailand lebt, dieser Stadt mit großer Liebe zugetan ist und für ihre Geschichte ein leidenschaftliches Interesse hegt. Während ich dem Verlauf des Falles nachging, über den ich mich in großen Zügen unterrichtet hatte und der mich interessierte, war es mir gelungen, noch weitere Bücher anzusammeln. Doch Dokumente und Bücher wären liegengeblieben, bis eine (wie stets) unbedachte Hand sie eines Tages entfernt hätte, um Ordnung in meine Unordnung zu bringen – wenn nicht beim Wiederlesen der *Verlobten* meine Aufmerksamkeit im XXXI. Kapitel hartnäckig wie die Nadel eines Plattenspielers, die immer dieselbe Rille durchläuft, bei dem Satz hängengeblieben wäre, in dem Manzoni mit seinem Tadel an Settala den schrecklichen Fall in Erinnerung ruft. Da brach das Interesse an dieser Sache wieder hervor, dringlicher, beinah manisch: und innerhalb von drei Wochen entstand diese Erzählung. Als eine leise Ehrenbezeigung für Alessandro Manzoni, dessen zweihundertster Todestag in diesem Jahr so geräuschvoll begangen wird. *L. S.*

Im XXXI. Kapitel seines Romans *Die Verlobten* erzählt Manzoni: «Der Oberarzt Ludovico Settala, damals fast achtzig Jahre alt, vormals Professor der Medizin an der Universität Pavia, dann Professor für Moralphilosophie an der Universität Mailand, Verfasser vieler seinerzeit hochgeschätzter Bücher, berühmt durch Berufungen auf die Lehrstühle weiterer Universitäten, wie Ingolstadt, Pisa, Bologna und Padua, und wegen seiner Ablehnung aller dieser Berufungen, war gewiß einer der angesehensten Männer seiner Zeit. Zu seinem Ruhm als Wissenschaftler gesellte sich das Ansehen, das er wegen seines Lebenswandels genoß, und zur Bewunderung kam das Wohlwollen wegen der großen Nächstenliebe, die er den Armen mit seiner Heilkunst und seinen Wohltaten erwies. Doch eines betrübt uns und trübt die Achtung, welche diese Verdienste einflößten, die aber damals eben dadurch allgemeiner und stärker werden mußte: Der arme Mann teilte die verbreitetsten und verhängnisvollsten Vorurteile seiner Zeitgenossen; er war ihnen voraus, doch ohne sich von der Menge zu entfernen, und eben das stiftet Schaden und macht oftmals das auf andere Weise erworbene Ansehen zunichte. Das seinige, das so außerordentlich groß war, reichte allerdings in diesem Falle nicht aus, um die Meinung derer zu ändern, welche die Poeten ‹vulgo profanus› und die Theaterdirektoren das ‹hochverehrte Publikum› nennen; ja es vermochte nicht einmal, ihn vor der Erbitterung und den Beleidigungen jenes Teiles zu schützen, der am

leichtesten von Urteilen zu Kundgebungen und Tätlichkeiten übergeht.
Eines Tages, als er in seiner Sänfte zu Krankenbesuchen unterwegs war, bildete sich plötzlich eine Menschenansammlung um ihn, aus der der Ruf ertönte, er sei der Anführer derjenigen, die mit aller Macht die Pest wollten; er sei es, der mit seiner finsteren Miene und dem häßlichen Bart die Stadt in Angst und Schrekken versetze – alles nur, um den Ärzten Arbeit zu verschaffen. Das Gedränge und die Wut nahmen zu, so daß die Sänftenträger, welche die Gefahr erkannten, ihn in das Haus eines Freundes trugen, das sich zufällig in der Nähe befand. Dies widerfuhr ihm, weil er klar gesehen, offen gesprochen hatte und weil er viele tausend Menschen vor der Pest retten wollte. Als er jedoch mit einem beklagenswerten Gutachten dazu beitrug, daß eine arme, unglückliche, unselige Frau gefoltert, mit glühenden Zangen gezwickt und als Hexe verbrannt wurde, weil ihr Dienstherr an seltsamen Magenschmerzen litt und ein anderer früherer Herr heftig in sie verliebt gewesen war, mag er damals von der Öffentlichkeit aufs neue als Weiser gepriesen und einmal mehr als hochverdienter Mann gewürdigt worden sein.»

Zu diesem Fall (er wird in den beiden ersten Fassungen nicht erwähnt), bei dem Settala statt Lob hätte Tadel ernten müssen, verweist Manzoni in einer Fußnote auf die *Storia di Milano* (Geschichte Mailands) des Grafen Pietro Verri, die 1825 in Mailand erschienen war, herausgegeben von Pietro Custodi, und zwar auf die Seite 155 des vierten Bandes. In Wirklichkeit erwähnt Verri ihn auf den Seiten 151–152, als er über die Mißwirtschaft unter der Regierung von Don Pietro di Toledo spricht und berichtet, daß der Senat «beinahe im Einklang mit dem Despotismus des Gouverneurs, um die Nation so schnell als möglich verwildern zu lassen, sich mit einem Prozeß gegen eine Hexe beschäftigte und sie, *beunruhigt von der Menge der Zauberwerke und anderer teuflischer Künste, die die Stadt und die gesamte Provinz verseuchten,* zum Feuertod verurteilte.» Hierauf folgt eine lange Anmerkung: sie beginnt auf Seite 152 und endet auf Seite 157, füllt also beinahe sechs ganze eng beschriebene Seiten. Ihr Verfasser ist offensichtlich Custodi, der den Vorfall berichtet, wie Verri ihn in den *Annali* erzählt; Verri wiederum hat seine Aufzeichnungen vermutlich an Hand der Prozeßakten gemacht, indem er bestimmte Stellen abschrieb oder zusammenfaßte, andere indes überging.

Eben in dieser Anmerkung findet sich Custodis letztes und entscheidendes Argument gegen den Kanonikus Frisi, den ersten Herausgeber der *Storia* Verris, der sich vieler Interpolationen, Kürzungen und Fehldeutungen schuldig gemacht hatte. «Noch ein Beispiel», schreibt Custodi, «und damit soll es sein Bewenden haben. In den *Annalen* verzeichnete Verri unter dem Jahr 1617 die Geschichte einer unglücklichen Magd, die als Hexe verbrannt wurde, weil sie dem Senator Melzi eine Krankheit angehext hatte. Frisi nahm dies aus dem dritten Band heraus und schrieb dazu in einer Anmerkung zu den *Annalen* des Grafen Verri, er habe dies mit Bedacht getan, denn *viele wichtige Persönlichkeiten erscheinen darin in keinem guten Licht, und der Bericht über die Hexe ist für die Geschichte nicht von Interesse.* Von geringerem Interesse für die Geschichte war die Nomenklatur der Tänzer und der Tänze des XVI. Jahrhunderts, und doch brachte er sie unter, sogar an einer falschen Stelle, nämlich fünfzig Jahre zu früh, nur um nicht auf sie verzichten zu müssen. Die Wahrheit ist, daß diese Nomenklatur etwas über die angenehmen Bräuche unserer Vorfahren mitteilt, während der Bericht über die Hexe ihre Unwissenheit und ihre barbarischen Bräuche bis in die höchsten Klassen hinein sichtbar macht.»

Custodi sieht nicht oder will nicht sehen, daß auch die Unterlassung von Frisi eine Nomenklatur enthält (hört man dieses Wort nicht heutzutage wieder irgendwo?), derentwegen er Sorgen und Bedenken hatte. Abgesehen von der Achtung, die man den Institutionen glaubte schulden zu müssen und die sogar für Verris *Osservazioni sulla tortura* (Bemerkungen über die Folter) ein Hindernis wurde (das Buch, 1777 geschrieben, erschien erst 1804; man glaubte nämlich, bemerkt der Herausgeber, «daß das Ansehen des Senats von dieser alten Schande befleckt werden könne»; und Manzoni bedauert in den letzten Zeilen seiner *Schandsäule* diese weitere Verspätung, mit der die Wahrheit ans Licht kam, doch hält er eine solche «Rücksichtnahme» für berechtigt, denn: «Der Vater des berühmten Schriftstellers war Senatspräsident»), abgesehen von der Achtung gegenüber den Institutionen also, war es nicht angebracht, es gegenüber der Familie Melzi, die damals, zur Zeit Napoleons, eine führende Stellung einnahm, an «Rücksichtnahme» fehlen zu lassen, indem man zwei ihrer Vorfahren, auch wenn sie in ferner Vergangenheit gelebt hatten, kritisierte. Vermutlich hat eine gleiche Rücksichtnahme, allerdings nicht aus Opportunismus oder Furcht, sondern eher aus einer mehr oder weniger bewußten Klassensolidarität, Manzoni davon abgehalten, den Namen des Senators Luigi Melzi (und folglich auch den des Hauptmanns Vacallo) an der Stelle seines Romans zu nennen, an der er diesen Hexenprozeß als Ausdruck seiner Mißbilligung gegenüber Settala erwähnt; ja mehr noch, sie hat ihn gehindert, sich Namensnennungen zu erlauben (das kann man hier wohl sagen), sobald die Familie Leyva, der Proviantverweser und weitere Nebenfiguren von weitaus mehr als «hoher Stellung» im Roman auftauchten (von nur «hoher Stellung» waren Don Ferrante und seine Frau); diese Selbstbeschränkung wird auf gelungene und beeindruckende Weise schließlich mit der Benennung durch Nichterwähnen des Namens auf die Spitze getrieben: mit dem *Ungenannten*.

Der Mann, dessen Namen Manzoni verschweigt und der «an seltsamen Magenschmerzen litt», war also der Senator Luigi Melzi. 1554 geboren, hatte er in Padua und Bologna Jurisprudenz studiert und den Doktorhut *in utroque* 1577 in Pavia erworben. Mitglied des Rats der Geschworenen. Pfalzgraf. Einer der sieben Generalverweser des Staates Mailand ab 1582. Von 1586 an Proviantverweser der Stadt (dieses Amt übernimmt vierzig Jahre später der Sohn.) Gutachter der Heiligen Inquisition ab 1600. Ordentlicher Quästor der Stadtbehörden im Jahre 1605, in der Nachfolge von Alessandro Serbelloni. Und so weiter, Amt folgt auf Amt, Einfluß und Ansehen wachsen, bis wir ihn schließlich im Jahre 1616 mit einem schweren und langwierigen Magenleiden antreffen, dessen Ursache die Ärzte nicht herauszufinden vermögen. Am 26. Dezember 1616 schreibt sein Sohn Ludovico einen Bericht (er ist das zweite von dreizehn Kindern und tritt nach dem Tod des Erstgeborenen an dessen Stelle in der Karriere der öffentlichen Ämter, die ihn bis zu dem des Proviantverwesers führt, eine Stelle, die ihm im Leben mit dem Aufruhr vom Sankt Martinstag Unannehmlichkeiten einbrachte und im Tod durch die Aufmerksamkeit, die Alessandro Manzoni ihm zuteil werden ließ): «Seit zweieinhalb Monaten ungefähr ist der Herr Senator, mein Vater, von einem bösen Übel heimgesucht, derart, daß er nichts essen kann, fortwährend an starkem Magengrimmen leidet, zugleich in stete Melancholie verfallen, und trotz aller Mittel, die ihm verabfolget, nichts ihm geholfen, so dieses Leiden ohne Fieber erschienen und den Ärzten unbekannt ist, jedoch...» An diesem «Jedoch», dem Grund des Schreibens von Ludovico Melzi an den Polizeihauptmann, hängt gleich einer schwarzen Traube aus grausamen Qualen und entsetzlicher Dummheit der Fall der «armen, unglücklichen, unseligen» Caterina Medici (man beachte, wie diese drei Worte Manzonis, die in einem Crescendo aufeinander folgen, ihr Leben zusammenfassen); «jedoch ist mit göttlicher Hilfe entdeckt worden», fährt Ludovico fort, «daß dieses Übel verursacht wurde durch Zauber und dämonische Künste einer Caterina geheißenen Magd in diesem Hause, welchselbige als Hexe erkannt worden ist, seit vierzehn Jahren mit dem Teufel Unzucht getrieben, und die Hexenkunst ausübt. Die Art und Weise, auf die ein so schweres Verbrechen entdeckt wurde...»

Und eben die Art und Weise, auf die das «Verbrechen» entdeckt wurde, macht diesen Hexenprozeß weniger einförmig und banal als andere, die wir kennen. (Es gibt die Banalität des Grausamen, des Mörderischen, des Leidens; es hat sie immer gegeben, niemals aber in einer so bedrängenden Übersättigung wie in unserer Zeit: die bekannte Banalität des Bösen.) Ähnlich ist er den vielen anderen in der Grausamkeit des Verfahrens und des Ausgangs, doch unterscheidet er sich, wie wir sehen werden, durch das, was Ludovico Melzi zur göttlichen Hilfe erklärt, was hingegen nichts weiter ist als die Hilfe eines Dummkopfs, der das Göttliche, das ihm geschieht, nicht erkennt. Das Göttliche der Liebe. Das Göttliche der Liebesleidenschaft. Und man möchte Hilfe herbeiflehen (so wie Brancati für eine seiner Gestalten, welche die Freiheitssehnsucht nicht auszudrücken und zu fassen vermochte, die Dichter um Hilfe anflehte, die die Freiheit besungen hatten): Warum kamen der Fünfte Gesang von Dantes *Hölle,* oder die Verse Ariosts über den Wahnsinn Orlandos, ein Sonett Petrarcas, der Dialog von Romeo und Julia (genau in jenem Jahr starb Shakespeare) diesem unheilbringenden Dummkopf nicht zu Hilfe, auf daß er in sein Inneres geblickt und sich und die anderen verstanden hätte? (Die Menschen wissen im allgemeinen ja nichts über sich selbst und die Welt, sofern nicht die Literatur es sie lehrt.)

Hauptmann Vacallo: es wird nicht gesagt, bei welchen Truppen. Hauptmann, das ist alles. Im Dienst; zurück aus einem uns unbekannten «Feldlager», nimmt er am 30. November 1616 Quartier im Hause Melzi. Mit einem Brief wie der Graf Almaviva oder auf Einladung des Hausherrn? Das Ansehen, das die Familie genoß, läßt uns die Annahme eines Quartierscheins ausschließen; möglich ist jedoch, daß zumindest bei der Unterbringung der Offiziere in den Häusern der Stadtbewohner damals Gerechtigkeit herrschte. Am Tag seiner Ankunft erfährt Vacallo von den Magenschmerzen, an denen der Senator leidet und deren Natur nicht einmal die berühmtesten Ärzte der Stadt zu deuten, geschweige denn heilend zu beeinflußen vermögen. Was ihn, wie er sagt, überrascht; und dies bestätigt unseren Eindruck, daß die Ärzte damals ihre Diagnosen rascher und überzeugter stellten, als sie es heute tun, wo sie doch immerhin die Ergebnisse von nicht wenigen Laboruntersuchungen abwarten. Doch am Abend des folgenden Tages, als er sich eben zu Bett begeben will, sieht er Caterina Medici durchs Haus gehen, «welche bei meinem Anblick zu lachen anhub und mich fragte, ob ich denn schon eine Weile aus dem Feldlager zurück sei». Vacallo antwortete ihr nicht; eine derartige Vertraulichkeit war ihm zuwider, und wie ein Blitzschlag traf ihn nicht so sehr ein Verdacht, sondern eine Gewißheit. So wie zwei mal zwei vier ist, verband sich für ihn die Krankheit des Senators mit der Anwesenheit von Caterina Medici in dessen Haus. Unverzüglich begab er sich zu Gerolamo Melzi (einem weiteren Sohn des Senators und künftigem Bischof zu Pavia) und verkündete diesem, daß er entdeckt habe, woher die Krankheit seines Vaters rühre: Man habe nämlich eine berühmte Hexe im Haus. Wir wissen nicht, wie Gerolamo im ersten Moment auf diese Enthüllung reagierte – vielleicht nicht mit jener Sorge und jenem Eifer, die Vacallo erwartete, wenn er sich für verpflichtet hielt, schon am nächsten Morgen dem Senator persönlich davon Mitteilung zu machen; dieser schenkte der Enthüllung nicht sofort und nicht gänzlich Glauben, denn, so meinte er, sein hochchristlicher Lebenswandel sowie seine stets geübte Milde und Frömmigkeit hätten ihn davor bewahren müssen, in derartige Fallen zu stolpern, insbesondere bei einer Dienstmagd, die das «Bild der Häßlichkeit selbst» sei. Und eben hier stolpert der Senator tatsächlich, denn er schlägt einen falschen Ton an. Wenn nämlich das Gespräch zwischen ihm und Vacallo nicht ganz anders verlaufen ist, weitaus vertraulicher und offener, dann klingt die Berufung auf die Häßlichkeit der Magd unlogisch und widersprüchlich. Häßlichkeit war immer ein Attribut der Hexen, und die Tatsache, daß Caterina «ein Bild der Häßlichkeit selbst» sein sollte, konnte Vacallos Enthüllung nur bestätigen. Was aber, wenn das Gespräch von einem mehr oder weniger deutlich geäußerten Verdacht Vacallos seinen Ausgang genommen hätte, zwischen dem Senator und der Magd habe eine geschlechtliche Beziehung als Voraussetzung oder Wirkung ihrer Hexenkünste bestanden? Dieser Verdacht wird uns an anderen Stellen der Prozeßakten bestätigt; vorläufig versuchen wir uns aber dieses Gespräch vorzustellen, den Verdacht Vacallos und das Leugnen des Senators: Sein hochchristlicher Lebenswandel und die Häßlichkeit der Frau müßten ein hinlänglicher Beweis dafür sein, daß es zwischen ihnen keine andere Beziehung als die zwischen Herrn und Dienstmagd gegeben habe. So genommen, erscheint die Reaktion des Senators weniger unlogisch und weniger widersprüchlich.

Wie dem auch sei, der Senator zögerte ein wenig, der Enthüllung Glauben zu schenken; was ihn schließlich überzeugte, außer den zunehmenden Schmerzen (es ist verständlich, daß die Schmerzen, die vermutlich nervöser Art waren, zunahmen), war Vacallos Ankündigung, ein gewisser Ritter Cavagnolo könne unanzweifelbar bestätigen, daß die Magd eine Hexe sei. Der Senator ließ ihn sofort rufen, doch Cavagnolo befand sich in jenen Tagen nicht in Mailand. Vacallo, der die Tage des Monats nicht mit dem Datum angibt, sondern mit den Namen der Heiligen, teilt mit, derselbe sei am Vorabend von Sankt Thomas, am 20. Dezember also, im Hause Melzi erschienen. In den zwanzig Tagen, die zwischen der Enthüllung Vacallos und der Ankunft Cavagnolos lagen, schwebte die Familie Melzi zwischen Sorge und Mißtrauen angesichts der Tatsache, daß es dem Senator immer schlechter ging, so «daß man geradezu sah, wie er vom Fleisch fiel», und angesichts dieses Gasts, der ihn mit seinem Feuereifer vom bösen Zauber befreien wollte. Eines scheint jedoch gewiß: Man schenkte Vacallo kein volles Vertrauen. Als aber die frommen Schwestern vom Kloster des Heiligen Bernardino – sechs von ihnen lebten in den verschiedenen Klöstern der Stadt – zu Ludovico schickten, um ihn vor einem gegen seinen Vater verübten Malefizium zu warnen, und ihn baten, ihnen die Kissen zu senden, auf welchen das Haupt seines edlen Erzeugers ruhe, da müssen ein solcher Verdacht und eine solche Bitte in Ludovicos Augen als mehr denn eine Fügung erschienen sein, geradezu als ein Zeichen des Himmels, als eine göttliche Zustimmung: wenn, wie er es darstellt, die frommen Schwestern nichts von den Enthüllungen Vacallos wußten.

Die Kissen, von den Nonnen genauestens untersucht, bestätigten ihren Verdacht und die Behauptungen Vacallos: Sie enthielten drei aus geknoteten Zwirnsfäden verfertigte Herzen; die Knoten, ein Werk der Teufelskunst, umwanden Frauenhaare, Hölzchen, Kohlestückchen und andere kleine Dinge. Dies alles wurde dem Pfarrer von San Giovanni Laterano, der als Teufelsaustreiber wirkte, überbracht, als Cavagnolo bereits eingetroffen war und die Behauptungen Vacallos voll und ganz bestätigt hatte. Der Pfarrer zweifelte nicht einen Augenblick daran, daß die Fundstücke Werkzeuge der Hexenkunst seien. Er suchte vergebens die Knoten zu lösen, schließlich warf er sie ins Feuer; aus dem einen stieg eine Flamme in Form einer Blume, die herausspringen wollte und die er mit einem Spieß festhalten mußte, bis das Feuer sie verzehrt hatte. Zu dieser Zeit wurden die Magenschmerzen des Senators noch grimmiger als zuvor, doch sobald die Herzen verbrannt und der Exorzist seinen Segen gesprochen hatte, waren sie verschwunden.

Der Ritter Andrea Cavagnolo bestätigte Punkt für Punkt Vacallos Geschichte. Sie war tatsächlich Vacallos Geschichte, vor Jahren – genauer: im Jahre 1613 – erlebt, und gewiß unter Schmerzen; sie bedrängte ihn noch immer.
Und an diesem Punkt können wir dank der Prozeßunterlagen, die bis heute im Archiv Melzi verblieben sind, endlich ein Mißverständnis klären, dem Pietro Verri und alle Autoren nach ihm, die sich mit dem Fall beschäftigt haben, zum Opfer gefallen sind, Manzoni inbegriffen, wie wir gesehen haben: Es gab zwei Cate-

rinas. Eine junge und vermutlich schöne, die andere eine Vierzigerin, das Bild der Häßlichkeit selbst, wie es der Senator Melzi auszudrücken beliebt hatte.

Die junge Caterina, die Vacallo Caterinetta nennt (und so wird sie fortan bei uns heißen), mit dem Zunamen «aus Varese» nach ihrer Familie oder dem Ort ihrer Herkunft, lebte – wahrscheinlich mit ihrer Mutter – bereits im Hause des Hauptmanns Vacallo, als die andere Caterina in seinen Dienst trat. Die der Hexerei beschuldigte Caterina sagt aus, daß sie in den ersten Tagen ihres Dienstes Caterinetta für die Ehefrau des Vacallo gehalten habe, da diese bei ihm schlief, dann aber erfuhr, sie sei dessen «Buhlin». Dieses neue Wissen veranlaßt sie vielleicht, mit Caterinetta vertraulich zu werden und ihr Ratschläge zu geben, damit sie von der «Buhlin» zur Ehefrau aufsteige; jedenfalls mußte der Hauptmann, der bis dahin mit Caterinetta sein Vergnügen gehabt hatte, seit der Ankunft Caterinas quälende und lästige Forderungen Caterinettas und ihrer Mutter anhören, er möge durch eine Heirat alles wiedergutmachen. Caterinetta war nun widerspenstiger, weniger hingebungsvoll und seinen Wünschen gefügig, die Mutter dreister und zänkischer. In einer solchen Situation hätte ein Mann vom Stande Vacallos Mutter und Tochter aus dem Haus geworfen, denn derartige Forderungen mußten in einem Jahrhundert mit einem maßlosen und komplexen Ehrengefühl und Ehrenkodex als ein gefährlicher Anschlag erscheinen. Aber – und da «lag der Hase im Pfeffer» – Vacallo war in Caterinetta verliebt. «Heftig verliebt», heißt es bei Manzoni. In der Wirrnis seiner Gefühle, zwischen den Umarmungen Caterinettas und seiner durch die geforderte Ehe bedrohten Ehre hin und her gerissen, konnte er sich nicht entschließen, sie davonzujagen; und während er die Entscheidung über eine Heirat immer weiter, bis aufs äußerste, hinausschob, reifte in ihm die Überzeugung, eine fremde und höhere Macht binde ihn an das Mädchen: ein Zauber, eine Hexerei. Er versuchte, sich davon zu befreien, indem er der Mutter Geld bot, und da er eine Reise nach Spanien unternehmen mußte, versprach er ihr außerdem, er werde Caterinetta nach seiner Rückkehr ehelichen: «Ich führte sie zu einem Schreibtisch, in welchem ich ungefähr einhundert spanische Dublonen für meine Reise aufbewahrte, und sagte zu ihr: Madonna Isabetta, ich bin malefizieret um Eurer Tochter willen, ich bitte Euch, helft mir, daß ich nach Spanien reisen kann, wo ich mein Glück machen will; nach meiner Heimkehr werde ich Eure Tochter heiraten, das verspreche ich Euch, inzwischen nehmt soviel Geld, als Ihr wollt. Sie antwortete mir, daß ich demnächst nach Spanien reisen und dort meine Geschäfte zu einem guten Ende bringen werde, und nach meiner Rückkehr müsse ich dann ihre Tochter heiraten. Und vielleicht hätte sie noch mehr gesagt und gestanden, wenn wir nicht von hereinkommenden Leuten gestört worden wären; also blieb ich von jenen bösen Weibern umgarnt, und obgleich ich wohl wünschte, mich von ihnen zu befreien, vermochte ich es nicht.»

Warum er eine so vielversprechende Unterredung mit Madonna Isabetta nicht wieder aufnahm, teilt er nicht mit. Vielleicht war sie nicht so vielversprechend, wie er glauben mochte oder glauben machen wollte, und die Frau hatte nichts weiter als ihre guten Wünsche –

von Vacallo als Voraussage gedeutet – für die Reise nach Spanien zum Ausdruck gebracht und ihm seine Pflicht, Caterinetta zu ehelichen, noch einmal vorgehalten. Auch wenn er sich der Hoffnung hingegeben hatte, der Frau irgendein Geständnis über die Hexerei zu entlocken, der er zum Opfer gefallen war, so war ihm trotz seiner geringen Weitsicht wahrscheinlich doch klargeworden, daß auch die spanischen Dublonen die Mutter nicht von der Magie abzubringen vermochten; und Magie war es auch für sie, dieser Traum von einer Hochzeit der Tochter mit dem Hauptmann. Im übrigen war er sicher, daß Zauberei im Spiel war und als Gift in ihm kreiste; ob Isabetta es leugnete oder ob sie, in Bedrängnis gebracht, irgend etwas oder die ganze Machenschaft enthüllte, das war für ihn einerlei. Wichtig war, daß sie verzichtete. Aber wie war das denkbar angesichts der Hoffnung auf diese Heirat mit einem Mann von Stande? Und wie konnte man darüber Gewißheit erhalten, ob diese «bösen Weiber» dem Malefizium wirklich ein Ende machen würden? Er bemühte sich jedenfalls nicht, die Unterredung wieder aufzunehmen. Er suchte anderswo Hilfe und behielt die Dublonen für die Reise.

Die Hilfe fand er bei Pater Scipione Carera, bei Pater Albertino und bei dem Herrn Gerolamo Homati, wahrscheinlich auf Hinweis des Ritters Cavagnolo, dem Vacallo seine Liebeskümmernisse anvertraut hatte. Diese drei ergriffen jedoch eine allzu entschlossene und grausame Maßnahme: «Sie holten besagte Caterinetta aus meinem Haus und brachten sie ins Asyl.» Da es aber nun eine solche Anstalt nicht gab, in der Hexen und Hexenmeister nach der Verbüßung der Gefängnishaft Obdach fanden, die der Kardinal Federico Borromeo 1597 geplant hatte und auf deren Einrichtung die Kurie im Jahre 1620 verzichten wird, wobei sie der Bank des Heiligen Ambrosius (dürfen wir Banco Ambrosiano sagen?) die nicht unbeträchtliche Summe von 3.252 kaiserlichen Lire, die zu diesem Zweck zusammengebracht worden waren, zukommen läßt; da eine solche Anstalt nicht bestand und in Zukunft nicht bestehen würde (doch als Ort einer grotesken Phantasie weiterlebt, wenn der unseren auch die Kraft fehlt, ihn mit seinen Regeln und in seiner Alltäglichkeit vor uns zu sehen), liegt der Gedanke nahe, Caterinetta sei in eines jener Häuser verbracht worden, wo alte Prostituierte und Reuige ein Nachtlager und eine Suppe erhielten; *repentite* sagte man in Palermo, was nicht bedeutet, daß diese Reuigen *wiederum* bereuten, in diesem an Reuigen und wieder Bereuenden stets überreichen Land, sondern daß sie *reuige Schuldige* waren und nach der Verurteilung und der Verbüßung der Strafe die Freiheit hatten, Hungers zu sterben oder jenes Asyl zu ertragen.

Vacallo fühlte sich dem Wahnsinn nahe. Die ganze Nacht hatte er das Gefühl zu sterben «vor Schrecken, Angst und Leidenschaft des Herzens; ich schrie, als sei mir das Herz behext worden; und unter Qualen verbrachte ich die Nacht». Sobald es Tag wurde, begab er sich zum Pfarrer von San Giovanni Laterano und erzählte ihm die ganze Geschichte samt der höllischen Nacht, die er hinter sich hatte. Der Pfarrer meinte, er sei «böse verzaubert». Recht hatte er, es mochte auch Zauberei von milderer Wirkung geben, doch wenn man verliebt war wie Vacallo in Caterinetta, dann war das Übel heftig und schwer auszurotten. So blieb denn auch alles, was der Pfarrer aus einem Buch vorlas, ebenso wie die Teufelsaustreibung ohne Wirkung; deswegen wollte er alles an Ort und Stelle selbst in Augenschein nehmen und die möglichen, vielmehr die zweifellos vorhandenen Beweise entdecken. Er fand sie, versteht sich, im Bett: unter anderem «Teufelszeug» einen Faden, der genau dem Kopfumfang von Vacallo entsprach, mit «drei verschiedenen Knoten: einer eng, der zweite lose, der dritte noch weiter; und der Pfarrer erklärte mir, wenn dieser dritte Knoten zusammengezogen würde, dann wäre ich dazu gezwungen, die besagte Caterinetta zu ehelichen, oder ich müsse sterben». Warum diese «bösen Weiber» den dritten Knoten nicht festzogen, ist unverständlich: Es sei denn, sie befürchteten, Vacallo würde, vor die Wahl zwischen Ehe und Tod gestellt, den Tod wählen und damit ihre Pläne in Rauch aufgehen lassen. Vacallo aber gesteht, daß es so weit mit ihm gekommen war, daß er, «angesichts der ganzen Welt auf der einen Seite und Caterinetta auf der anderen, Caterinetta genommen und die ganze Welt hätte fahren lassen». Es bedurfte also nur noch eines Zugs an diesem dritten Knoten, um das, was von der «ganzen Welt» noch in Vacallo übriggeblieben war und seinen Widerstand gegen diese Ehe aufrechterhielt, dahinschmelzen zu lassen: sein Ehrgefühl nämlich.

«Am selbigen Tag, da der Pfarrer das Malefizium entdeckte, beschloß ich, die Magd Caterinetta wegzuschicken, welche ein Jahr lang im Hause des Grafen Alberigo blieb; doch hatte ich den Verdacht, daß sie, wenn ich außer Haus weilte, zurückkam, um das Malefizium zu erneuern, denn oft besuchte sie besagte Isabetta, mit welcher sie nichts zu tun hatte, außer Übles gegen mich auszuhecken; und Isabetta ließ ihr unter dem Vorwand, sie sende ihrer Tochter Eier ins Asyl, wo sie sich aufhielt, ausrichten, sie möge guten Mutes sein, denn ich müsse sie ja doch zur Frau nehmen ...» Und weiter gesteht er: «Und um Euer Gnaden die Wahrheit zu sagen, während ich nach Genua unterwegs war, um nach Spanien zu reisen, war mir, als würde ich zum Galgen geführt, und mich kam die Versuchung an, mich ins Meer zu stürzen, und ein solches Herzeleid übermannte mich, daß ich vermeinte, ich müßte sterben.» Und von diesem Zustand war Caterinetta gewiß durch die Hexe unterrichtet, da sie bis zu seiner Rückkehr aus Spanien erklärte, sie sei sicher, daß er sie heiraten werde.

Wo Caterinetta und ihre Mutter geblieben waren, als im Dezember 1616 – dank der Mitwirkung des Hauptmannes Vacallo – der Leidensweg der Caterina Medici beginnt, wissen wir nicht. Auch Caterina Medici wußte es nicht, als die Torturen, denen sie unterzogen wurde, sie dazu brachten, diese beiden und noch viele andere als Mitschuldige zu nennen: Wie man es wünschte, und wie es Polizei und Richter immer noch wünschen. Auch der Polizeihauptmann erfuhr es nicht, der es gewiß an fleißigen Nachforschungen nicht fehlen ließ, um sie ausfindig zu machen und durch eine größere Zahl von Opfern das Schauspiel der Folterungen und Hinrichtungen festlicher zu gestalten. Don Pietro di Toledo und der Mailänder Senat waren fest entschlossen, unter eifriger Mitwirkung der Inquisition die Giftpflanze der Hexerei auszurotten; und man muß zugeben, daß deren Verbreitung und Auswirkungen offenbar recht besorgniserregend waren. Die Hexerei wurde zugunsten einer zahlenden Kundschaft praktiziert – Ehefrauen, die ihre Männer nicht mehr ertrugen; Angehörige, die nach einer Erbschaft, seien es offen daliegende Güter oder verborgene Sümmchen, gierten; Verliebte, die ein Mägdlein gefügig machen wollten – und oft gehörten Rauschmittel und Gifte zu ihren Hilfsmitteln. Was gibt es Besseres als Arsen, um sich von einem lästigen Ehemann zu befreien oder einem reichen Verwandten das Leben zu verkürzen? Wenn man heute in Italien mit mindestens zwanzigtausend Berufsangehörigen des Okkulten rechnet (der *Corriere della sera* vom 23. Juni 1985 widmet die ganze Seite 23 den «Hexenmeistern»), dann kann man sich vorstellen, wie viele im weniger «aufgeklärten» 17. Jahrhundert wirkten. Es muß aber auch gesagt werden, daß von einem bestimmten Zeitpunkt an (als Wasserscheide könnte *Il processo di Frine* – Der Prozeß der Phryne – von Scarfoglio dienen) die Verbreitung medizinischer und pharmakologischer Kenntnisse sowie die Verwendung von Giften zum häuslichen Gebrauch zur Folge hatten, daß Giftmorde ohne die Mitwirkung der Hexen verübt wurden; paradoxerweise sind die Methoden der Hexenkunst heute eher magischer Natur und weniger handgreiflich – und damit weniger schädigend oder letal – als in früheren Jahrhunderten.

Caterinetta und ihre Mutter sind also zu dem Zeitpunkt, als die «Gerechtigkeit» zuschlägt und Caterina Medici faßt, unauffindbar wie Renzo nach dem Tumult vom Sankt Martinstag.

Vielleicht hatten auch sie die Adda überschritten und befanden sich auf venezianischem Territorium. Gern wüßte man etwas über ihr weiteres Geschick: besonders, ob es ihnen gelang, das Riff der Prostitution und Kuppelei, das sich schon drohend in ihrem Leben abzeichnete, zu umschiffen, und ob Caterinetta es erreichte, irgendeinen Hauptmann zu ehelichen, der überzeugt war, in sie verliebt zu sein, einfach «heftig verliebt», wie es in der genauen und treffenden Formulierung Manzonis der Hauptmann Vacallo war, ohne jedoch genug Verstand dafür zu besitzen (und während wir dies schreiben, erscheint er uns einen Augenblick lang als der Hauptmann aus der Commedia dell'Arte in seiner Komik und Lächerlichkeit).

Als gleichermaßen unauffindbar erweisen sich vermutlich alle (oder beinah alle) anderen Personen, die Caterina Medici als Opfer oder als Mitschuldige nennt. Es könnte auch sein, daß einige aufgefunden und verhört wurden, bei der Untersuchung aber wesentliche Widersprüche zwischen ihren Aussagen und den Selbstanklagen Caterinas zum Vorschein kamen, so daß die Protokolle dieser Verhöre aus den Prozeßakten entfernt wurden. Zur Vereinfachung. Zur Beschleunigung. So gelangte man geradewegs und unverzüglich zu Caterinas Verurteilung. Derartiges konnte geschehen. Und wir glauben, daß es noch immer geschieht. Das Wirken der Justiz ist stets schrecklich gewesen, überall. Besonders wenn Religionen, Glaubensgrundsätze, Aberglauben, Staatsraison oder politische Gruppenraison darin vorherrschen oder im Verborgenen wirken.

Der «Ratsherr» Ludovico Melzi erstattete also gegen Caterina Medici, die «bekennet, eine Hexe zu sein», am 26. Dezember 1616 Anzeige. Daß er sich «Ratsherr» nennt, bringt uns ein wenig in Verwirrung, da – laut der Biographie von Vater und Sohn, die Felice Calvi im Jahre 1878 veröffentlichte – seine Aufnahme in den Rat der adligen Geschworenen (auch Ludovico hatte, wie sein Vater, den Doktorhut *in utroque* in Pavia erworben) genau ein Jahr später, am 16. Dezember 1617 stattfand. Ein festliches Ereignis, an dem Senat, Adel und Würdenträger der Stadt mit allem Prunk teilnahmen; auch der Kardinal Ludovisi trat dabei in Erscheinung, der vier Jahre später als Gregor XV. den Heiligen Stuhl besteigen sollte. «Herr Antonio Monti», heißt es bei Calvi, «ergriff die Gelegenheit zu einer Ansprache und pries mit den trefflichsten Worten den neuen Ratsherrn und seine Familie; diese Rede erregte bei allen Geladenen die höchste Begeisterung.» Wenn das Fest im Dezember des Jahres 1617 stattfand, dann konnte der Redner, wie anzunehmen ist, neben den anderen Verdiensten Ludovicos und seines Vaters auch jenes nicht unerwähnt lassen, eine Hexe der Gerichtsbarkeit übergeben zu haben. Wenn es sich dagegen um ein Versehen Calvis (oder des Setzers) handelt und die Ernennung zum «Ratsherrn» ein Jahr davor datiert, dann kann man sich vorstellen, welch ein Gemisch aus Jubel und Angst durch das Haus Melzi wogte: Vorbereitungen für die festliche Zeremonie, Verhöre Caterinas, ihre Geständnisse, Nachforschun-

gen, Teufelsaustreibungen. Es sei denn, Ludovico war im Jahre 1616 schon «Ratsherr» irgendeines anderen Rates, dann hätte man sich folglich nichts vorzustellen. Auf jeden Fall wurde im Haus Melzi, wenn wir uns an das halten, was Ludovico erzählt, jene Enthüllung Vacallos beinahe zwanzig Tage lang, bis zur Ankunft Cavagnolos stillschweigend gehütet, in Erwartung, daß eben dieser sie bestätige. Andrea Cavagnolo muß eines jener lebhaften, mitteilsamen und beschützerhaften Individuen gewesen sein, die sich stets mit den Angelegenheiten der anderen beschäftigen und das eigene obskure und schäbige Leben verbergen, so daß sie schließlich das Vertrauen der Nachbarschaft, ja vielleicht sogar eines ganzen Viertels oder eines Dorfes gewinnen. Sohn eines Doktors Rolando – welcher Art diese Doktorschaft war, wissen wir nicht –, mag er seinen Weg gemacht haben, arm, wie man zu sagen pflegt, am Geist und am Beutel, genügsam von einer mageren Unterhaltszahlung oder einer bescheidenen Einkunft lebend, doch nicht ohne Überfluß oder den Schein desselben, den er sich mit allerlei Kniffen zu verschaffen wußte. Ritter, so nennt ihn Vacallo; und so wurde er wohl in seinem Stadtviertel (wahrscheinlich das Viertel von San Fedele) tituliert. Der Polizeihauptmann jedoch, der mehr Erfahrung im Umgang mit Titeln hatte, hütete sich wohl, ihm einen Rang zu geben, der ihm offensichtlich nicht zustand.
Cavagnolos Ankunft, die Bestätigung und Erweiterung der Enthüllungen Vacallos, setzt im Hause Melzi eine eifrige und fieberhafte Ermittlungstätigkeit in Gang, derart, daß man sagen kann, der Prozeß sei schon in aller Form eingeleitet worden, bevor die

Behörde, der die Einleitung eines Prozesses zustand, eintraf. In der Anzeige von Ludovico Melzi ist bereits alles vorhanden: Zeugenaussagen, ärztliches Gutachten, das Ergebnis einer Haussuchung, das Geständnis Caterinas. Dieses Geständnis hatte man, wie es scheint, mit Leichtigkeit erlangt: Die bloße Vorhaltung, man wisse, sie sei eine Hexe, und man sei sicher, daß sie den Herrn Senator malefizieret habe, war hinreichend gewesen. Aber vielleicht hatte auch die Anwesenheit von Vacallo, von Cavagnolo, der Exorzistenpatres und des Arztes dazu beigetragen, daß sie sich für verloren hielt und vermeinte, sie könne durch ein Geständnis und durch Wiedergutmachung eher Milde erlangen als durch Leugnen und weitere Zauberei. Denn das ist der entscheidende Punkt: Caterina Medici hielt sich für eine Hexe oder glaubte doch zumindest an die Wirkung der Hexenkunst. Vielleicht ist dieser Glaube nicht so stark wie der ihrer Ankläger: Hinsichtlich der Hexerei haben Verhörer und Verhörte, der Henker und sein Opfer, denselben Glauben; doch Hexen und Hexenmeister mußten wohl einige Zweifel hegen, da sie sahen, daß viele ihrer Werke ohne Wirkung blieben, während diejenigen, die sie fürchteten oder die sich von einem Zauber befallen wähnten, natürlich nicht zweifelten, und noch weniger die Patres der Inquisition, die Richter.

Nach der Verbrennung des Hexenzeugs auf dem kleinen Scheiterhaufen, und nachdem der Pfarrer von San Giovanni den Senator angemessen exorzisiert hatte, beschloß Ludovico, als alle wieder zu Hause waren, Caterina ein Geständnis und die Entzauberung des Senators abzuringen. Er erklärt, er habe sie beiseite genommen, was unverständlich bleibt, denn Cavagnolo war auf jeden Fall zugegen und, wie es scheint, auch andere, die danach als Zeugen zitiert wurden. *Ex aprupto* die Anklage, seinen Vater malefiziert zu haben, und die Drohung, sie würde als Hexe verbrannt werden, wenn sie den Zauber nicht von ihm nehme. Caterina versuchte zu leugnen, «aber da ihr Cavagnolo sagte, daß sie nicht leugnen könne, von ihm als Hexe erkannt worden zu sein», gestand sie sofort, sie habe dem Senator «ein Band und eine Bindelle von den Strümpfen» entwendet und in das Band einen Knoten gemacht, was bewirken sollte, daß der Senator sie liebe. «Band» (stringa) ist ein Wort, das seine Bedeutung bis heute behalten hat, und in der damaligen Kleidung – mit ihren Schleifen, Kordeln und Schlingen – gab es viele, was aber eine «Bindelle» (bindello) an den Strümpfen sei, können wir nur vermuten, vielleicht ein Faden oder ein Streifen.
Nach diesem ersten Geständnis ließen sie sie gehen. Es ist unklar, warum sie das Verhör nicht fortsetzten, da sie durch das *ex aprupto* im Vorteil waren. Möglich, daß man ihr empfahl, in der Nacht mit sich zu Rate zu gehen, da die Nacht, wie eine alte Weisheit besagt, Rat

bringt – was für Caterina nunmehr, nach diesem ersten Bekenntnis, nichts anderes bedeuten konnte, als ein volles Geständnis abzulegen und den Senator von den Koliken zu befreien.
Und tatsächlich war Caterina, nach einer schlaflos-unruhigen Nacht, in der die Gefahren, die auf sie zukamen, ins Riesenhafte wuchsen, wenn sie nicht gestand, was ihre Ankläger zu hören wünschten, kurz einer Nacht der Angst vor dem Scheiterhaufen, am nächsten Morgen bereit, zu gestehen, was sie getan hatte, und auch das, was sie nicht getan haben konnte. Das Verhör leitete Cavagnolo, Ludovico wohnte ihm schweigend bei.
Caterina gestand, den Senator mit Hilfe des Teufels verhext zu haben, mit dem sie am Abend von Sankt Franziskus (also am 4. Oktober, doch machte sich niemand die Mühe, zu überprüfen, ob die Koliken des Senators an jenem Zeitpunkt eingesetzt hatten) zwischen zwei und drei Uhr nachts gesprochen und von dem sie Bestärkung und Belehrung erhalten hatte. Der Teufel hatte ihr Federn und Zwirn gegeben und sie zusammenbinden lassen, wobei sie das Paternoster und das Avemaria sprechen mußte; doch er hatte ihr seine behaarte Hand auf den Mund gelegt, wenn der Name Jesu und das Amen zu sprechen waren, denn diese Wörter hätten den Zauber wirkungslos gemacht. Federn und Zwirn, derart verknotet, sollte sie auf Geheiß des Teufels dem Senator unter das Kopfende seines Bettes legen und dabei stehend ein Paternoster und ein Avemaria sprechen, wieder ohne Jesus und Amen, und das unausbleibliche Ergebnis abwarten: Der Senator würde zu ihr ins Bett kommen. Was auch, wie Caterina

an anderer Stelle sagt, haargenau eintraf; und zu ihrer vollen Befriedigung, vielleicht weil ihr Körper nie zuvor Gegenstand solch zarter Behandlung gewesen war, wie sie der Senator ihr in jener Nacht angedeihen ließ. Sexualverhalten der Oberklasse, so könnten wir es etwas bösartig definieren. Doch Caterina, die sich zu Recht davor fürchtete, Zorn und Rachedurst der Familie Melzi und der Richter noch weiter anzustacheln, hütete sich sehr wohl davor, so davon zu sprechen, als glaube sie, den Senator in jener Nacht in ihrem Bett gehabt zu haben. Nicht den Senator, sondern den Teufel, der die Gestalt des Senators angenommen hatte. «Eines Nachts zwischen der fünften und der sechsten Stunde trat, während ich schlief, der Dämon in meine Kammer, zog mir die Decke weg und legte sich auf der rechten Seite zu mir, ohne ein Wort zu sprechen, und war in Gestalt des Herrn Senators, mit seinem Gesicht, gekleidet wie er...» Doch sie korrigiert sich: «Er war im Hemd, und er legte sich zu mir, und ich fühlte seine Wärme, weil ich immer nackt schlafe, und er legte mir die rechte Hand auf den Bauch; und ich fühlte, daß seine Hand so zart war, daß man nichts Weicheres fühlen konnte; und ich empfand so große Lust, als er meine Brüste anfaßte, daß ich von allein verging; und er blieb ein Miserere lang bei mir und legte mir immer nur die Hand auf die Brüste, ohne ein Wort zu sprechen; aber als er aufstand und wegging, hörte ich ihn tief und schwer atmen, und als er meine Kammer verließ, blickte ich ihn an, und da war er nicht mehr der Herr Senator, sondern ein schwarzes und häßliches Ding; und erschrocken rief ich ‹Jesus Maria!›, und der Dämon lief mit solchem Lärm die

Treppen hinuter, als wären es dreißig Paar Teufel, und unten in der Küche klang es, als würden alle Zinnteller zu Boden geschmissen (aber als ich in der Frühe dann hinunterkam, fand ich kein Stück Zinn auf der Erde); als der Dämon fort war, schlief ich ein und schlief, bis es Tag wurde.» Sie hat deutlich gesagt, daß der Teufel in Gestalt des Senators sie lediglich anfaßte (und das hatte auch dem Senator genügt, um «zu vergehen»), aber der Verhörer bleibt mit Genuß bei dem Thema, er möchte genau wissen, ob er mit ihr «buhlte», ob er ihr beiwohnte. Doch bei diesem Detail – es scheint das einzig Wahre und Genaue in einem Gewebe aus Erfindungen, Dingen, die sie gehört hat und aus der Erinnerung heraufholt, um die Ankläger zufriedenzustellen – gibt Caterina nicht nach: «Nein, Herr, er buhlte nicht mit mir; und Euer Gnaden möge sich nicht wundern, daß ich so schnell verging, ich bin von Natur so heiß, daß ich nie auf den Mann warten kann.»

Und auch dies ist ein Stück Wahrheit, denn viele der traurigen Dinge, die sich in ihrem Leben ereigneten, haben vermutlich ihren Ursprung darin, daß sie «von Natur so heiß» war: etwas, das man heute einer Frau nicht ohne Schwierigkeiten zugesteht, ganz zu schweigen vom 17. Jahrhundert und bei einer Frau von Caterinas Stand.

Hinsichtlich ihres Umgangs mit dem Teufel und ihrer Überzeugung, es sei der Leibhaftige gewesen, legte Caterina mehrmals und mit allen Einzelheiten Geständnisse ab. Aber halten wir uns vorläufig an die Erzählung von Ludovico.

Nach dem von Cavagnolo geleiteten Verhör muß Caterina sich am selben Morgen einem zweiten unterziehen, das nun ein Fachmann führt, «Herr Giovan Pietro Soresina, Kanzler des Heiligen Offiziums». Caterina wiederholt ihr Geständnis, bestätigt, daß der leibhaftige Teufel ihr Zwirn und Federn gegeben und sie gelehrt habe, diese zu verknoten, sie schlägt vor, diesen Knoten, den sie selbst mit sicherer Hand aus dem Bett des Senators hervorholen werde, sofort zu verbrennen, worauf der Senator «genesen» werde. Doch damit war es noch nicht zu Ende. Am Nachmittag erschien Doktor Giovan Battista Selvatico, ein Arzt und alter Freund des Senators, und auch er wollte mit Caterina sprechen; vielleicht war er nicht davon überzeugt, daß die Verbrennung der mit Zwirn zusammengeknoteten Federn ein hinreichendes Mittel sei, deshalb verlangte er von Caterina, sie solle die Knoten aufmachen, was für jeden andern äußerst schwierig gewesen wäre, von ihr jedoch geschickt zuwege gebracht wurde. Worauf er Zwirn und Federn von Caterina in einem Kohlenbecken verbrennen ließ. Man kann sich das Übermaß an freudiger Genugtuung des Doktor Selvatico vorstellen – und später ebenso die seiner berühmteren Kollegen Clerici und Settala –, als er demonstrieren konnte, daß das Unvermögen der Wissenschaft, die Krankheit des Senators zu diagnostizieren, kein wissenschaftliches Versagen derjenigen war, die sie praktizierten, sondern durch ein teuflisches Hindernis verursacht worden war.

Um zwei Uhr in der Nacht kam noch einmal der Pfarrer von San Giovanni; er begab sich ins Schlafzimmer des Senators, um Gebete zu lesen, die den Hexenzauber bannen sollten, dann begab er sich hinunter zu Caterina, die sich «unter langen Gebeten und Anrufun-

gen auf dem Boden ausstrecken mußte», während er ihr die Füße auf den Hals setzte und ihr in dieser Stellung gebot, «daß sie alles, was sie dem Teufel versprochen, abschwöre, ihre Fehler bereue und verspreche, daß sie, soweit es in ihrer Kraft stehe», den Senator wieder genesen lasse. Caterina nahm zurück, versprach. Worauf die Anwesenden zur Untersuchung ihrer Habseligkeiten schritten, unter denen sie ein Stück Papier fanden, «darinnen Kräuter waren, von welcher Art man nicht zu erkennen vermochte», und auch ein Band und eine «Bindella» aus der Kleidung einer weiteren Person, die verhext werden sollte: Diese waren schon verknotet; als aber der Pfarrer versuchte, sie zu lösen, erwies sich das Band als «von Zähnen zerbissen, als hätte derjenige, der so den Knoten schlug, in rasender Wut sein Ziel erreichen wollen». Und Ludovico fügt hinzu, da dieses Band nicht solcherart sei, wie sie sein Vater, der Herr Senator, verwende, könne es dem Kutscher der Familie gehört haben, «welcher gleichfalls malefizieret ist und seit einigen Tagen an Magengrimmen leidet, und unter seinem Bett ein Gänseknochen mit weißen Federn darinnen entdeckt worden ist, als auch ein von Federn umflochtener Dornenzweig und eine kleine Rose aus weißen Federn, von weißem Zwirn umwickelt».
Unter Caterinas Sachen finden sie auch einen schwarzgoldenen Ledergürtel für einen «Mann von rechtem Umfang», an dessen einem Ende weißer Zwirn und an dessen anderem ein Holzstück mit einer «Bindella» aus schwarzer Seide befestigt ist – wer weiß, welche Seele mitsamt dem Magen durch dieses Teufelswerk eingefangen werden sollte. Sie finden auch verknotete Haa-

re, rote, sehr schöne, und noch weitere Bänder aus Seide. Und einen Brief vom 27. Februar 1615, unterschrieben von Giovanni de Medici, der auf Caterinas Frage nach einem nicht genannten Manne antwortet, welcher einen Monat lang krank gewesen, nun aber aufgestanden sei, «doch ohne Gewißheit, daß er vorankomme, denn er hat solche Schmerzen an den Beinen, daß er's nicht mehr lange machen wird». Und mehr brauchte es nicht, um die Krankheit dieses Mannes und seinen nahen Tod Caterinas Hexenkunst zuzuschreiben, die auch über Entfernungen hinweg wirksam war. Was das Kraut betrifft, das Ludovico in der Klage nicht benennen konnte, so weiß er, wie wir festhalten wollen, als er als Zeuge aufgerufen wird, daß es sich um «getrocknete Blätter, Andenkraut geheißen» handelt, was er von dem Arzt Giacomo Antonio Clerici erfahren haben wird (er gehörte zusammen mit Selvatico und Settala zu jenen drei Doktoren, die von der Höhe ihrer gelehrten Unwissenheit herab und mit entscheidender Wirkung Caterinas Zugehörigkeit zur Hexenzunft bestätigten), welcher so viel über das «Andenkraut», auch Mate geheißen, wußte, daß er ein handgeschriebenes Traktat darüber hinterließ.

Einige Tage zuvor hatte «ein berühmter auswärtiger Exorzist» das Haus Melzi besucht. Ludovico erinnert sich seines Namens nicht, doch erscheint er in einer anderen Zeugenaussage: Es ist Giulio Cesare Tiralli aus Bologna. Ins Haus Melzi gerufen, so scheint es, wegen des Rufes, den er durch seinen Aufenthalt im Haus Langosco genoß, wo er höchstwahrscheinlich der Gräfin beistehen sollte, die seit einiger Zeit Opfer eines Malefiziums war, führte Don Giulio Cesare

zuerst ein Gespräch mit dem Senator, sodann verhörte er Caterina. Offensichtlich verfügte er über Indizien hinsichtlich des Leidens der Gräfin Langosco, die ihn zu Caterina hingeführt hatten; und tatsächlich gestand ihm Caterina, daran mitgewirkt zu haben.
Don Giulio Cesare kannte sich wirklich bestens aus mit der Hexenkunst. Er verlangte Papier, Feder und Tinte; denn von allem, was Caterina gesagt hatte, wollte er «dem Herrn Kardinal Mitteilung machen»; dann ließ er sie zu seinen Füßen niederknien und ermahnte sie, ein volles Geständnis abzulegen, insbesondere über das, was sie über die Verhexung der Gräfin wisse. Caterina erzählte, daß sie bei der Herstellung einer Salbe zugegen gewesen sei, mit der die Gräfin bestrichen werden sollte; Auftraggeber des Zaubers war ein Ritter, dessen Namen sie nicht wußte, den zu beschreiben sie aber in der Lage war und der sich in die Gräfin verliebt hatte; die Salbe bewirkte, daß die Gräfin sich entweder in den Ritter verlieben oder an Auszehrung zugrunde gehen mußte. Die Hexe, die diese Salbe zubereitet hatte – die Herstellung war schwierig, da als Grundlage gewisse Körperteile eines am Galgen gestorbenen Mannes dienten – hieß Margherita und lebte in Casal Monferrato. Von ihr hatte Caterina die Kunst der Hexerei erlernt. Des weiteren erzählte sie, Margherita habe sie nach der Herstellung der Salbe aufgefordert, sie zum Haus der Gräfin zu begleiten, um ihr die Salbe zu verabfolgen. Doch ließ sie sie draußen warten, und als sie nach kurzer Zeit zurückkam, hatte sie «Katzengestalt». Gleich darauf jedoch «kehrte sie in ihren Körper zurück» und erzählte Caterina, was sie mit der Gräfin gemacht habe, dann ließ sie ein Pferd

aus der Luft kommen, das beide bestiegen. Doch Caterina entfuhren nach einiger Zeit die Worte «Jesus, welch lange Reise», worauf sie sich auf dem Boden, zwischen Dornenbüschen, wiederfand; das Pferd und Margherita waren in der Nacht verschwunden.
Don Giulio Cesare fand Caterinas Enthüllungen zufriedenstellend, bestätigten sie ihm doch seinen Verdacht hinsichtlich des Leidens der Gräfin. Am Weihnachtstag besuchte er Caterina wieder und bedachte sie mit einem Sermon über die Passion Unseres Herrn und den Schutz, den die Heilige Jungfrau auch den reuigen Sündern zuteil werden läßt. Und daran solle sie nicht zweifeln, auch wenn sie ihre Seele dem Teufel verschrieben habe. «Und während er solches sagte, geriet die Frau dermaßen außer sich, daß sie zu weinen anhub und Gott und die Heiligste Jungfrau um Vergebung für ihre Sünden anflehte; und Monsignore fragte sie, ob sie es zufrieden sei, mit der Geißel zu büßen aus Liebe zur Heiligen Jungfrau, und sie sagte, ja, sie sei es, und begann sich zu geißeln mit einer Geißel, welche ihr der Monsignore gegeben, und während ich und selbiger Monsignore das Miserere sprachen, geißelte sich Caterina solchermaßen, daß ihr fast das Blut aus dem Rücken sprang.»
Dies sagt ein gewisser Paolo, Diener im Hause Langosco; sein Zeugnis steht anstelle dessen, das Don Giulio Cesare nicht abgeben konnte, da er wohl nach Bologna zurückgekehrt war.

Caterina wurde am 27. Dezember dem Polizeihauptmann übergeben. Am 30., als die Verhöre beginnen, sind alle Zeugenaussagen beisammen, und sie bestätigen fast ausnahmslos nur dies, daß man der Auffindung der Knoten beigewohnt und Caterinas Geständnis, eine Hexe zu sein, mitangehört habe. Der eine nennt Einzelheiten aus ihren Erzählungen über die eigenen und die fremden Hexereien, die ein anderer vergißt oder vernachlässigt, doch im wesentlichen stimmen alle darin überein, daß sie das Gesehene und Gehörte wiedergeben.

Gesondert zu betrachten sind allerdings die Aussagen der Ärzte Ludovico Settala, Giacomo Antonio Clerici und Giovan Battista Selvatico, die damals auch «Physikus», beziehungsweise «Physiker», genannt wurden.

Als ersten hört man Settala an, den berühmtesten und reichsten an Jahren und Erfahrung. Er sagt folgendes (wir lichten weiterhin seine, wie Manzoni sie nannte, «Wortkunst»; lösen die Sätze auf, die am ärgsten «verknotet» sind, wie man hier passenderweise sagen müßte; ordnen die Interpunktion; fügen einige fehlende Wörter ein oder ersetzen andere, die heute eine andere oder keine Bedeutung mehr haben): «Mehr als einmal habe ich vom Herrn Senator vernommen, daß er an eigentümlichen Magenschmerzen litt, die plötzlich kamen und ebenso plötzlich verschwunden waren, als wären sie nie dagewesen; aus welchem Grunde er mich und den Herrn Medicus Clerici um Hilfe bat, da er von Tag zu Tag magerer und elender wurde. Vor zehn oder

zwölf Tagen kamen wir zusammen, und wenngleich wir beschlossen, es als ein natürliches Leiden zu behandeln, waren wir dennoch verwundert angesichts der Art seiner Schmerzen, die höchst eigentümlich waren, weswegen uns schien, es wirke da etwas, das man nicht auf natürliche Ursachen zurückführen könne, insbesondere da er niemals Fieber gehabt. Vor einigen Tagen erst wurde mir mitgeteilt, man habe herausgefunden, diese Krankheit habe ihren Ursprung in einem übernatürlichen Grund, da man in seinem Hause eine der Hexerei verdächtige Frau entdeckt habe; derhalben ich mich sofort zu dem Herrn Senator begab, um die Einzelheiten zu erfahren und mich einer Wahrheit zu versichern, welche meine früheren Zweifel hinsichtlich der Eigenart der zurückliegenden Anfälle bestätigte, welche nun eine Erklärung fanden in dieser übernatürlichen Ursache der Zauberei, um so mehr ich viele andere Fälle in dieser Stadt gesehen habe, bei welchen wir uns vergebens mit natürlichen Mitteln bemühet und welche später für Werke der Zauberei erkannt und durch Teufelsaustreibung heilbar wurden. Und ich vernahm, daß jene Frau die Wahrheit gestanden hatte, nämlich den Herrn Senator verhext zu haben; und der bei meinem Besuch anwesende fromme Mann und verdienstvolle Exorzist sagte mir, er habe entdeckt, daß jene Frau eine berühmte Hexe sei, ja zu denen gehöre, die das Teufelsmal tragen; deshalb wundere ich mich nicht, daß das Übel des Herrn Senators nicht weichen wollte.»
Und Clerici:
«Es sind an die vier Jahre, daß ich der Familie des Herrn Senators Melzi als Arzt diene und schon andere fiebrige Krankheiten des Herrn Senators kuriert habe;

seit dem letzten September ungefähr habe ich ihn wegen der Magenschmerzen behandelt, die er zu leiden kundtat; nachdem ich aber mit allem schuldigen Fleiß ihm die hochwirksamsten Mittel verschrieben, im Glauben, es handele sich um ein von natürlichen Ursachen hervorgerufenes Leiden, und nachdem der Herr Senator alles mit größter Genauigkeit befolgt, kam ihm davon doch keine Erleichterung, ja die Schmerzen tobten noch heftiger und auf das eigentümlichste, warfen ihn nieder und zehrten ihn auf, worüber ich höchlichst verwundert war... Weshalb ich es für notwendig erachtete, mich über diesen Fall mit dem Herrn Ludovico Settala zu konsultieren: und miteinander kamen wir zu dem Ergebnis, es bestehe der starke Verdacht einer übernatürlichen Ursache...»

Clerici, von der Entdeckung in Kenntnis gesetzt, hatte mit dem Pfarrer von San Giovanni und mit dem berühmten Teufelsaustreiber, der sich im Hause Langosco befand, gesprochen und von der «gewaltigen Schwierigkeit» (vielleicht hatte der Pfarrer übertrieben, vielleicht übertrieb Clerici) vernommen, mit der der Pfarrer «ein Stück des besagten Hexenzeugs» verbrannt hatte, welches, schon verbrannt, «sich krümmte und zusammenzog, und man mußte es gewaltsam mit einem Stück Eisen festhalten», bis es endlich ganz zu Asche wurde; von dem berühmten Exorzisten hatte er erfahren, daß die Frau «die Hexenkunst ausübe und ein Teufelsmal trage» und daß sie einen sehr guten Meister gehabt habe, da es gewiß irgendeine Schule der Hexenkunst gebe. Er beendete seine Zeugenaussage deshalb mit der Erklärung, daß er den Herrn Senator nunmehr nicht mehr in seiner ärztlichen Pflege habe und ihn gänzlich der Fürsorge des Exorzisten überlasse. Welch bewunderungswürdige Bequemlichkeit, die der heutigen Medizin abgeht, es sei denn, man wollte in der Erklärung von Krankheiten durch die Psyche und in der Zuflucht zu psychoanalytischen Exorzismen eine Ähnlichkeit erkennen.

Am Vortag des Festes des Heiligen Thomas begab sich Giovan Battista Selvatico zum Senator Melzi, um ihm «seine Verehrung» zu bezeugen. Wahrscheinlich wollte er ihm seine Wünsche zum Weihnachtsfest darbringen, das vor der Tür stand (man sollte sich vergegenwärtigen, daß diese Geschichte aus tragischer und schändlicher Dummheit sich in den Tagen um Weihnachten im Hause Melzi abspielt und wie eine schmerzhafte, negative und blasphemische Parodie darauf ist). Er traf den Senator in Gesellschaft von Cavagnolo und Vacallo an, «und sogleich teilte der Herr mir einen großen Schmerz mit, daß er nämlich von einer Magd seines Hauses verhext worden sei und von Zeit zu Zeit solche Schmerzen im Magen empfinde, als würde er zerrissen ... Ich fragte ihn, ob er sich von einem Arzt habe untersuchen lassen, und er sagte ja, von seinem ordentlichen Arzt, Herrn Clerici, und vom Herrn Settala als außerordentlichem Arzt, welche einige Mittel versucht, die aber wenig genutzt, da das Übel nicht von einer natürlichen Ursache herrühre, sondern von einer teuflischen.» Wenngleich er sich als alten und einzigen Freund des Senators bezeichnet, war Selvatico bis zu diesem Augenblick also nicht als Arzt konsultiert worden. Als Arzt aber soll er in diesem Prozeß als Zeuge aussagen.

Durch seinen langjährigen Umgang mit dem Heiligen Offizium vermeint Selvatico Bescheid zu wissen, wie «diese Hexereien einhergehen»; und er bittet den Senator um Erlaubnis, mit Caterina sprechen zu dürfen. Begleitet von dem stets anwesenden Cavagnolo, sucht Selvatico Caterina in der Kammer auf, wo sie sie «verschlossen» hielten. Zeremoniell richtet er das Wort an sie: «Madonna, ich bin hier, um dem Herrn Senator, aber auch Euch, so Ihr es wollt, zu dienen; sagt mir alles frei heraus, so daß wir alle zusammen diesem Herrn helfen können. Unterlaßt es, mich zu belügen, denn durch Schrift und Studium und auch durch den Verkehr, den ich seit vielen Jahren mit dem Heiligen Offizium pflege...»
Caterina antwortete ihm «höflich», daß sie bereit sei, alles zu sagen und zu tun, was man von ihr verlange. Sie gestand wiederum, den Senator verhext und mit dem Teufel geschlafen zu haben, der ihr in der Gestalt des Senators erschienen sei, wobei sie «fleischliche Erregung» empfunden habe. Sie erklärte sich bereit, aufzulösen, was sie verfertigt; und Selvatico ließ schnellstens jenen «Knäuel» aus Federn und Zwirn bringen (einer war noch übrig) und befahl ihr, die Knoten nacheinander aufzulösen, «und es war erstaunlich zu beobachten, wie schnell sie so viele Knoten aus so feinem Zwirn löste, während man sah, wie ihr das Fleisch aus dem Gesicht wich...»
Nach der Auflösung des großen Teufelsknotens, der aus kleinen Teufelsknoten gemacht war, nach der Verbrennung von Zwirn und Federn, nach weiteren Fragen und nach der Empfehlung, sie möge alle Zauber lösen und nicht an Jesu und der Jungfrau Hilfe zwei-

feln, ging Selvatico von dannen, in der Gewißheit, daß bei dem Senator eine Besserung eintreten mußte: «Und wahrhaftig schien es an zwei aufeinanderfolgenden Tagen, daß es dem Senator nicht schlecht ginge.»

Einige Tage später, am Neujahrstag des Jahres 1617, wurden die drei Ärzte noch einmal zitiert, um auf eine präzise Frage zu antworten: ob die Krankheit, an der der Senator litt, der Art sei, daß sie zum Tode führe. Selvatico antwortet: «Das Leiden des Herrn Senators, weshalben ich zu Rate gezogen, war der Art, ihn zum Tode zu führen; und es ist Gottes Gnade zu verdanken, daß er, nach den geeigneten Maßnahmen der Exorzisten, nicht sterben muß, denn der Teufel ist gar mächtig, der Zauber ist böse, und je länger diese Frau im Gefängnis bleibt, um so mehr wird sie sich verhärten.» Was soviel heißt wie: Bringt sie schleunigst um, sonst ist das Überleben des Senators weder durch die Mittel der Exorzisten noch durch die göttliche Gnade garantiert.
Und Clerici: «Ich halte es für gewiß, daß ohne die Entdeckung jenes Zaubers und folglich der Ursache des Übels der Herr Senator dem Tode nahe war ... um so mehr, als es mir nicht wahrscheinlich erscheint, was diese Hexe, um ihre Missetat zu entschuldigen, sagte, als wir im Hause des Senators waren, daß nämlich jener Zauber von ihr *ad amorem* verübt worden sei.» Also nicht damit er sie liebe, sondern um ihn zu töten. Was Caterina vom Tode des Senators gehabt hätte, das fragt sich diese Leuchte nicht. Sie war erst seit ein paar Monaten im Hause Melzi, sie konnte nicht einmal auf ein kleines Legat hoffen.

Und Settala bestätigt, mit endgültiger Autorität, den Spruch seiner beiden Kollegen: «Ich sage, diese Krankheit war der Art, daß sie ohne jeden Zweifel zum Tode führte... und bin gewiß, daß solches Malefizium nicht *ad amorem,* was häufig vorkommt, sondern *ad mortem* vollführet... Und dieses vermag ich zu sagen aus der Erfahrung und Praxis, welche ich mit ähnlichen Fällen gehabt, und aus dem, was ich bei den wichtigen Autoren gelesen, die diese Materie behandeln.»

Nur in der Aussage von Selvatico findet sich eine kurze Beschreibung von Caterinas Äußerem, «üppig, doch von teuflischem Aussehen». Gleichwie, ob sie nun schön oder häßlich war, teuflisch jedenfalls mag für den, der nicht an den Teufel glaubt, «faszinierend» bedeuten. Und da ersteht in unserer Erinnerung – die bisweilen eigensinnig, doch nie grundlos umherschweift, Vergas Wölfin: «Sie war groß, mager, hatte dabei die feste und starke Brust der Brünetten – und doch war sie nicht mehr jung –, sie war bleich, als hätte sie die Malaria immer im Nacken, und über dieser Blässe zwei Augen, riesengroß, und frische, rote Lippen, die einen auffraßen.» Vielleicht war Caterina nicht ganz so mager, doch möglicherweise bezieht sich das «üppig» des Doktor Selvatico nur auf die Mächtigkeit ihres Busens. Eine Wölfin jedenfalls. «Die Frauen schlugen das Kreuz, wenn sie sie vorübergehen sahen, allein wie eine Hündin, streunend und argwöhnisch wie eine hungrige Wölfin; sie zerfleischte Kinder und Ehemänner mit einem Blick, und es genügte, daß sie sie mit ihren Satansaugen ansah, und schon hingen sie ihr am Rockzipfel, und hätten sie sich auch vor dem Altar von Santa Agrippina befunden.»
An diese Wölfin muß man bei der Aussage des Kutschers im Hause Melzi denken – im lateinischen *incipit* des Protokolls «auriga» genannt –, als er von den Liebesbezeugungen Caterinas erzählt, von ihren Zärtlichkeiten, ihren Aufforderungen: «Manchmal sagte sie mir, daß sie in meine Augen verliebt sei und daß

meine Augen ihr verrieten, ich könnte zu jeder Stunde reiten» (das Reiten, für Italiener eine überflüssige Erklärung, bezog sich nicht darauf, daß er als «auriga» mit Pferden zu tun hatte). Einmal sagt sie zu ihm, sie würde ihn nie zum Manne nehmen, weil sie immer eifersüchtig sein und befürchten würde, er könne sie betrügen. Als bei ihm Magenschmerzen einsetzen, warnt sie ihn, er solle sich vor bösem Zauber hüten – gleichsam als wolle sie ihm zu verstehen geben, der Zauber komme von ihr, und wenn er sie liebe, würde er davon befreit werden. «Aber aus Hochachtung vor dem Herrn», sagt der Kutscher, «habe ich nie eingewilligt, noch stand mir überhaupt der Sinn danach, mit ihr zu schaffen zu haben.» Mit aller Wahrscheinlichkeit lügt er jedoch: Caterinas Kammertür stand jede Nacht offen für alle, die mit ihr «Umgang haben» wollten, für den Herrn und für die Dienstboten. Die Wendung des Kutschers «aus Hochachtung vor dem Herrn» ist zweideutig: Sie kann bedeuten, daß er aus Respekt vor ihm unter seinem Dach keine Unzucht treiben wollte, sie kann aber auch bedeuten – mit einem Bild ausgedrückt, das Lenin einmal benutzt hat –, daß er aus Respekt nicht aus demselben Glas trinken wollte.

Doch auf diese zweite Hypothese, die unabweislich in den boshaften Gehirnen der Verhörer auftauchen mußte und die gewiß irgendwie in den Fragen durchschimmerte, die sie ihm stellten, reagiert der Senator mit solcher Wucht und Empörung, daß er nun eigentlich erst recht verdächtig erscheinen müßte – und eben auch erscheint: «Diese Frau von ungefähr fünfzig Jahren ist schmutzig anzusehen und von äußerst häßlicher Physiognomie, so daß nicht nur ich in meinem Alter und bei der Strenge meiner Lebensführung, die alle kennen, sondern nicht einmal der geilste junge Bursche sie ansehen würde, ja gewiß würde er sie verschmähen; deshalb hätte sie unterlassen sollen, was sie getan hat, zumal ich überzeugt bin, daß man kein Wesen durch bösen Zauber dazu bringen kann, ein anderes zu lieben. Der Dämon blendet, indem er Liebe verspricht, dann läßt er Hexereien vollführen, die *ad mortem* quälen. Auch will ich sagen, daß ich niemals die geringste Neigung, weder im Traum noch sonst irgendwie, für sie empfunden; ja daß ich sie ungern im Hause behielt wegen ihres bösen Ansehens...»

In dieser nicht verlangten Entschuldigung des Senators *(«excusatio non petita, fit accusatio manifesta»)*, die vielleicht vorsichtig, mit ein paar Unterstellungen, ein paar Anspielungen herausgefordert worden war, gibt es einige offenkundige Übertreibungen. Zuerst einmal Caterinas Alter: Die Verhörer geben ihr Alter mit vierzig Jahren an, wir kommen, wenn wir die Perioden von Caterinas Leben zusammenzählen, wie sie sie darstellt, auf ein- oder zweiundvierzig Jahre. Und was ihre Häßlichkeit anbelangt, so spricht niemand mit solcher Vehemenz und solchem Widerwillen davon wie der Senator. Wir haben Selvaticos Beschreibung «üppig, doch von teuflischem Aussehen» gehört, und das letztere bedeutet nicht häßlich, sondern eher «interessant», wie man heute sagen würde; auch der Kutscher nennt sie nicht häßlich, der, als er leugnet, auf ihre Angebote eingegangen und zu ihr ins Bett gestiegen zu sein, das nicht mit ihrer Häßlichkeit erklärt, sondern mit dem Respekt, den er seinem Herrn schuldete. Und es ist auch nicht glaubwürdig, daß sie schmutzig war, wenn Ludovico Melzi zugibt: «Als diese Caterina in unserem Hause war, hat sie die Küche aufs beste versehen und war so treulich und aufmerksam mit allem Gut, daß nichts zu wünschen übrig blieb.» Wenn man die Küche einem schmierigen Weib anvertraut hätte, so würde das heißen, daß im Hause Melzi Schmutz an der Tagesordnung war, auch ohne Caterina.

Eine der Merkwürdigkeiten dieses Prozesses ist, daß der Senator Luigi Melzi, zu dieser Zeit gesund und munter und im vollen Besitz seiner geistigen Kräfte, als Zeuge und nicht als Kläger und direkt Geschädigter auftrat, der er nach Caterinas Geständnis und aufgrund der ihm von Caterina angehexten Koliken (*ad mortem,* wie die Ärzte versicherten) ja war. Vielleicht hatte er sich aus Angst, man könnte seine nächtlichen Besuche bei der Magd entdecken, nur widerstrebend überzeugen lassen oder zumindest den Versuch gemacht, Zeit zu gewinnen. Das würde erklären, warum er so lange, beinahe zwanzig Tage, auf die Ankunft von Cavagnolo wartete, vielleicht in der Hoffnung, Cavagnolo könnte Vacallos Enthüllungen entkräften oder irgendein neues Element hinzufügen, wodurch Caterina in Vacallos Geschichte in eine Nebenrolle verwiesen, vielleicht sogar ihre Unschuld bezeugt würde. Es ist durchaus vorstellbar, daß Ludovico schon von den nächtlichen Ausflügen des Vaters aus dem eigenen in Caterinas Bett wußte und darüber besorgt war, noch bevor Vacallo, wie vom Schicksal gerufen, auftauchte.

Er war über sechzig, der Senator, da bestand die Gefahr, daß er auch ohne den Zauber einer Hexe verzaubert wurde, von einem menschlichen Zauber nämlich, der im Greisenalter wirkt. In solchen Situationen sehen die Kinder stets nicht nur den Verstand des Vaters in Gefahr, sondern auch, als Folge davon, das Vermögen; und stets wissen sie kein besseres Mittel, als die Frau aus dem familiären Umkreis verschwinden zu lassen, die für den alten Vater eine letzte Lebensfreude ist. Die Sorgen wegen der Koliken des Vaters, doch vor allem wegen der beinahe nachtwandlerischen Besuche des Vaters in Caterinas Bett, mögen damals der Anfang jener Mühen und Beschwerden der Verdauung gewesen sein, mit denen Ludovico beschäftigt ist, als ihn Manzoni uns bei seiner Siesta am 11. November des Jahres 1630 zeigt (und es ist möglich, daß Manzoni sich der Koliken des Senators erinnerte, als ihm dieses Detail über die Verdauungsbeschwerden des Sohnes in den Sinn und in die Feder kam, die auf so unvergeßliche Weise das XIII. Kapitel einleiten). So wird er Vacallos Enthüllungen mit freudigem Jubel aufgenommen haben. Man könnte noch weiter gehen und vermuten, der Sohn habe den Senator, der eine Entscheidung bis zur Ankunft Vacallos und auch weiterhin hinausschob, vor vollendete Tatsachen stellen wollen, indem er die Klage im eigenen Namen einreichte. Worauf dem Senator nichts anderes übrig blieb, als einzusehen, daß er Opfer eines bösen Zaubers war und daß Caterina wirklich «die Hexenkunst ausübte». Alles – und alle – wirkten zusammen, um ihn davon zu überzeugen. Doch vor allem die Tatsache, daß es ihm besser ging, wie er selbst erklärte: «Nicht nur sind die Schmerzen gewichen, ich kann auch sagen, daß ich von dieser Krankheit fast geheilt bin; und während ich zuvor nicht schlafen konnte, ruhe ich seit drei Tagen zu den gehörigen Zeiten, und ich befinde mich viel besser, seitdem Hochwürden die Teufelsaustreibung vorgenommen.»

Und tatsächlich lebte er noch zwölf Jahre. Doch starb er an einer Kolik, am 16. Juli 1629.

Am 30. Dezember begann das Verhör von Caterina. Sie erzählte in großen Zügen ihre Lebensgeschichte bis zu dem Augenblick, da das Schicksal sie im Haus Melzi ereilte und der furchtbaren Justiz auslieferte, die sie nun auspreßte. Das Schicksal und ihr Liebesverlangen, ihr Bedürfnis, unbedingt geliebt zu werden.

Geboren war sie in Broni, südlich von Pavia. Der Vater war Schulmeister in Pavia gewesen, folglich konnte sie lesen und schreiben; und hier muß auch gesagt werden, daß sie sich ein wenig besser als die anderen auszudrücken wußte, denn die Teile der Protokolle, in denen sie spricht, sind weniger verwickelt und weniger verworren. Im Alter von dreizehn Jahren wird sie mit einem Mann aus Piacenza namens Bernardino Pinotto verheiratet. Sechs Jahre später stirbt der Mann. Das Leben als Magd beginnt: im Haus einer gewissen Apollonia Bosco in Pavia; dann, wieder ein Jahr lang, bei einem Wirt im Monferrato; vier Jahre lang ist sie in Trino im Hause eines Tuchhändlers. Dann geht sie nach Occimiano, wo sie zwölf Jahre bleibt. Als Magd kommt sie ins Haus des Hauptmanns Giovan Pietro Squarciafigo, wird seine Geliebte, bleibt dabei aber, versteht sich, seine Magd. Cavagnolo, stets unermüdlich, wenn es um die Angelegenheiten anderer Leute geht, begibt sich, als er sich im Monferrato aufhält, nach Occimiano, um «Nachrichten einzuholen über selbige Magd Caterina»: und erfährt nur Schlechtes, was ihm all das Schlechte, das er ihr zuschreibt, bestätigt: «Allgemein hielt man sie für ein schamloses und hexenhaftes Weib; sie war unverheiratet, doch hatte sie einem gewissen Hauptmann, welchen man für von ihr verhext hielt, zwei Mägdlein geboren; und besagter Hauptmann war ein Edelmann mit fünf- bis sechstausend Scudi Einkünften.» Caterina mußte nicht erst Cavagnolo gegenübergestellt werden, sie gab sofort alles zu, das Konkubinat mit Squarciafigo, die beiden Töchter, Vittoria und Angelica, die der Hauptmann zu sich genommen und die sie Jahre später einmal besucht hatte; sie gab auch zu, Zaubereien vollführt zu haben, das eine Mal mit, das andere Mal ohne Erfolg, die bewirken sollten, daß der Hauptmann sie nicht aus dem Haus jagte; doch beim zweiten Mal war der Bischof von Casale dazwischengekommen, der vom Hauptmann verlangt hatte, seinem sündigen und empörenden Lebenswandel ein Ende zu setzen, indem er Caterina aus dem Haus jagte. Woran man sieht, daß dem Diktum eines Bischofs kein Zauber standhält.

Caterina spricht allerdings an einer Stelle von drei Kindern, die sie dem Hauptmann geboren hat; anscheinend hat Squarciafigo sie verstoßen, als das dritte Kind eben geboren war, für das er die Vaterschaft auf das heftigste bestritt, «und er sagte, ich hätte mich mit anderen abgegeben, und deshalb sei das dritte Kind nicht von ihm». Was mit diesem dritten Kind geschehen ist, sagt sie nicht, sehr wahrscheinlich ist es ein paar Monate später an Entbehrungen oder einer Krankheit oder an beidem zusammen gestorben.

Caterina kommt nach Mailand und verdingt sich beim Grafen Filiberto della Somaglia, nach einigen Monaten wechselt sie über ins Haus Vacallo («wäre ich doch niemals dorthin gegangen!»), wo sie zwei Jahre bleibt. Nach ihrer Entlassung dient sie, Vacallo und Cavagnolo zufolge, beim Grafen Alberigo Belgioioso; Caterina sagt jedoch, sie sei drei Monate im Hause Federico Romas gewesen, dann nach Occimiano gegangen, wohin Squarciafigo sie bestellt hatte und wo sie sich Geld zurückgeben lassen wollte, «das ich im Schweiße meines Angesichts verdient», und das sie anscheinend verliehen hatte. Sie fügt hinzu: «Und ich ging auch wegen meiner Töchter dorthin».

Sie bleibt zwei Monate dort und kehrt dann nach Mailand zurück. Elf Monate dient sie einem Arzt, dreizehn dem Hauptmann Carcano (dem dritten Hauptmann in ihrem Leben; dieser ist der einzige, der sich nicht beklagen kann, ja mit den guten Zeugnissen, die er Caterina ausstellt, findet sie eine Stelle bei der Familie Melzi), drei Monate lang ist sie bei Girolamo Lonato; schließlich, von Maria Himmelfahrt, also von Mitte August an, beim Senator Melzi.

Abgesehen von ihrem Bedauern, sich bei Vacallo verdingt zu haben, dem sie mit Hingabe und Treue gedient und von dem sie mit all dem belohnt wurde, was sie nun zu leiden hat, hört man aus ihrer Geschichte nur ein einziges Mal einen Ton des Bedauerns, als sie sagt, daß sie – offenbar nach dem Tod ihres Mannes – von Pavia wegging, weil es ihr an Verstand mangelte. «Ein junger Mailänder nahm mich mit sich» – mehr äußert sie nicht über diese Erfahrung, die eine ihrer schmerzlichsten gewesen sein muß.

Was die Verhexung des Senators betrifft – «damit der Herr Senator mich lieben und fleischlichen Umgang

mit mir pflegen sollte» –, so leugnet Caterina sie nicht und erzählt den Verhörern wiederum alles, was sie im Hause Melzi schon mehrmals erzählt hat. Sie betont jedoch, daß der von ihr verübte Zauber kein eigentliches Malefizium gewesen sei – so wie sie es beabsichtigt habe. Sie widerspricht den Ärzten, Exorzisten und Verhörern nicht, wenn sie sagt, die Magenschmerzen und das Erbrechen des Senators hätten nichts mit ihr zu tun und hätten eine andere oder eine natürliche Ursache; sie sagt dies aus Vorsicht, oder weil sie glaubt, es habe eine Art Fehlleitung stattgefunden und ihr Ziel *ad amorem* sei durch eine böse Absicht *ad mortem* unterlaufen worden, vielleicht durch den Dämon selbst, der sie geblendet und sich ihrer bedient habe. Und weil sie ein Werkzeug des nicht gewollten, doch tatsächlichen Malefiziums geworden sei, habe sie nun Gebete und Rosenkränze an die Muttergottes gerichtet und ihr als ex voto ein silbernes Herz zum Preis von sieben Lire bringen lassen, sie habe Messen in vielen Kirchen und vor vielen Altären lesen lassen und besonders zum Heiligen Erlöser gebetet, daß er, indem er den Senator von den Magenschmerzen erlöse, «auch mich erlösen möge». So weit war sie noch davon entfernt, sich vorzustellen, was sie erwartete, und schon so bald, und was sich in den nächsten Tagen so grausam steigern sollte.
Die Verhörer stellen ab und zu eine Frage oder fordern sie lediglich auf, weiterzusprechen. Und Caterina redet und redet. Sie erzählt ihr ganzes Leben von vorn, fügt ein paar Einzelheiten hinzu, erweitert einige Episoden. Und natürlich widerspricht sie sich; nicht was die wesentlichen Tatsachen und das Eingeständnis oder

das Leugnen ihrer Schuld anbelangt, sondern, weil ihr Gedächtnis sie im Stich läßt, was Daten, Abfolge der Ereignisse, Orte, Begegnungen betrifft. Das würde uns auch passieren.

Man könnte sagen, daß sich die Erzählung ihres Lebens konzentrisch ausdehnt und erweitert, so wie ein ins Wasser fallender Stein immer größer werdende Kreise erzeugt, die schließlich aufs Ufer laufen und dort verschwinden. Sie erzählt, daß sie die Anfangsgründe der Hexerei – nur soviel als nötig war, um einen Mann an sich zu binden – bei einer Frau in Trino gelernt habe; doch ihre wahre Lehrerin sei die Margherita aus Casal Monferrato gewesen («welche eine Dirne war, schön, jung, ungefähr zwanzig Jahre alt»), auch wenn sie dann später noch eine weitere, Francesca geheißen, getroffen habe. Und in diesem Erzählen taucht der Teufel zuerst auf, wie aus Verzweiflung angerufen in Augenblicken großer Erschöpfung, oder wenn sie empfand, daß sie Gegenstand der Verachtung war; ein Teufel, der gleichsam in einer Redewendung – hol mich der Teufel! – herbeigerufen wird und der ihr willig und dienstbar erscheint. Aber je mehr ihre Erzählung voranschreitet und sich wiederholt und erweitert, werden der Teufel und alle die Teufel mit ihren Namen – von einem Erfindungsreichtum, den man komisch nennen könnte, wie im einundzwanzigsten Gesang der *Hölle* – übermächtig und beherrschend, sie tauchen an jedem Ort und in jedem Augenblick ihres Lebens auf, sie sind dessen Essenz, Wonne und Lust.

Offenbar hat Caterina bemerkt, daß ihre Richter sich liebend gern mit dem Teufel und seinen Liebeskünsten beschäftigten; deshalb ruft sie sich alles ins Gedächtnis, was sie über den Teufel weiß, die schauerlichen Dinge, die sie als Kind an den Winterabenden vorm Feuer anhörte, die Geschichten der Bußprediger, die Erzählungen ihrer Lehrmeisterinnen, ihre Träume und die Augenblicke wahren Liebestaumels, die sie erhascht hatte, und schließlich auch – daran zweifeln wir nicht – die Wahnbilder, die ihr jener berühmte auswärtige Teufelsaustreiber suggeriert hatte, als er sie im Hause Melzi verhörte.

Unter anderem erzählt Caterina noch einmal von Margheritas Malefizium gegen die Gräfin Langosco und von der Nacht, als sie Margherita begleitete, die zur Gräfin ging, um sie mit der abscheulichen Salbe zu bestreichen. Die zweite Erzählung ist detaillierter und enthält auch die Beschreibung des Edelmanns, der Margherita den schändlichen Auftrag gegeben hatte, die Gräfin zu verhexen: «Und war ein schöner Edelmann, groß, mit rotem Bart, schön von Angesicht, mit schönen Augen, ungefähr vierzig Jahre alt, schwarz gekleidet.» Als sie dann von dem nächtlichen Ritt auf dem Pferd spricht, das Margherita aus dem Nichts herbeirief, gibt sie eine andere Erklärung für ihren Sturz in die Dornbüsche: «Nachdem wir auf dem Pferde wohl eine gute Meile geritten waren, schien mir, als wolle das Pferd mich verbrennen, und ich sagte ‹O Jesus Maria, wie ist das heiß›, und plötzlich waren das Pferd und Margherita verschwunden, und ich fand mich um die zweite Nachtstunde mitten in einem Dornenwald.» Der Gedanke liegt nahe, daß Caterina, um den Verhörern gefällig zu sein, als Grund für die Anrufung von Jesus und Maria nunmehr ein Pferd anbietet, das durch seine Herkunft aus der Hölle und den infernalischen Dämpfen notwendigerweise heiß wie ein Bügeleisen sein mußte.

Die Richter bemerken den Widerspruch nicht, vielleicht halten sie ihn der größeren Aufrichtigkeit zugute, die Caterina ihnen und den Argumenten und Instrumenten, über die sie zur Wahrheitsfindung verfügen, schuldig zu sein glaubt. Doch kurz darauf widerspricht sie sich wieder: Im Morgengrauen nach jener Nacht habe sie gemerkt, daß sie in der Nähe von Mortara sei, und sich dorthin gewandt, von dort sei sie nach Pavia gegangen und drei Monate bei ihrem Bruder geblieben, schließlich nach Occimiano gegangen, wohin Squarciafigo sie gerufen, weil sich eine der beiden Töchter ein Bein verbrannt habe. Da dieser Widerspruch nicht der Wahrheit dient – und das heißt der Lüge –, bemerken die Richter ihn. Sie weisen sie zurecht, Caterina korrigiert sich: Nicht nach Occimiano sei sie gegangen, sondern nach Mailand. Ganz offenkundig gerieten ihr die Zeiten durcheinander, weil sie ein erfundenes Detail – das Pferd, an dem sie sich verbrennt – mit einem realen Geschehnis, der Brandwunde ihrer Tochter, assoziiert.

Und hier sagt sie flehend: «Herr, ich bin müde vom Stehen und vom Fasten und von all der Pein; wenn Ihr mich also ausruhen und mir zu essen geben lasset, werde ich Euch die Wahrheit sagen, von dem, was ich weiß.»

Das wird ihr zugestanden. Man übergibt sie den Häschern, die sie ins Gefängnis zurückbringen.

Am nächsten Tag setzt das Verhör, voll Eifer und mit reichem Ergebnis, dort wieder ein, wo es unterbrochen worden war: beim Bund mit Margherita, was sie von Margherita gelernt, ihre gemeinsamen Taten. Caterina beschreibt sie dann genauer: einundzwanzig Jahre alt, mit schönen Augen, groß und schwarz wie zwei Pflaumen, fett, brünett und in gelbe Sarsche gekleidet, seit vielleicht zwei Jahren verheiratet. Das «fett» muß man im damaligen Sinne verstehen, es meint das Weiß und das Rot, die Weichheit und das Leuchten des Fleisches; kurz, sie war nicht mager, eher blühend, so wie die Frauen den Männern damals gefielen und auch heute gefallen, nur daß heutzutage die Frauen allmählich nichts mehr darauf geben, ob sie den Männern gefallen.

Trotz ihrer Jugend war Margherita schon eine zuverlässige professionelle Hexe (wer das heute so modische Wort – professionell oder Profi – liebt, mag es auch für die Hexenkunst von gestern und heute benutzen). Hier kommt uns die Versuchung an, den Namen Margherita in ein Spiel mit Zitaten, Erinnerungen, Erfindungen zu verwickeln, doch ersparen wir es dem Leser, auch weil er es selbst probieren kann.

Caterina kannte diese Margherita schon, bevor sie gemeinsam zur Villa der Gräfin Langosco gingen, um sie dermaßen zu verhexen, daß sie sich Jahre danach noch nicht erholt hatte, sondern daß ihr Lichtlein, wie man zu sagen pflegt, am Erlöschen war; Caterina und Margherita hatten sich beschnuppert und – vom Dämon geliebt und auserwählt – ihre Verwandtschaft erkannt, da sie beide, jede für sich, schon in die Geheimnisse der schwarzen Kunst eingeweiht worden waren. Margherita hatte jedoch, wie gesagt, bereits das Niveau der professionellen Perfektion erreicht, so daß sie auch für eine Kundschaft arbeitete; während Caterina sich noch auf der Stufe der Neugier, des Staunens, kurz, des Vergnügens daran, befand.

Eingeweiht hatte sie («da haben wir endlich die Wahrheit!» werden die Richter gedacht haben) ein gewisser Francesco, der wegen Mordes an einem Onkel verbannt war und der Caterina in Occimiano nachts besuchte (Squarciafigo hatte also doch nicht Unrecht, als er sie beschuldigte, sich mit anderen abgegeben zu haben); eines Abends hatte er Caterina, die nicht mehr aus noch ein wußte, weil Squarciafigo sie aus dem Haus jagen wollte, angeboten, er werde sie aus dieser Gefahr retten, sie solle ihm nur sagen, was sie zu zahlen bereit sei, Caterina antwortete, daß sie alles zahlen würde, was er wollte, wobei sie Geld meinte. Francesco meinte jedoch einen ganz anderen Preis; acht Tage darauf erschien er wieder bei ihr, zog Papier und eine Nadel aus dem Strumpf und erklärte ihr, sie müsse ihre Seele dem Teufel verschreiben, danach werde Squarciafigo sie nicht nur bei sich behalten, sondern schließlich auch heiraten. Caterina ließ sich das nicht zweimal sagen; kaum hatte Francesco ausgesprochen, stach sie sich in einen Finger der linken Hand, so daß das Blut heraustropfte; Francesco tauchte die Nadel gewissermaßen als Feder in das Blut und zeichnete damit fünf Buchstaben aufs Papier; darauf gab er sie Caterina, die einen Kreis ziehen sollte; und in Gestalt eines großen und erzhäßlichen Mannes erschien der Teufel, «aber er redete nicht mit mir und verschwand bald, man hätte kaum ein Avemaria sprechen können; und seit damals habe ich den Francesco nie wieder gesehen, ja ich habe gehört, daß er tot sei». An die fünf von Francesco gemalten Buchstaben vermag sie sich nicht mehr zu erinnern, doch, sagt sie, habe sie wohl gewußt, daß der von ihr gezeichnete Kreis das Gelöbnis bedeutete, sich mit Seele und Leib dem Teufel hinzugeben. Mit dem Leib, «wie ich es dann tat», nachdem der Dämon ihr «in vertrauter Weise» erschienen war und ihr versprochen hatte, er werde ihr viele fleischliche Freuden schenken. «Und von da an bin ich stets allen, die mich darum angingen, mit meinem Körper zu Willen gewesen.» Was das «Buhlen» mit dem Teufel anbelangt, so gibt sie zu, dies nur einmal und mit großer Wollust getan zu haben («und ich empfand solche Lust, als der Teufel mit mir buhlte, wie ich sie nie mit einem Manne empfunden»). Die Beschreibung dieser Umarmung mag eigenartig anmuten, doch mit ziemlicher Sicherheit entstammt sie den Phantastereien, die die Hexenweiber einander erzählten, wenn nicht sogar aus irgendeinem Werk über Hexenverhöre. Es können auch Caterinas Phantasiebilder, Träume, Delirien sein; feststeht, daß dies, wie vieles andere, das sie erzählte und das uns unglaublich und abstoßend anmutet, ihren Verhörern jedoch äußerst wahrscheinlich erschien und Genuß verschaffte, ein Produkt des Grauens und des Schmerzes war.

Ein verhängnisvoller Kreislauf wirkte da, und ganz besonders in jenem Jahrhundert: Vorstellungen und Legenden der Vergangenheit, Wunder und Ängste, die zum Volksglauben gehörten, wurden in den Augen der katholischen Kirche zur Bedrohung, zu Elementen einer Religion des Bösen, die sich der katholischen – der des Guten – entgegenstellte. Und jene alten Märchen und Legenden verwandelten sich in eine Gefahr, sie wurden dazu gemacht, und zwar aus dem bekannten und ewig gültigen Grunde, daß jede Tyrannei sich etwas erschaffen muß, auf das sie zeigen kann, und das sie für die Auswirkungen der vor ihr verschuldeten Ungerechtigkeit, von Elend und Leid der unter ihrem Joch Lebenden verantwortlich machen kann. Diese

Volksglauben verbreiteten sich in dem Maße, wie durch das herrschende System Ungerechtigkeit, Elend und Leiden wuchsen. Gleichsam als sagten sich die Menschen: Nachdem wir es mit der Religion des Guten versucht haben, die uns soviel Böses bringt, sehen wir nun einmal, ob wir mit der Religion des Bösen besser fahren. Das mag den Anschein einer banalen und oberflächlichen Witzelei haben, doch enthält es ein gut Teil Wahrheit, es beschreibt nämlich das, was sich in der Psyche der Individuen oder engerer Gemeinschaften abspielte. Caterina Medici wendet sich ja gerade in den Augenblicken der Erschöpfung und Verzweiflung, dann, wenn sie nicht mehr weiter weiß, an den Teufel. Sie ruft ihn an, um in sein Reich aufgenommen zu werden, das ein höhnisches Gegenbild jenes anderen Reiches ist, an das sie auch glaubt, von dem sie aber in ihrem schmerzensreichen Leben kein Zeichen, keine Antwort und keinen Gnadenschimmer erhalten hat.

Aus der Volkstradition und aus den phantastischen Erzählungen Einzelner wurden diese Vorstellungen von gelehrten Männern der Kirche zusammengetragen, sorgfältig katalogisiert und beschrieben; darauf wurden sie an die Bußprediger weitergegeben und kehrten beglaubigt und bestätigt zum Volk zurück – und verbreiteten sich dadurch noch mehr. Ein perverser und schlimmer Kreislauf.

Im XXXII. Kapitel der *Verlobten* sagt Manzoni, wobei er den Glauben an Salbenmischer, die die Pest verbreiteten, mit dem Glauben an die Hexerei gleichsetzt: «Hundert weitere Autoren wurden zitiert, die Gifte, Zaubereien, Salben und Pulver in wissenschaftlichen

Traktaten behandelt oder nebenbei erwähnt hatten, wie Cesalpino, Cardano, Grévin, Salio, Paré, Schenck, Zachia und schließlich der verhängnisvolle Delrio, welcher, würde der Ruhm der Autoren dem Guten wie dem Bösen entsprechen, das ihre Werke bewirken, einer der berühmtesten sein müßte; Delrio, dessen unermüdlicher Fleiß mehr Menschen das Leben kostete als die Unternehmungen mancher Eroberer; eben jener Delrio, dessen *Disquisizioni Magiche* – Abhandlungen über die Magie – (die Quintessenz aller Wahngebilde, die Menschen bis dahin auf diesem Gebiet hervorgebracht hatten) zu einer maßgeblichen, unwiderlegbaren Quelle wurden und über ein Jahrhundert lang die Norm und einen wirkungsvollen Ansporn für ein fortgesetztes und legales grauenvolles Abschlachten von Menschen waren.» Manzoni fährt fort und drückt damit das, was wir sagen möchten, viel besser aus: «Aus den Entdeckungen des Volkes nahmen die Gebildeten das heraus, was sich mit ihren Ideen vereinbaren ließ; aus den Entdeckungen der Gebildeten übernahm das Volk das, was es begriff, und so, wie es Derartiges begreifen konnte; und aus all dem formte sich eine gewaltige und verworrene Masse von allgemeinem Wahnsinn.»

In einer genauen Gegenüberstellung wäre einmal zu untersuchen, was und welche Bilder aus den *Disquisizioni Magiche* des Jesuiten Martino Del Rio über den perversen Kreislauf, der entstanden war, in das Geständnis Eingang gefunden haben, das Caterina über sich und ihrer Hexerei ablegte, um ihre Verhörer zu befriedigen.

Obwohl Caterina das im Haus des Senators abgelegte Geständnis bestätigte, weitere Einzelheiten über die Verhexung des Senators hinzufügte und insbesondere zwei Dinge bekannte, die zu unangreifbaren Pfeilern der Anklage wurden: den mit Blut unterschriebenen Pakt mit dem Teufel und das wollüstige «Buhlen» mit dem Teufel, den sie als solchen erkannt – verfügte der Senat, welchem vom Polizeihauptmann über alles Bericht erstattet worden war, daß sie zum Zweck der weiteren Erhellung der Wahrheit peinlich in der Folter befragt werden sollte, und zwar in der Art und Weise und so lange, wie es im Dafürhalten des Gerichts lag. Doch «die Folter ist kein Mittel, die Wahrheit zu entdecken, sondern sie ist eine Aufforderung, sich schuldig zu bekennen; sie dient folglich dazu, die Wahrheit zu verdunkeln, und niemals dazu, sie zu erhellen»; das war den Richtern auch damals bekannt, man wußte das schon, bevor Pietro Verri seine *Osservazioni sulla Tortura* (Bemerkungen über die Folter) schrieb, man hat es immer gewußt, zu allen Zeiten und überall, mit dem Herzen und mit dem Verstand. Jeder Mensch mit Herz und Verstand wußte es, und nicht wenige haben versucht, die an Herz und Verstand Armen zu belehren und aufzuklären.

Doch der Senat und das Gericht suchten nicht die Wahrheit, sie brauchten ein Ungeheuer, eine genaue Entsprechung der diabolischen Konsubstantiation und des Wirkens des Bösen, von denen die Werke der Dämonologie in ihren Klassifizierungen und Beschreibungen phantasierten. Kurz, man wollte Caterina mit der Folter zu den gleichen Wahnideen zwingen. Und Caterina konnte nicht anders, als sie zu befriedigen. Der Senat nannte in seiner Verfügung zwei Foltern, das Brett und den Strick, doch wissen wir nicht, ob beide oder nur eine davon angewendet wurden. Danach erklärt sich Caterina noch einmal willens und bereit, die Wahrheit zu sagen. Zuerst erzählt sie, der in ihrer Truhe aufgefundene Brief stamme von ihrem Bruder Ambrogio, der ihn allerdings von seinem Sohn Giovanni habe schreiben lassen: die Nachrichten hätten sich auf den Gesundheitszustand ihres Mannes bezogen, jenes Bernardino Pinotto, «der ein Faulenzerleben führte, so daß ich mich als Dirne verkaufen mußte, um für seinen Unterhalt zu sorgen» (an dieser Stelle versteht man nicht mehr, ob ihr Mann an jenem letzten Tag des Jahres 1616 tot war, wie sie zuerst behauptet hatte, oder ob er noch lebte; doch wir zweifeln ja überhaupt daran, daß die Folter irgend etwas, selbst die nebensächlichste Einzelheit, aufklären kann). Danach erklärt sie, daß sie einen eigenen Teufel hatte, der ihr von Luzifer selbst zugeteilt worden war; doch leugnet sie beharrlich, zum «Sabbat» gegangen zu sein, die genaue Zauberformel zu kennen, durch die der Senator von seinen Magenschmerzen befreit würde, und auch, daß der Teufel zugegen war, als sie die verknoteten Gegenstände in die Kissen und die Matratze des Senators schob (hingegen hatte sie nicht geleugnet, daß er anwesend war, als sie die Knoten knüpfte) – worauf die Richter anordnen, sie nochmals zu foltern, diesmal, wie wir wissen, mit dem Strick, da sie nicht die Wahrheit sage und es nicht denkbar sei, daß sie «nur die bisher gestandenen Malefizien begangen habe». Und als der Strick, den man ihr um den linken Arm legt, angezogen wird, sagt sie: «Ich werde die Wahrheit sagen, laßt mich losmachen.» Die Wahrheit ist alles in allem eine Aufzählung von Namen: Graf Alfonso Scaramuzzo; Francesco Savona; Francesco Matelotto; Giacomino del Rosso, Diener des Grafen; ein gewisser Bartolomeo, der in Trino lebte; ein Giovanni Ferrari, Kutscher des Grafen Somaglia; ein Ugo, Knecht von Federico Roma; ein Pietro Antonio Barletta im Haus von Squarciafigo – alle diese Männer hatte sie verhext. Sie gestand auch, eine Leibesfrucht abgetrieben zu haben, und das ist der Anfang zu einer neuen Aufzählung, nun von Kindern, die sie in Occimiano verhext hatte, so daß sie starben, während sie in Mailand «nicht mehr als zwei Kreaturen geschädigt» habe: Das eine Kind starb, das andere blieb am Leben, «weil ich es wieder heilte». Aber es sind dann doch nicht nur zwei, die Aufzählung geht weiter, Caterina nennt Namen oder Straßen oder Stadtviertel. Und – «ich will alles sagen, ohne daß Euer Gnaden mich noch einmal foltern lassen» – sie gesteht, daß sie wohl an die zwölfmal zum «Sabbat» gegangen sei.

Barilotto, der «Sabbat». Schon der berühmte Exorzist aus Bologna hatte sie danach gefragt, und Caterina, die leugnete, daran teilgenommen zu haben, möglicherweise auch mit den Worten, sie wisse nicht, was das sei, wird von ihm eine Erklärung und Beschreibung erhalten haben, die ihr nun für ihre Darstellung vor den Richtern nützlich werden konnte (eine furchtbare

Nützlichkeit, weil sie sie der Hinrichtung noch näher brachte). Eigentlich ist es auch nicht denkbar, daß Caterina nicht wußte, was dieser *barilotto* war, der damals doch den Mittelpunkt aller volkstümlichen und gelehrten Wahnideen über die Hexen bildete.

Das Wort selbst erscheint vielleicht zum erstenmal in einem Brief von Giovanni da Beccaria an Ludovico il Moro (vom 24. Oktober 1496, aus Sondrio), in dem der Schreiber berichtet, einen «Hexenmeister von denen, die zum *berloto* gehen», konsultiert zu haben. Der *barilotto* war die regelmäßige Zusammenkunft von Hexen und Hexenmeistern mit den Teufeln, ein Bacchanal, eine Orgie, ein wüster Taumel aus Lästerungen gegen das Kreuz, aus Völlerei und Trinkgelagen, aus ungeheuerlichen Paarungen. Über allem thronte, königlich gekleidet und wie Gott angebetet, der Satan.

Auf einem solchen Sabbat in der Lombardei geschah in der Vorstellung derjenigen, die daran glaubten, und das waren viele, dasselbe, was man von den Festen unter dem «Nußbaum von Benevent» erzählte. Und gewiß hat Caterina diesen Baum mit seinen Legenden im Sinne, als sie sagt, die Sabbate, an denen sie teilgenommen, hätten unter einem Nußbaum stattgefunden.

Wer mehr über die Sabbate und über den Nußbaum von Benevent wissen möchte, kann bei der *Caccia alle streghe* (Hexenjad) von Giuseppe Bonomo oder beim *Paese di cuccagna* (Schlaraffenland) von Giuseppe Cocchiara verweilen. Wir verzichten darauf, die Beschreibung dieser Sabbate zu wiederholen, die Caterina den Richtern mit großer Genauigkeit liefert, da wir keinesfalls den Genuß empfinden können, den sie ihren Richtern verschaffte. Uns interessiert dagegen das

Wort *barilotto* und warum es in dieser Bedeutung aus den Wörterbüchern der italienischen Sprache verschwunden ist, vorausgesetzt, daß es überhaupt jemals Beachtung gefunden hat. Doch muß gesagt werden, daß es trotz seines Verschwindens aus den Wörterbüchern oder der Tatsache, daß es nie in diese aufgenommen wurde, im Gebrauch weiterlebt und eine Spur der früheren Bedeutung enthält. *Barilotto* oder *barilozzo*, heißt es im Wörterbuch von Battaglia, ist das Zentrum der Zielscheibe beim Schießen mit Handfeuerwaffen, ein Kreis von geringem Durchmesser. In Ausweitung des Begriffs ist *barilotto* jedoch auch die Jahrmarktsbude, in der man auf ein Ziel schießen kann. Ich erinnere mich an meine Kindheit, als zum Fest des Schutzheiligen herumziehendes Volk Karussels und Buden für Lotterien und Kraft- und Geschicklichkeitsspiele aufbauten und auch eine Schießbude, von deren Besuchern man beinahe so sprach, als wären es liederliche Menschen. «Der Sowieso steht an der Schießbude»; das klang, als wäre es ein Ort des Lasters. Heute kann ich mir erklären, was damit gemeint war: Plötzlich sehe ich diese Buden wieder vor mir; immer warteten darin herausfordernde Frauenpersonen, wie von Maccari gemalt, auf die Kunden, lockten zum Spiel, luden den Karabiner neu, hielten ihn dem Schützen mit kokettem Lächeln hin und kommentierten seine Schüsse mit scherzhaften Bemerkungen. Zur Schießbude gehen bedeutete also, daß man um ihretwillen dorthin ging, um sich zu entzünden an der Sündhaftigkeit ihrer so kurz dauernden Gesellschaft.

Damit die Wahrheit, die die Richter wollen, «wahrscheinlich» werde («Ein furchtbares Wort, und um seine Bedeutung zu verstehen, sind ein paar allgemeine Betrachtungen, die leider nicht sehr kurz gefaßt werden können, über die Praxis in den Strafprozessen jener Zeit vonnöten», heißt es bei Manzoni in der *Schandsäule,* auf die wir den Leser immer aufs neue verweisen möchten, und zwar aus vielen Gründen, aus denselben Gründen, aus denen wir schreiben und solches schreiben; und nun auch, um die damalige Bedeutung dieses «furchtbaren Wortes» zu erfahren) – damit sie also «wahrscheinlich» werde, benutzt Caterina in fiebernder Angst und in wahnsinniger Klarsicht ein System, durch das sie sich endgültig zugrunde richtet und jeden Weg zur Rückkehr abschneidet, so groß ist der Druck der Angst und der Schmerzen. Das System besteht darin, daß sie Kinder und Erwachsene, an deren Tod oder Krankheiten sie sich erinnert, als von ihr verhext nennt, so daß die Richter nur die Angehörigen der Toten vor Gericht zitieren müssen oder diejenigen, die noch krank oder eben geheilt sind, um zu erhalten, was man einen überführenden Beweis nennt, dafür nämlich, daß Caterina eine Hexe von unerhörter und maßloser Bosheit ist, eine öffentliche Gefahr. Und so geschieht es.

Es erscheinen Andrea und Domenica Birago, der Großvater und der Vater des Kindes, das Caterina verhext, doch nicht zu Tode gebracht hat. Andrea sagt aus: «Ich habe Caterina, die als Magd bei meinem

Herrn diente, vor ungefähr zwei Jahren kennengelernt. Und es stimmt, Herr, ich habe einen Enkel von drei Jahren; und es ist wahr, daß er in seinem ersten Lebensjahr wohl einen Monat lang krank war, und man wußte nicht, was für ein Übel das war ... Aber wir ließen keinen Arzt holen, und das war, als die besagte Caterina im Dienst meines Herrn war, und sie kam ins Haus und streichelte das Kind.» Und Domenico sagt aus: «Ich habe ein Söhnchen, Gerolamo geheißen, drei Jahre alt; und in seinem ersten Lebensjahr bekam es eine Krankheit, die über drei Wochen dauerte. Es wurde ganz plötzlich am Ende der Weinlese des damaligen Jahres krank, und ohne Fieber zu haben, magerte es ab und wurde reizbar und trübsinnig, und es sah aus, als verdrehten sich seine Augen; und indes ich schon bedachte, es sei vielleicht verhext, und jemanden zu Rat ziehen wollte, der sich darauf verstand, wurde es, ohne daß wir etwas dazu taten, wieder gesund; aber niemals haben wir herausgefunden, woher das Übel gekommen war.» Und befragt, antwortet er: «Ja, Herr, wenn Caterina kam, die damals Magd bei unserem Herrn war, dann erwies sie dem Kind stets viele Zärtlichkeiten.»

Und zur weiteren Sicherheit wird auch die Mutter des Kindes befragt: und sie bestätigt, was Schwiegervater und Ehemann ausgesagt haben. Zur weiteren Sicherheit, damit wollen wir sagen, die Geständnisse der Angeklagten erhielten dadurch etwas mehr «Wahrscheinlichkeit», so daß kein Zweifel mehr an ihrer Ruchlosigkeit bestand. Man geht über zur Befragung von Paolo Ferraro, Vater eines durch Caterinas Malefizium im Alter von vierzehn Monaten verstorbenen

Franceschino: «Aber als er gesund war, sah er älter aus und war dick und rund und fing an, allein zu laufen; und nie wurde die Art seiner Krankheit erkannt ... Und ungefähr einen Monat, bevor er starb, ließ ich ihn in die Kirche San Martino Nossigia bringen, wo ein frommer Bruder ihn exorzisierte und meinte, das Kind sei verhext worden.»
Ein Nachbar bezeugt, daß das Kind «gesund, hübsch und wohlgestalt» gewesen sei; daß es an einer seltsamen Krankheit gelitten habe; daß es ohne Fieber «von Tag zu Tag weniger wurde»; daß der Vater überzeugt gewesen, es sei durch ein Malefizium umgebracht worden. Mehr war nicht vonnöten.

Wie sie da in fiebernder Steigerung sich selbst beschuldigte, wie sie zum Ergötzen der Richter sich selbst immer tiefer in den Abgrund der Verworfenheit stieß, flackerte in Caterina vielleicht ein ferner Hoffnungsschimmer auf, sie könne Verzeihung erwirken, wenn sie – was später ebenso die als Pestsalber Beschuldigten taten – Namen nannte und versuchte, andere an ihr Schicksal zu binden. Das Nennen von Mitbeteiligten, von Komplizen, ist von den Richtern stets als ein Frontwechsel interpretiert worden, als eine Selbstauslieferung an die Justiz und die, wenn auch späte, Verwandlung in deren Werkzeug; kurz, als die wahre und wirksame Reue. Jeder Angeklagte wird sich dessen bei seiner ersten Begegnung mit den Richtern bewußt und zieht es in Rechnung. Doch im Falle von Caterina – wie später auch bei den sogenannten Pestsalbern – ging diese Rechnung nicht auf. Das Urteil sollte Schrecken verbreiten unter den Anhängern der Hexen-

kunst, denen, die man dafür hielt, oder die man aus Gründen der Nützlichkeit verdächtigte; und es sollte das Volk befriedigen, als ein Fest gleichsam, bei dem man keine Kosten scheute. Die Hinrichtung, die Caterina bevorstand, entsprach also der Staatsräson, sie war ein Bestandteil der Mißwirtschaft im Staate; sie sollte den Anschein erwecken, daß die Regierenden gut, wachsam und weise seien.
Caterina jedenfalls unterließ es nicht, andere anzuzeigen, meistens Frauen, mit denen sie zum Sabbat gegangen war. Unter ihnen erscheinen Caterinetta aus Varese und ihre Mutter wieder, die beiden Frauen aus der Geschichte des Hauptmanns Vacallo, die schon Sabbat-Erfahrungen hatten. Von ihnen – so behauptet Caterina in ihrer Verwirrung und Widersprüchlichkeit – wurde sie in den Sabbat «eingeweiht». Stufenweise, könnte man sagen. Zuerst ist es ein harmloser Spaziergang vors Stadttor, in Begleitung eines Knechts von Vacallo. Am nächsten Tag folgt im Morgengrauen, nun ohne den Knecht, eine längere Wanderung bis zu einer großen Wiese in der Nähe einer Klosterkirche; dort hat der Tanz schon begonnen. Zwei Teufel «in Gestalt junger Männer, bartlos und schwarz gekleidet», führen ihn an; sie heißen Wind und Schirokko. Der Satan ist schon fort. Die drei Frauen, die zu spät gekommen sind, mischen sich wortlos («denn beim Sabbat darf man nicht sprechen») unter die Tanzenden; als der Tanz zu Ende ist, findet Caterinetta einen Buhlen in Gestalt eines hellblau gekleideten Jünglings, die Mutter hat einen bärtigen Mann; sie, Caterina «hatte keinen Buhlen, da keiner dort war, der mir gefallen hätte». Auf diese erste Erfahrung folgt die

nächste am Tage darauf, «und Caterinetta hatte denselben Jüngling als Buhlen, ich hatte einen Antonio aus Varese, der alt war und nur zweimal mit mir buhlte; Caterinetta aber, so sagte sie mir, tat es siebenmal». So geht es weiter, von einem Sabbat zum nächsten, wo sie anderen Frauen begegnet, die Caterina oder Margherita heißen.

Das Gericht verkündet eine Frist, innerhalb derer derjenige, der willens sei, die Verteidigung Caterinas zu übernehmen, vor Gericht erscheinen müsse. Niemand erscheint; auch aus dem Grunde, daß die Frist nur Stunden und nicht Tage betrug, wie wir aus der Lektüre ähnlicher Prozesse jener Jahre und aus Chroniken mit Sicherheit wissen. Und außerdem können wir einfach nicht glauben, daß es in der ganzen Stadt Mailand nicht einmal einen Rechtskundigen gab, der bereit und verrückt genug war, diese Verteidigung zu übernehmen. Verrückt, damit wollen wir sagen: menschlich, großmütig, von der Idee des Rechts erleuchtet und von jener universellen Vernunft angerührt, welche nicht erst im folgenden Jahrhundert erfunden wurde (auch wenn sie damals laut verkündet und bejubelt wurde), sondern die es immer gegeben hat, mehr oder weniger sichtbar, auch in den fernsten und finstersten Zeiten. Bei wenigen, mag sein, doch lebendig.

Da sich niemand zu Caterinas Verteidigung bereit erklärte, konnte der Prozeß abgeschlossen werden. Die Kurie (keine kirchliche, sondern die des Gerichts: der Strafgerichtshof) zog sich zur Beratung zurück, um den Urteilsspruch zu finden; er lautete auf Tod durch Verbrennen. Doch war die Bestätigung des Senats nötig; der Polizeihauptmann erstattete ihm also Bericht. Da aber vieles von Caterinas Geständnissen auch für die Heilige Inquisition von Interesse war, ordnete der Senat an, sie dem Hochwürden Pater Inquisitor vorzuführen, der sie nach dem Verhör zur Vollstrekkung des Urteils wieder dem Polizeihauptmann übergeben sollte. Was das Urteil anbelangt, so hielt es der Senat für recht milde, und er beschloß «voll Abscheu und in lebhaftester Besorgnis ob solcher Freveltaten und ob der teuflischen Künste, die überall, in der Stadt wie in der Provinz, Verbreitung fanden, daß es der Gerechtigkeit entspreche, wenn dieses gotteslästerliche und verabscheuungswürdige Weib die Torturen erhalte, als Beispiel und Abschreckung für alle Ungeheuer dieser Art.» Und also: «Sie soll auf einem Wagen zum öffentlichen Richtplatz geführet werden und auf dem Haupt eine Mitra mit dem Wortlaut ihrer Untaten und Teufelsgestalten tragen, und auf dem Wege durch die wichtigsten Straßen und Viertel der Stadt soll sie am Körper mit glühenden Zangen gezwickt und dann verbrannt werden ...»

Nach Eintragung des Senatsbeschlusses unterzeichnete der Richter Giovan Battista Sacco die Prozeßakten und setzte das Siegel darunter. Doch er bemerkte, daß er etwas vergessen hatte, das wichtig sein konnte. Oder vielleicht hatte er es nicht vergessen und wollte es auf diese Weise hervorheben. Er fügte hinzu: «In einem Verhör hat Caterina Medici ausgesagt, sie habe oft gehört, daß alle Hexen tieferliegende und tiefere Pupillen als andere Frauen hätten.» Er schreibt *popolo* (Volk) und meint zweifellos *pupilla,* eine Entstellung des lateinischen Wortes und Reminiszenz an den Mailänder Dialekt: *popœù.* Ein Erkennungszeichen, auf das man achten solle, insbesondere die Ehrwürdigen Patres der Heiligen Inquisition, die dieses Gebiet studierten und katalogisierten. Wir fragen uns, ob Caterina dies kundtat, um ihrem Geständnis, eine Hexe zu sein, eine weitere Bestätigung hinzuzufügen, oder ob sie sich, wenn sie diese Augen und diesen Blick nicht hatte, entlasten wollte.

Am 4. Februar 1617 wurde der Prozeß abgeschlossen. Genau einen Monat später wurde das Urteil vollstreckt.

Aus dem Register der Bruderschaft, die den zu Tode Verurteilten den letzten Beistand leistete, erfahren wir, daß Caterina erwürgt und dann verbrannt wurde. Um ihre Qualen zu mehren oder zu mindern?

«1617. 4. März. Hinrichtung auf der Piazza Vetra, als Hexe verbrannt wurde eine Caterina de Medici, welche den Senator Melzi malefiziert hatte; über der Hütte wurde ein Gerüst errichtet; sie wurde auf diesem Gerüst hoch oben erwürgt, so daß jedermann zusehen konnte; vorher aber wurde sie auf einem Karren geführet und mit Zangen gezwickt. Und dies geschah unter der Aufsicht des Herrn Hauptmanns; sie wurde in Santo Giovanni begraben; dies war das erste Mal, daß ein Gerüst gebaut wurde.»

Das Gerüst war eine Art Bühne, so daß niemandem etwas von dem schauerlichen Schauspiel entging.

Und also – versichert der Henker – wurde das Urteil vollstreckt, nach Recht und Gerechtigkeit.

DIE MESSERSTECHER

So heitrer Anfang gibt ein glückliches Geleit.
Boiardo, *Der verliebte Roland*

«Bis einschließlich 1860 war ich Anwalt in Ivrea. Durch Königlichen Erlaß vom 17. Dezember 1860 wurde ich zum stellvertretenden Armenanwalt in Modena mit einem Jahresgehalt von 3000 Lire ernannt. Durch Erlaß vom 25. Mai 1862 wurde ich zum stellvertretenden Königlichen Generalstaatsanwalt beim Apellationsgericht Palermo mit einem Gehalt von 5000 Lire ernannt.»

Am 1. Juni 1862 erschien im *Giornale Officiale di Sicilia* die folgende Meldung: «Der Anwalt Guido Giacosa ist zum Stellvertretenden Generalstaatsanwalt beim Appellationsgericht Palermo mit einem Gehalt von 5000 Lire ernannt worden.» Der Name Giacosa, welcher später in Verbindung mit dem von Guidos Sohn (der damals erst fünfzehn Jahre zählte) für die Sizilianer Luigi Capuanan, Giovanni Verga und Federico De Roberto durch eine aufrichtige und dauerhafte Freundschaft, durch literarische Verwandtschaft und Solidarität und als Verbindung mit Norditalien und Europa so große Bedeutung gewinnen sollte, sagte den Bewohnern von Palermo, die an diesem Tag die Nachricht lasen, nur, daß ein weiterer Piemonteser nach Sizilien kommen würde, um dort zu kommandieren, und überdies mit einem Jahresgehalt von 5000 Lire. Eine ungeheure, geradezu enorme Summe, wenn man sie sich als tausend silberne Fünf-Lire-Stücke vorstellte, die damals noch *Zwölfer* genannt wurden, weil sie denselben Wert wie die Münzen zu zwölf Tari hatten, auf denen sich lange Zeit das von Nase und Lippen beherrschte

Porträt Ferdinands gehalten hatte und nur flüchtig, in seinem ersten Regierungsjahr, das auch das letzte seiner Dynastie wurde, die zarten Züge von Franz erschienen waren.
Das *Giornale Officiale*, das sonst die Ankunft und die Abreise von Generälen, Richtern und Politikern aufmerksam verfolgte, erwähnt jedoch nicht das Eintreffen des Staatsanwalts Giacosa nach seiner Ernennung. Wir wissen mit Sicherheit, daß er bereits im Juli in Palermo weilte und sich schon ausreichend eingelebt hatte, das heißt schon Ungeduld und Unduldsamkeit angesichts der «lackierten Oberfläche und schlechtesten Substanz» empfand, mit denen Sizilien sich ihm darbot. Der lange Brief an seine Frau – zwar undatiert, doch datierbar, da er von einem Auftreten und einer Rede Garibaldis im Zirkus Guillaume berichtet, denen er am Abend zuvor beigewohnt hatte – beschäftigt sich ausschließlich mit diesem Unterschied zwischen Schein und Sein und zwischen Sein und Schein. Ein glanz- und würdevolles Äußeres verbirgt die Wirklichkeit «dieses armen Landes», «wo grauenvolle Straftaten begangen werden» und «man schon längst nicht mehr weiß, was Gerechtigkeit ist». Die nichtssagende körperliche Erscheinung Garibaldis mußte selbst den Staatsanwalt Giacosa, der ihn nicht im geringsten bewunderte, enttäuschen: von eher kleiner Gestalt, mehr rothaarig als blond, mit plumpem Gang und kreischender Stimme, die Aussprache mit Überbetonung des R, derart daß «a Roma» zu «arroma» wurde. In all dieser Trostlosigkeit und Enttäuschung (nicht zuletzt auch über die Schule, die der Sohn Piero besucht, «eine Schule, die übrigens mehr aus Schein denn aus Echtem

besteht», was man an den «krebsenden Fortschritten» des Knaben in Schönschreiben und Orthografie sehen kann) richtet ihn nur zweierlei auf: Das eine ist die Bekanntschaft mit dem Präsidenten des Schwurgerichts, einem Sizilianer, der den Piemont liebt, einem aktiven und eifrigen Mann, Anhänger von La Farina und also Garibaldi fernstehend; das andere ist die Gewißheit, daß sie, er und Piero, in zwei Monaten in den Piemont heimkehren, um dort die Ferien zu verbringen. «Wir umarmen Euch! Höre, welch heilige Wollust aus diesen Worten klingt! Leb wohl, meine süße Freundin ...» Auch wir hören sie: Guido Giacosa war siebenunddreißig Jahre alt.
Doch die Ferien im Piemont dauerten nicht lange. Dem *Giornale Officiale di Sicilia* zufolge (dem heutigen *Giornale di Sicilia,* wenn man vom Verlust des *Offiziellen* absieht) kehrte der Staatsanwalt Giacosa am 16. September mit dem Dampfschiff *Elba* unter dem Kommando von Herrn Michele Schiavo nach Palermo zurück. Und nicht einmal zwei Wochen später, am 1. Oktober 1862, stand er einem Verbrechen von bisher unbekannter Gräßlichkeit gegenüber, das ihm länger als ein Jahr zu schaffen machen und über seine Laufbahn und sein Leben entscheiden sollte.

«Grauenvolles ist gestern abend in Palermo geschehen», schreibt das *Giornale Officiale* vom 2. Oktober. An verschiedenen Stellen der Stadt, die gleichsam die dreizehn Zacken eines gleichmäßigen Sterns auf der Karte von Palermo darstellten, wurden zur selben Zeit dreizehn Personen durch Messerstiche in der unteren Bauchgegend schwer verletzt. «Alle Überfallenen geben die gleiche Personenbeschreibung des Täters, seiner Kleidung und Statur, so daß man einen Augenblick annahm, es sei ein und derselbe Mann. Glücklicherweise...» Glücklicherweise befanden sich Oberleutnant Dario Ronchei und die Leutnants Paolo Pescio und Raffaele Albanese vom 51. Infanterieregiment in der Nähe des Palazzo Resuttana, vor dessen Tor der Zollangestellte Antonio Allitto mit aufgeschlitztem Bauch, vor Schmerz und Angst schreiend, zur Erde stürzte. Sie eilten hinzu, sahen den Angreifer fliehen und nahmen die Verfolgung auf. Der Polizeihauptmann Nicolò Giordano und der Polizist Rosario Graziano schlossen sich ihnen an. Sie verloren den Mann nicht aus den Augen und verfolgten ihn bis an die Ecke des Palazzo Lanza, in dessen Keller sich eine Schuhmacherwerkstatt befand; es war schon fast Mitternacht, trotzdem wurde dort noch gearbeitet, vielleicht für einen dringenden Auftrag, eine Hochzeit oder eine Taufe. Im Vertrauen darauf, daß ein von der Polizei Verfolgter auf Solidarität rechnen konnte, suchte der Täter dort Zuflucht: Er stürzte hinein, stieß einen Schuhmacher von seinem Schemel hinter der Schuhmacherbank und setzte sich hin, als wäre er bei der Arbeit. Der Polizist Graziano, der wenige Sekunden später den Raum betrat, fand die Szenerie noch nicht ganz geordnet vor und begriff auf den ersten Blick, daß der Mann, den er fassen mußte, derjenige war, der die geringste Überraschung zeigte; er warf sich auf ihn, hielt ihn fest und übergab ihn dem Hauptmann Giordano und den beiden Offizieren, die inzwischen hinzugekommen waren. Bei der Leibesvisitation wurde ein Schnappmesser mit scharfer, blutbefleckter

Klinge gefunden. Später, auf der Polizeiwache, wurde der Mann identifiziert: Angelo D'Angelo aus Palermo, achtunddreißig Jahre alt, Schuhputzer (die vorherige Arbeit als Lastenträger beim Zollamt hatte er, da sie zu schwer war, aufgegeben).

Natürlich leugnete D'Angelo trotz des blutigen Messers, das bei ihm gefunden worden war, Antonio Allitto verletzt, ja überhaupt irgend jemanden vor dem Palazzo des Fürsten von Resuttana angegriffen zu haben. Doch, durch die Straße sei er gekommen, er sei aber wegen der Schreie des Mannes und der Menschenansammlung aus Angst weggelaufen; denn die Polizei des Königreichs Italien hielt ihn für einen früheren Denunzianten des Königreichs Beider Sizilien, und trotz seiner Unschuld hätte sich aus solcher Voreingenommenheit der Verdacht sofort auf ihn gerichtet. Auch während des ganzen folgenden Tages leugnete er vor dem Richter alles ab. «Am Tage darauf jedoch brach der Unselige unter der enormen Last seines Verbrechens und unter dem Druck des allgemeinen Abscheus zusammen; vielleicht peinigten ihn auch Gewissensbisse und die Angst, von einem ganzen Volk verdammt zu werden, und er gestand nicht nur die eigene Schuld, sondern war bereit, die Abfolge der Ereignisse und alles aufzudecken, was ihm über die abscheulichen Machenschaften bekannt war, an denen er teilgenommen und über dieses entsetzliche Attentat, zu dessen Urhebern er zählte.» Zwar zweifelte der Präsident des Schwurgerichts, der D'Angelo dann verurteilte, daran, daß er sein Geständnis aus solchen Gewissensbissen heraus abgelegt hatte, doch könnte man es auch glauben, und zwar aus dem einfachen

Grund, daß D'Angelo vor der Tat versucht hatte, den Schutz der Polizei oder doch wenigstens Zuflucht im Gefängnis zu erlangen, eben um die Tat nicht begehen zu müssen. Am Abend des 28. September war er in einer Polizeiwache erschienen und hatte inständig darum gebeten, festgehalten zu werden. Zwei Personen hätten gedroht, daß sie ihn umbringen würden. Wachtmeister Sansone fragte ihn nach dem Grund. Die Antwort: «Ich wollte mich zum Wachdienst im Polizeipräsidium melden.» Das überzeugte den Wachtmeister nicht, doch da ihm D'Angelos Angst echt erschien und er vermutete, es gäbe andere Gründe, aus denen der Mann sich bedroht fühlte, ließ er ihm Handfesseln anlegen und ihn durchsuchen. In seinen Taschen wurden neun Tari in alten (noch gültigen) und neuen Münzen gefunden, und mit einer solchen Summe wäre ein Mann vom Schlag eines D'Angelo normalerweise eher in ein Bordell oder eine Taverne gegangen als zur Polizei, um sich festhalten zu lassen. Dem Wachtmeister erschien es also gerechtfertigt, dem Mann den Gefallen zu tun und ihn zu behalten. Am nächsten Morgen jedoch meldeten sich ein Bruder und eine Schwester von D'Angelo beim Kommissar und erklärten, ihr Bruder sei an den Rand des Wahnsinns geraten, weil seine Frau ihn betrogen habe (diese Frau existierte allerdings nicht). Der Kommissar befand, es gebe keinen Grund, einen Mann im Gefängnis zurückzuhalten, der aus höchst privaten Gründen verrückt geworden sei, und übergab ihn seinen Angehörigen, das heißt der verbrecherischen Vereinigung, der er entkommen wollte. Wir wissen nicht, ob seine Auftraggeber und Komplizen von dem Fluchtversuch erfuhren; wenn ja, dann begingen sie einen folgenschweren Fehler, als sie ihn nicht umbrachten, wie es die Regel war, sondern ihn zwangen, die Sache auszuführen, zu der er sich verpflichtet hatte, und für die er mit den Tari bezahlt worden war, die der Wachtmeister in seinen Taschen gefunden hatte. Doch gehen wir der Reihe nach vor. Kehren wir also zu den Ereignissen vom Abend des 1. Oktober zurück.

Zur gleichen Zeit, als D'Angelo zur Polizeiwache gebracht, identifiziert und zum ersten Mal verhört wird, erhalten auch andere Polizeiwachen und das Polizeipräsidium Meldungen über weitere Überfälle. Bei Morgengrauen ergibt sich, daß außer Antonio Allitto, der ganz offenkundig von D'Angelo angegriffen wurde, zwölf Personen durch Messerstiche mehr oder weniger schwer verletzt worden sind; alle zwölf erklären, den Täter nicht erkannt und nie in ihrem Leben, weder in ferner noch in naher Vergangenheit, jemandem Anlaß zu einem Racheakt mit dem Messer gegeben zu haben. Es mag wohl stimmen, daß man in den Polizeiberichten von damals und bis in die heutige Zeit selten ein Opfer eines Messerstichs oder der Lupara* findet, das sich den Namen des Täters entschlüpfen ließe oder Angaben machte, die zu seiner Identifizierung führen könnten (wir sprechen, versteht sich, von Palermo und Sizilien) – aber dreizehn Personen in derselben Nacht, die auf die gleiche Weise antworteten und den Mann, der sie verletzt hatte, auf die gleiche Weise, wenn auch nur in großen Zügen, beschrieben – das war auch für das Polizeipräsidium in Palermo ein

* Jagdgewehr mit abgesägten Läufen (A.d.Ü.)

wenig zuviel. Überdies bestand nicht der leiseste Verdacht, daß die Verletzten je in Schlägereien verwickelt gewesen waren oder den Messerstich als Vergeltung für irgendeine Schurkerei empfangen hatten, alle waren häusliche, arbeitsame und friedfertige Leute. Nur einer hatte keine ganz reine Vergangenheit, der Schuhmacher Lorenzo Albamonti, siebenundvierzig Jahre alt; und in dieser Vergangenheit wurde denn auch vor dem Schwurgericht ausgiebig herumgewühlt, auch wenn alle wußten, daß sie nichts mit dem Messerstich in den Nabel zu tun hatte, der ihm am Abend des 1. Oktober, als er den Corso Vittorio Emanuele entlangging, versetzt worden war. Und hier folgen die übrigen elf mit Namen, Alter, Beruf oder Stand, Art und Ort der Verletzung und in der zeitlichen Abfolge vom frühen Abend bis Mitternacht, die durch das Untersuchungsverfahren ermittelt wurde. Gioacchino Sollima, sechzig Jahre, Königlicher Lottoangestellter; er befand sich auf der Piazza Caracciolo, also auf dem Markt der *Vucciria,* zusammen mit Gioacchino Mira, achtunddreißig Jahre, Angestellter. Sie verhandelten über Kürbisse, als sie beide blitzartig von einem Mann angegriffen wurden: Sollima wurde in der Grimmdarmgegend getroffen (und starb vier Tage später), Mira in der Leistengegend. Gaetano Fazio, dreiundzwanzig Jahre, Grundbesitzer, und Salvatore Severino, fünfundzwanzig Jahre, Angestellter. Sie unterhielten sich vor der Jesuitenkirche am Corso Vittorio Emanuele, als sie plötzlich den Ausruf eines eilig Vorübergehenden vernahmen: «Ihr gehört zur Partei!» – und dieser Schrei überraschte sie im ersten Augenblick mehr als der Messerstich in den Darm, der ihnen beiden zugefügt wurde.* Salvatore Orlando, dreiundvierzig Jahre, Grundbesitzer, er fuhr die Via Castelnuovo entlang, als er einen Mann erblickte, der auf seinen Wagen zutaumelte und beinahe unter das Pferd geriet; er befahl dem Kutscher zu bremsen, da der Mann betrunken sei; der schwankte aufs neue, stolperte in den Wagen hinein, hatte plötzlich ein Messer in der Hand und führte es gegen Orlandos Brust; dieser hob instinktiv den Arm und wurde dadurch nur leicht verletzt, er stieß den Angreifer mit dem Fuß zurück, so daß dieser auf die Straße stürzte. Girolamo Bagnasco, sechsundzwanzig Jahre, Bildhauer; er sah im Vorbeikommen einen Mann vor dem erleuchteten Bild der Muttergottes in einer äußeren Nische der Kirche del Carmine Maggiore knien, trat hinzu und hörte den Mann in schmerzlichem Ton sagen: «Welche Gemeinheit tun sie mir an»; als er noch einen Schritt vorwärts machte, um den inbrünstig und mitleiderregend Betenden zu trösten, erhielt er unversehens zwei Messerstiche, «einen gegen das linke Hüftbein, den anderen in die Magengrube». Giovanni Mazza, achtzehn Jahre,

* Man weiß nicht, welcher der zwölf Attentäter Severino und Fazio verletzte; dieser Mann wußte also nicht, daß die Opfer zufällig ausgewählt wurden, er glaubte, Angehörige der «italienischen», der antibourbonischen Partei vor sich zu haben und hielt die Männer, die er auf Befehl des Anführers angriff, für Feinde der gerechten Sache. Vielleicht war es seine persönliche Vermutung, denn D'Angelo sagte in seinem Geständnis nicht aus, daß er in diesem Sinne getäuscht worden sei. Im übrigen wäre es damals schwierig gewesen, auf der Ebene des kriminellen Tagelöhnertums andere Motive für einen Mord oder für einen Überfall vorauszusetzen als Besitzgier, Rache oder Liebe des Auftraggebers. Schon damals wurde eben die «Strategie der Spannung» erfunden.

Kutscher; er saß vor dem Seminar von Maria all'Olivella, als ein Bettler mit auf der Brust gekreuzten Armen auftauchte, vor ihn hintrat, plötzlich ein Messer hervorzog und zustach; der Junge wehrte ihn instinktiv mit einer Hand ab, die so übel zugerichtet wurde, daß die Ärzte drei Monate später immer noch nicht wußten, ob er sie so verstümmelt behalten konnte oder ob sie amputiert werden mußte (ein Problem, das uns wahrlich unverständlich erscheint). Angelo Fiorentino, dreiundzwanzig Jahre, Bootsführer; er wurde von einem Mann um eine Prise Tabak angesprochen und erhielt einen tiefen Stich in die linke Seite; das war in der Via Butera. Salvatore Pipia, sechsunddreißig Jahre, Schneider; in der Nähe der Mura della Pace fragte ihn ein Mann: «Hat der Herr eine milde Gabe für mich?», auf seine abschlägige Antwort hin sprang der Fremde auf ihn zu und versetzte ihm zwei Dolchstiche in die Schulter. Tommaso Paterna, zweiundzwanzig Jahre, Zuckerbäcker; er wurde von einem Individuum in der Via Santa Cecilia angerempelt, und es war ihm, als hätte er auch einen Faustschlag abbekommen; um eine Auseinandersetzung mit einem anscheinend Betrunkenen zu vermeiden, ging er seines Wegs, doch hatte er einen Messerstich in die Unterrippengegend erhalten. Schließlich Carlo Bonini Somma, fünfunddreißig Jahre, Angestellter; er wurde von hinten angegriffen und an der Wirbelsäule verletzt, als er das Haus des amerikanischen Konsuls betrat, den flüchtenden Angreifer sah er nur von der Seite. Um das Bild der Ereignisse zu vervollständigen, sollen noch die folgenden Details hinzugefügt werden: In der zeitlichen Abfolge, die im Untersuchungsverfahren ermittelt wurde, waren Albamonte der dritte und Allitto der neunte Überfallene; der letztere berichtete, der unbekannte Angreifer habe über die Verhaftung seines Sohnes gejammert, er habe sich ihm also genähert, um ihm Mut zuzusprechen. Aus diesem Fall (den das Geständnis von D'Angelo dann bestätigte) und aus dem des Bildhauers Bagnasco wird ersichtlich, wie unvorsichtig – zumindest in Anbetracht von Ort und Stunde – es manchmal sein kann, christliche Nächstenliebe zu praktizieren. Außer Bonini Somma, der von hinten angefallen wurde, hatten alle ihren Angreifer vor sich gesehen und lieferten eine genaue und übereinstimmende Beschreibung der Bekleidung, während die Aussagen über Statur und Gesichtszüge eher vage blieben (es gab viele Bärte, auch das war genau wie heute). Man konnte also annehmen, und das tat man auch, daß alle Überfälle von einem Mann bewerkstelligt worden waren – eben von Angelo D'Angelo, der beinahe auf frischer Tat und mit blutigem Messer in der Tasche gefaßt worden war. Als sich aber herausstellte, daß nach der Verhaftung von D'Angelo noch weitere Attentate verübt worden waren, gab es keinen Zweifel: Es waren mehrere Täter, sie hatten ein gemeinsames Ziel und standen unter einem Kommando, kannten sich aber untereinander nicht. Das erklärt, warum sie gleich gekleidet waren; durch diese Vorsichtsmaßnahme wurde vermieden, daß sie sich gegenseitig angriffen (genau wie sie sind heute die sizilianischen Folkloregruppen kostümiert, die mit wirklicher Folklore wenig zu tun haben, da es Chorgesang in Sizilien nie gegeben hat – ein Element, das uns in seiner Negativität wichtig scheint). Aber nicht nur diese Vorsichtsmaßnahme war der Grund für die *uniforme* Kleidung; vermutlich empfand sich der Befehlshaber über diese Männer dadurch als Anführer einer kleinen, doch furchteinflößenden Truppe und sprach somit sich selbst und sie – in einer Art juristischer Illusion – von der Ehrlosigkeit des Verbrechertums frei. Die Grundlage dafür ist die stillschweigende Anerkennung der Uniform unter Feinden als offene Erklärung, auf welcher Seite man steht und kämpft; sie wird damit zur Loyalitäts- und Ehrenerklärung für ihren Träger erhoben – ganz gleich, für welches Ziel er kämpft und mit welchen Mitteln er es zu erreichen sucht. Wir glaubten, daß dieses unheilvolle Fundament beim Nürnberger Prozeß zerstört worden sei, aber vielleicht war dieser Glaube auch nur eine Illusion.

Am 3. Oktober legte Angelo D'Angelo vor dem Richter ein volles Geständnis ab; er gestand nicht nur die begangene Tat, sondern alles was ihm bekannt war über die Geschehnisse vom Abend des 1. Oktober, über die Versammlungen und Absprachen, die ihnen vorausgegangen waren, über die verbrecherische Vereinigung, in die er geraten, und über diejenigen, in deren Auftrag Terror in der Stadt gesät werden sollte. Das Geständnis hatte die Verhaftung von elf Personen zur Folge: Gaetano Castelli, dreiundvierzig Jahre, Wächter (ein ähnliches Gewerbe wie das der spanischen *«serenos»*); Giuseppe Calì, sechsundvierzig Jahre, Brotverkäufer; Pasquale Masotto, sechsunddreißig Jahre, Vergolder; Salvatore Favare, zweiundvierzig Jahre, Glashändler; Giuseppe Termini, sechsundvierzig Jahre, Schuhmacher; Francesco Oneri, achtundvierzig Jahre, Schuhmacher; Giuseppe Denaro, fünfunddreißig Jahre, Lastträger; Giuseppe Girone, zweiundvierzig Jahre, Stuhlflicker, und sein Bruder Salvatore, zweiunddreißig Jahre, Tischler; Onofrio Scrima, sechsunddreißig Jahre, Lebensmittelhändler. Die ersten drei waren die Anwerber und führten die Gruppen an, in die die kleine Schar am Abend des 1. Oktober aufgeteilt war: D'Angelo, von Castelli angeworben, unterstand an diesem Abend auch dessen Befehl. Was die Anwerbung betraf, so berichtete er darüber folgendes: Er war Castelli am 24. September begegnet, dieser fragte ihn, ob er drei Tari täglich verdienen wolle. D'Angelo antwortete, er habe wohl Lust, wolle aber wissen, auf welche Weise. Castelli wich aus, sagte nur, daß sie zu fünft sein würden. D'Angelo fragte nochmals, «welche Arbeit zu tun sei». Castelli entgegnete, jemandem solle ein Dolchstich beigebracht werden, worauf D'Angelo keine weiteren Fragen mehr stellte: Eine große Arbeit war das nicht. Er war einverstanden und sollte sich am Sonntag nachmittag am Foro Italico einfinden. Dort begegnete er den übrigen Angeworbenen außer Favara, der vermutlich entschuldigt war. Nochmals versprach Castelli die drei Tari täglich. Aber die frisch Angemusterten verlangten eine Sicherheit: den Namen des Auftraggebers, wohl um seine Zahlungsfähigkeit einschätzen zu können. Castelli rief Masotto und Calì beiseite, sie beratschlagten; dann kam er zurück und sagte, der Lohn werde vom Fürsten von Giardinelli garantiert. Mißtrauisches Schweigen folgte auf diese Namensnennung, dann Spott: Giardinelli, das wußte man in ganz Palermo, hatte sein gesamtes Vermögen durchgebracht, woher sollte der das Geld nehmen, um täglich zwölf Leute zu bezahlen, und drei Tari pro Tag? Es war auch ganz undenkbar, daß ihm jemand Geld anvertraute, entweder wäre es an seinen Fingern kleben geblieben, oder er hätte es für private Vergnügungen ausgegeben. Neue Beratung zwischen Castelli, Masotto und Calì; darauf die Mitteilung, auf die hin, so D'Angelo, «wir uns beruhigten»: «Derjenige, dem ihr Dank schuldet, ist der Fürst von Sant'Elia». Es stimmt aber nicht, daß sie sich sofort beruhigten. Sie fragten sich und stellten auch Castelli die Frage, welches Interesse der steinreiche und hochangesehene Fürst von Sant'Elia und Senator des Königreichs Italien an einem derartigen Ränkespiel haben konnte; Castelli meinte, sie sollten sich darüber keine Gedanken machen, das sei eine Angelegenheit der «großen Köpfe»: der intelligenten, klugen und mächtigen Leute. Und für sie, die keine «großen Köpfe» waren, aber den Bourbonen irgendwie nachtrauerten, fügte er die Erklärung hinzu: «Es hat mit den Bourbonen zu tun.» – «Damit war das Geschäft klar», sagt D'Angelo, «die Abmachung galt, und von diesem Sonntag bis zum Mittwoch abend, als ich festgenommen wurde, erhielten wir unser Geld.» Es ist ganz und gar glaubwürdig, daß niemand den schändlichen Auftrag, den er übernahm, in Frage stellte; niemand hatte Einwände, zögerte, auch D'Angelo nicht, der sich dann auf seine Art damit herumschlug und nicht wagte, den empfangenen Lohn auszugeben. Ganz und gar glaubwürdig, wenn wir an die Erklärung eines Beamten vom Polizeipräsidium in Palermo denken, derzufolge heute zweihundertfünfzigtausend Lire genügen, um einen Mordauftrag ausführen zu lassen; das ist ungefähr so viel, wie die drei Tari damals, wenn man die Leichtigkeit des heutigen Gel-

des und die Leichtigkeit, mit der es ausgegeben wird, in Rechnung stellt.
Weitere Zusammenkünfte folgten, doch sie hörten nichts Neues, ein paar hatten schon Gewissensbisse, weil sie drei Tari täglich in Empfang nahmen, ohne den Geldgeber «zufriedenzustellen». Am Abend des 1. Oktober endlich sagte Castelli: «Heute ist Thunfischfang», in Anspielung auf das Töten der Thunfische, die in die Tonnara getrieben und abgeschlachtet werden.
Auf Castellis Befehl fanden sich D'Angelo und Termini zur Stunde des Avemaria am Palast der Finanzverwaltung ein (wohin die beiden anderen Gruppen gingen, erfuhr D'Angelo nicht). Sie griffen in dieser Gegend, jeweils auf Castellis Befehl, drei Männer an. Das erste Opfer losten sie untereinander aus, und das Los fiel auf Termini. Danach war die Reihe an D'Angelo. Der näherte sich seinem Opfer feige, indem er es um Tabak bat, und führte dann den Befehl aus. Beim dritten Mal, als Termini wieder an der Reihe gewesen wäre, schickte Castelli – vielleicht damit er etwas dazulernte – wieder D'Angelo.
Was die Namen der elf Attentäter und die Beschreibung der Ereignisse betrifft, so glaubte man ihm alles aufs Wort, nicht aber den Namen des Auftraggebers. Das heißt, man nahm an, daß dieser Name von Castelli im Einverständnis mit Masotto und Calì wohl genannt worden sei, aber nur, um einen Namen zu haben, der sicheren Sold versprach und den wirklichen Auftraggeber im Dunkeln ließ. Castelli leugnete natürlich alles und blieb auch dabei. Die anderen gleichermaßen. Man folgerte daraus, daß der Fürst von Sant'Elia das vier-

zehnte Opfer sei, nicht Opfer eines Messers, sondern einer Verleumdung. Diese Meinung herrschte bis zum Prozeß gegen die zwölf Messerstecher, und auch Staatsanwalt Giacosa, der Anklage erhob, dachte so. Doch die Heftigkeit, mit der er in seinem Plädoyer den Verdacht zurückweist, der Fürst von Sant'Elia könnte bei diesen Verbrechen seine Hände im Spiel haben, macht den Wunsch sichtbar, sich von diesem Gedanken zu befreien, der sich in seine Überlegungen eingeschlichen hatte und ihn beunruhigte.

Jedenfalls konnte die Untersuchung über die Ereignisse des 1. Oktober mit dem Geständnis von D'Angelo und der Verhaftung der übrigen elf als abgeschlossen angesehen werden. Zumindest was die Polizei betraf, denn die Königlichen Carabinieri setzten sie – vielleicht auf eigene Rechnung – noch fort. Das läßt ein Bericht über «den Stand der Straftaten und Ereignisse in Palermo und Umgebung zwischen dem 1. und dem 15. Oktober 1862» vermuten. Darin werden die «Verletzungen» folgendermaßen aufgeführt: Auf das Konto von Angelo D'Angelo gehen die von Albamonte, Severino und Fazio; auf das Konto von Salvatore Fava und «weiteren dreizehn» gehen die Überfälle auf Allitto, Pipia, Somma, Paterna und Fiorentino. Unbekannten Tätern werden die Fälle Mazza, Mira und Sollima zugeschrieben. Den Carabinieri zufolge waren es dreizehn gedungene Mörder, da in ihrem Bericht ein dreizehnter auftaucht, ein gewisser Giuseppe Di Giovanni, «verdächtig», den Bildhauer Bagnasco verletzt zu haben «und Komplize verschiedener Überfälle an verschiedenen Stellen der Stadt am Abend des 1. Oktober» gewesen zu sein. Der Name dieses Di Giovanni verschwindet in den Prozeßakten gänzlich, man begreift nicht wie, denn im Bericht wird ausdrücklich gesagt, der Mann sei mit der erwähnten Anschuldigung dem Richter übergeben worden. Ebenso unverständlich ist (das heißt, man begreift es sehr wohl, da wir in diesen Jahren Schlimmeres erlebt haben), daß die Carabinieri am 15. Oktober ignorieren, was Polizei und Richter seit dem 3. Oktober wissen, nämlich all das, was D'Angelo ausgesagt hat.

Der Prozeß wurde relativ schnell instruiert, denn am 8. Januar 1863 wurde die Hauptverhandlung vor dem Schwurgericht eröffnet. Gerichtspräsident: Marchese Maurigi; Richter: die Herren Prado, Pantano, Mazza und Calvino; Verteidiger: die Anwälte Pietro Calvagno, Agostino Tumminelli und der stellvertretende Armenanwalt Giuseppe Salemi-Pace; Vorsteher der zwölf Geschworenen sowie der zwei Ersatzmänner: ein gewisser Delli. Staatsanwalt war, wie bereits gesagt, Guido Giacosa.
Im Saal, so schreibt *Il precursore*, das Blatt von Crispi, «drängten sich die Zuschauer»; «die Spannung war ungeheuer». Elf Beschuldigte («düstere und gezeichnete Gesichter», versteht sich) befanden sich auf der Anklagebank; D'Angelo saß von ihnen getrennt, weil man fürchtete, sie würden ihn mit ihren Handfesseln totschlagen oder mit den Zähnen zerreißen. Der gesamte Prozeß beruhte auf seinem Geständnis und seinen Anklagen, «denen ihre Spontanität und Einheitlichkeit», so hieß es im Untersuchungsurteil, «den Charakter der Wahrhaftigkeit verliehen; sie wurden erhärtet durch die Wahrscheinlichkeit des Berichteten

und dessen Übereinstimmung mit den Tatsachen; durch deren natürliche, einfache und geordnete Darstellung und der Echtheit und Offenkundigkeit vieler, auch sekundärer, Umstände; durch das Fehlen von Widersprüchen; durch das ohne Zögern vorgebrachte Geständnis und die Festigkeit und Ruhe seines Auftretens gegenüber den anderen Beschuldigten, welche ihn beschimpften und verfluchten; schließlich auch durch deren Haltung und die Widersprüchlichkeit ihrer Antworten; durch die gründliche Widerlegung all dessen, was diese zu ihrer Entlastung vorbrachten und was statt dessen zur Enthüllung ihrer Mittäterschaft beitrug, welche wiederum auch durch andere spezifische Fakten aufgedeckt wurde, darunter die Beschlagnahme einer von Masotto heimlich im Gefängnis verfaßten Botschaft sowie die Auffindung eines blutbefleckten Messers im Hause des Oneri und der Fluchtversuch von Salvatore Girone, der sich der Verhaftung entziehen wollte.»

Aus diesem Zitat wird ersichtlich, wie wenig Beweise und Indizien gegen die elf Beschuldigten vorlagen: das Geständnis und die Nennung der Mittäter durch D'Angelo sowie die Konsequenz und Sicherheit seines Auftretens gegenüber den *anderen* Beschuldigten. Sonst gab es nichts, was ihre Schuld mit Gewißheit bewies. Was die Fakten angeht, so waren sie keinesfalls «spezifisch», wie sie das Untersuchungsurteil nennt. Daß Salvatore Girone versuchte, sich der Verhaftung durch die Flucht über die Dächer zu entziehen, ist kein Schuldbeweis im Hinblick auf die Anklagen von D'Angelo: Wenn bei einem Mann wie Girone die Polizei an die Tür klopft, ist die Angst vor einer

Verhaftung etwas Natürliches, und noch natürlicher ist, vor allem bei Unschuldigen, der Versuch, sich der Verhaftung zu entziehen. Daß ein als *Schlachtermesser* bezeichnetes Werkzeug in der Wohnung von Oneri gefunden wurde, und dazu noch mit alten Blutflecken, bedeutete vielleicht nur, daß es seinem Namen gemäß benutzt worden war (damals konnte man noch nicht nachweisen, ob solche Blutspuren von einem Menschen oder von einer Ziege stammten). Und was den Kassiber von Masotto betrifft: Wenn wir in dem Text, der uns vorliegt, einen Sinn zu erkennen versuchen, könnte es auch folgender sein: Masotto erinnert einen gewissen Gaetano daran, daß sie am Abend des 1. Oktober zusammen waren.

Gewiß, niemand hatte ein Alibi. Und wer sich eines zu verschaffen suchte wie Masotto, wurde mit Leichtigkeit widerlegt. Doch dies war einer jener Prozesse, wo die *Besorgnis der Befangenheit* die Verlegung an einen anderen Ort erfordert hätte, denn kein Mensch zweifelte in Palermo an der Schuld der Angeklagten; die öffentliche Meinung war gegen sie, und es hatte tumultartige Kundgebungen gegeben, die auch bei dem Prozeß nicht fehlten. Verständlich also, daß hier zu der tiefverwurzelten und radikalen Abneigung, als Zeuge aufzutreten, die Entschlossenheit hinzukam, sich nicht in einen Fall verstricken zu lassen, der sowohl bei der besitzenden Klasse als auch beim Volk soviel Abscheu erweckte. Ja mehr noch: Da die Schuld der Angeklagten feststand, hätten gutwillige Entlastungszeugen letzten Endes die eigenen Erinnerungen in Zweifel gezogen, sie wären sogar sich selbst gegenüber unsicher geworden, geschweige denn gegenüber einem Polizeibeamten oder einem Richter. Kurz, es war kein ganz unbefangener Prozeß. Doch auch wenn wir noch weitere Elemente zur Verteidigung der Angeschuldigten hinzufügten, kämen wir nicht auf den Gedanken, daß sie unschuldig sind.

Die schwerste Anschuldigung – sie richtete sich gegen alle, einschließlich D'Angelo, doch insbesondere gegen Castelli, Masotto und Calì – war die des «Attentats mit dem Ziel der Zerstörung und Veränderung der gegenwärtigen Regierungsform»; da diese willkürlichen Überfälle kein anderes Ziel haben konnten, als Sehnsucht nach der Ordnung zu wecken, für die die bourbonische Polizei gesorgt hatte.* Die Ordnung – dies unvergängliche Trugbild, dem die Italiener, besonders die aus dem Süden, zu allen Zeiten nachhängen oder nachtrauern. Sie haben sie nie besessen, doch kraft einer unglaublichen Selbsttäuschung erinnern sie sich an sie: Es hat sie gegeben. Sie ist verschwunden.

* Daß die bourbonische Partei hinter den Überfällen der Messerstecher steckte, daran zweifelte kein vernünftiger und aufrichtiger Mensch. Am 17. Oktober 1862 schreibt Mariano Stabile an Michele Amari: «Fortwährend werden Verhaftungen vorgenommen, aber vorläufig zeichnet sich noch nichts Positives ab, was die Aufklärung und Bestrafung jener Mordüberfälle betrifft, die an demselben Abend zu derselben Stunde an verschiedenen Stellen der Stadt gegen Leute ohne jegliche politische Haltung oder Rolle begangen wurden. In meinen Augen sind Plan und Ausführung bourbonisch-klerikaler Herkunft, denn die Anschläge hatten den einzigen Zweck, Terror zu verbreiten, um dann behaupten zu können, dies sei das Ergebnis der gegenwärtigen schlechten Regierung...» Es ist bemerkenswert, daß Stabile trotz der Verhaftung der zwölf Messerstecher nichts Positives im Vorgehen der Polizei und des Gerichts sah: Noch immer war es ihnen nicht gelungen, die Auftraggeber zu ermitteln.

Man muß sie zurückholen. Darum: *Parteien der Ordnung, Männer der Ordnung,* die sie wiederherstellen können. Wenngleich sich bei den zwölf Beschuldigten eine gewisse Anhänglichkeit an die Bourbonen-Ordnung feststellen ließ – immerhin waren beinahe alle als Denunzianten der früheren Polizei bekannt oder verdächtig –, so war es doch schwierig, ihnen die Initiative zu einer derartigen Vereinigung und vor allem einen so raffinierten Plan zuzuschreiben, der ohne D'Angelos Verhaftung auch wirksam geworden wäre, nämlich vermittels der Unordnung Sehnsucht nach der früheren Ordnung zu wecken. Überdies war es undenkbar, daß einer von ihnen bereit und in der Lage gewesen wäre, einen Tagessold von drei Tari an die übrigen zu zahlen. Also sah man in Castelli, Masotto und Calì «drei vermutliche Beauftragte von Dunkelmännern, die bisher den Nachforschungen der Justiz entkommen konnten». Daß einer dieser «Dunkelmänner» den Namen Romualdo Trigona, Fürst von Sant'Elia tragen könnte... «Dieser Name, der nach Ehrenhaftigkeit, nach Liebe zur Ordnung und wahrem Patriotismus klingt...», sagt der Gerichtspräsident Marchese Maurigi, und der Staatsanwalt Giacosa bekräftigt: «... einer der glanzvollsten Namen Siziliens, ein Name, den man nicht ausspricht, ohne den Beifall der ehrlichen Bürger hervorzurufen... Errötend habe ich diesen Namen genannt. Gott verzeihe demjenigen, der diese ruchlose Verleumdung aufbrachte, wie ihm gewiß auch der Verleumdete vergeben haben wird.» Doch war diese Röte, die man vermutlich sehen konnte, wirklich ein Ausdruck der Scham darüber, daß er über diese Verleumdung berichten mußte, oder war sie nicht eher ein Ausdruck des Unmuts, weil er – malgré lui – in seinem Innersten ebenso dachte? Einige Monate später wird er in einem Bericht, der vermutlich an das Justizministerium gerichtet ist, das Folgende schreiben: «Ich, der ich in jenem Prozeß die Ehre hatte, den Staatsanwalt zu vertreten, zögerte nicht, bei der Erwähnung des Fürsten von Sant'Elia von Verleumdung zu sprechen und die Gelegenheit zu einer öffentlichen Würdigung des Fürsten zu ergreifen. Trotzdem blieb auf dem tiefsten Grund meines Gewissens eine Art dunkler Punkt, etwas Unerklärbares, ein Zweifel, eine unbeantwortete Frage. Verleumdungen! Und warum Verleumdungen? Welches Interesse hatte Castelli, den Fürsten von Sant'Elia zu verleumden? Und warum wählte er, als er seinen Gefährten die Namen der Anführer und Geldgeber nannte, ausgerechnet diesen und nicht einen anderen? Könnte es nicht wahr sein? All dies flüsterte das Gewissen mit leiser Stimme; es waren böse Gedanken, die die Vernunft zurückwies, als wären sie eine Versuchung – so glänzend und makellos war, ich wiederhole es, der Ruf des Fürsten von Sant'Elia, und so bekannt war seine Treue zur jetzigen Ordnung.»

Aber da er von der Schuld der zwölf Messerstecher fest überzeugt war (wie wir es auch sind), versuchte er, sie in einem streng aufgebauten Plädoyer nachzuweisen, ohne rhetorische Abschweifungen, ohne Dante-Zitate und ohne die Erwähnung Lykurgs, Sokrates', Catilinas und Jugurthas (was die drei sizilianischen Verteidiger selbstverständlich taten). Das Ergebnis war, wie er später sagt, befriedigend und schrecklich: Das Gericht gab seinem Antrag statt. Das heißt: die Todesstrafe für

Castelli, Masotto und Calì; lebenslängliche Zwangsarbeit für Favara, Termini, Oneri, Denaro, die Brüder Girone, Scrima und Lo Monaco; zwanzig Jahre Zwangsarbeit für Angelo D'Angelo. «Alle klatschten Beifall», schreibt Guido Giacosa später, «das Land freute sich wie über ein heiliges und gerechtes Werk, und niemandem kam der Gedanke, die Behörden der Leichtfertigkeit oder der Übereilung anzuklagen, aus dem einfachen Grund, weil alle Verurteilten aus den untersten Schichten der Gesellschaft kamen.» Wir wollen hinzufügen, daß auch Juristen, die sich gegen die Todesstrafe ausgesprochen hatten, das Urteil guthießen. «Philantropen», rief ironisch der Anwalt Francesco Paolo Orestano aus, «eilt ans Lager des sterbenden Sollima (was am 13. Januar 1863 unmöglich war, denn Sollima war am 5. Oktober 1862 gestorben) und seht, wie ein ehrenhafter Bürger unter Qualen dahinscheidet, die ihm nicht nur die Wunden verursachen, sondern der Gedanke an die Lieben, die er auf Erden zurückläßt, an Weib und Kinder – und dann schreit nur aus voller Lunge nach der Abschaffung der Todesstrafe. Heute! Ich teile die Ansichten von Beccaria, Victor Hugo und vielen edlen Geistern über die Unrechtmäßigkeit der Todesstrafe im Strafsystem, doch heute zwingt die harte Notwendigkeit ...»

Das Urteil wurde am Abend des 13. Januar verkündet; spät abends, denn als das *Giornale Officiale* vom 14. Januar in Druck ging, waren die Richter noch nicht wieder aus dem Beratungszimmer erschienen, um es der «ungeheuren Volksmenge» zu verlesen, die draußen im Saal wartete.

Vielleicht gehörten auch der Brotverkäufer Domenico Di Marzo und seine Frau zu dieser «ungeheuren Volksmenge»; und friedlich gingen sie nach Hause, beruhigt und gleichsam befreit durch diesen harten Urteilsspruch wie beinahe alle Einwohner Palermos, als sich an der Ecke der Via Montesanto ihnen ein Unbekannter näherte und dem Mann einen Dolch zwischen den ersten und den zweiten Wirbel stieß.

«Der Polizeipräsident, aus dienstlichem Anlaß in Begleitung des Inspektors Cavaliere Temistocle Solera unterwegs *(und vermutlich in der Nähe des Tatorts)*, wurde informiert und nahm sofort die Verfolgung auf; nach langen und ermüdenden Nachforschungen gelang es ihm, einen gewissen R. G., einen gewissen M. F. und einen gewissen C. B. festnehmen zu lassen, übelbeleumdete Individuen und Mitglieder der Camorra, die im unmittelbaren Umkreis gesehen worden waren.» So liest man im *Giornale Officiale* vom 15. Januar. Wenn man aber in Betracht zieht, daß die Verhaftungen am Abend des 13. vorgenommen wurden, dann ist dieser Erfolg nicht so sehr den «langen und ermüdenden Nachforschungen» zuzuschreiben als der Tatsache, daß irgend jemand diese Namen dem Polizeipräsidenten oder dem Cavaliere Solera ausplauderte. Bei einem Wechsel des Regimes wächst die Zahl der Spitzel dermaßen, daß die Polizei manchmal selbst den Überblick verliert: Da sind die alten, die neue Verdienste erwerben wollen, die neuen, die die alten ablösen möchten; ganz zu schweigen von den Dilettanten, denen man sogar eine gewisse Treue zur *neuen Ordnung* zubilligen muß, und von denen, die ihren Vorteil suchen: Diese möchten die *neue Ordnung* in das Flußbett der alten zurücklenken und die Verfolgung derselben Leute provozieren, die auch früher verfolgt wurden. Das funktioniert bei uns sehr einfach. Rings um das Polizeipräsidium von Palermo schwirrten damals wahrscheinlich Schwärme von solchen Spitzeln. Auf jeden Fall kam am Abend des 13. Januar eine genaue Information aus dem Präsidium, und diese bildete den Ausgangspunkt für den Staatsanwalt Giacosa und den Untersuchungsrichter Mari zu einer mühsamen Wiederaufnahme der Untersuchungen über die Messerstecher.

Die Nachricht über das Attentat verbreitete sich vervielfältigt in der Stadt: Nicht nur Di Marzo sei verletzt worden, sondern, so hieß es, acht Bürger und in verschiedenen Stadtvierteln. Schon einige Tage zuvor hatte *Il precursore* Alarm geschlagen: «Gestern abend wurde ein Bürger beim Ospidaletto mit dem Dolch angegriffen. Der Täter konnte festgenommen werden, er trug einen blutbefleckten Dolch bei sich. Könnte der Mann nicht zufällig dieser verbrecherischen Bande angehören?»

Das Polizeipräsidium dementierte: «Die Gerüchte über Attentate, die an verschiedenen Stellen der Stadt von Messerstechern verübt worden sein sollen, beruhen nicht auf Wahrheit. Der einzige Überfall *(gemeint war: der einzige, den man der Bande zuschreiben konnte, denn Messerstechereien aus privater Rache oder bei Schlägereien gab es wahrhaftig genug)* wurde am Abend des 13. Januar gegen Domenico Di Marzo verübt.» Das Dementi überzeugte jedoch nicht, in der Stadt herrschten Angst und Panik. Die Leute gingen mit Stöcken bewehrt umher, denn andere Waffen hatten die ehrlichen Bürger nicht mehr, seit der Königliche Kommissar mit bewunderungswürdiger Weitsicht am Tag nach den Ereignissen des 1. Oktober die allgemeine Entwaffnung angeordnet hatte.* Diese Maßnahme ist auch heute am einfachsten zu treffen: Sie macht es denen leicht, die sich um solche Befehle nicht kümmern und weder den Waffenbesitz melden noch die Waffen abliefern. Man konnte sich damals, besonders abends, nur noch auf Stocklänge einander nähern, weil man Gefahr lief, daß einem jemand mit verzweifelter Kraft eins über den Kopf hieb. Es gab viele Mißverständnisse, sogar auf Kosten der Polizeibeamten in Zivil. Einige wurden von den Carabinieri verhaftet, und allen versprachen die Redakteure von *Il precursore* Prügel, wenn die Polizei nicht davon abließe, ihre Männer in Zivil herumlaufen zu lassen. Es erübrigt sich zu sagen (die Leser, wie wir reich an nachträglichen Einsichten, werden es schon ahnen), daß das Polizeipräsidium log: Es hatte zwei oder drei weitere Überfälle gegeben, die mit der Bande in Verbindung zu bringen waren, wie

* Am 2. Oktober hatte Generalleutnant Filippo Brignone angeordnet: «Artikel 1: Es wird die sofortige allgemeine Entwaffnung in Palermo und allen übrigen Provinzen der Insel befohlen. Ausgenommen sind lediglich die Polizei, die diensthabende Nationalgarde, die Konsuln und die Konsulatsangestellten. Artikel 2: Waffen jeglicher Art müssen innerhalb von drei Tagen nach Veröffentlichung dieses Befehls bei den örtlichen Polizeistellen abgeliefert werden. Artikel 3: Das Zurschaustellen und der Verkauf jeglicher Art von Angriffswaffen ist verboten; die Waffenhändler sind gleichfalls gehalten, die Waffen, wie im Artikel 2 vorgeschrieben, abzuliefern. Artikel 4: Zuwiderhandlungen gegen diese Anordnung werden mit aller Härte des Gesetzes verfolgt, einschließlich der Strafe des Erschießens.» Fälle von Erschießungen hat es gegeben. Natürlich waren keine wirklichen Gauner unter den Erschossenen.

wir aus einem Bericht des Staatsanwalts Giacosa wissen. Bekannt gemacht wurde nur der Fall Di Marzo, weil er der schwerste war und man ihn kaum geheimhalten konnte, da der Ärmste wenige Tage darauf starb.

Die Verhafteten, von deren Namen das *Giornale Officiale* mit begrüßenswerter Diskretion nur die Anfangsbuchstaben nannte, waren Giovanni Russo, Michele Ennio und Camillo Bruno. Russo wurde von Di Marzo und dessen Frau wiedererkannt. Man weiß, was solch ein Erkennen gemeinhin wert ist, wenn es von der Polizei gewünscht wird; in diesem Falle gab es aber ein hinreichendes Beweiselement: Die Überfallenen, oder vielleicht nur die Frau, hatten versucht, den Angreifer abzuwehren oder ihn festzuhalten und hatten ihm dabei die Tasche seiner Jacke aufgerissen (einer Samtjakke von «ölgelber» Farbe: Das war die Uniform der Messerstecher vom 1. Oktober). Da bei der Haussuchung in Russos Wohnung die Jacke mit dem Riß gefunden wurde, konnte man der Identifizierung Glauben schenken. Doch zwei Tage später, als sich der Untersuchungsrichter zu dem sterbenden Di Marzo und seiner Frau begab, um ihre Aussage aufzunehmen, folgte die Überraschung: Beide leugneten alles, was sie unmittelbar nach dem Vorfall geäußert hatten, einschließlich ihrer Beschreibung des Attentäters; sie widerriefen ihre Identifizierung von Russo bei der ersten Gegenüberstellung und auch die zweite, bei der man ihm die Jacke mit dem Riß angezogen hatte; und schließlich behaupteten sie, den Täter sehr wohl zu kennen: Es sei ein gewisser Eugenio Farana, von Beruf Brunnenbauer. Der dem Untersuchungsrichter vorgeführte Farana war ein Mann von «kleiner Statur und schmächtigem Körperbau, der der von dem Überfallenen und seiner Frau zuvor gegebenen Beschreibung vollkommen widersprach» und der darüber hinaus, daran bestand kein Zweifel, unschuldig war.

Mari und Giacosa gerieten in große Verwirrung und Niedergeschlagenheit. Aber schließlich begriffen sie in ihren verzweifelten Anstrengungen, daß der einzige Faden, den sie fassen konnten, um das Knäuel zu entwirren, genau dieses war: der Widerruf des Ehepaars Di Marzo. Was konnte der Grund dafür sein, daß die Eheleute nicht nur ihre Identifizierung von Russo widerrufen hatten, sondern plötzlich sogar den Namen des Täters wußten, «der körperlich so sehr von den vorher gegebenen Beschreibungen abwich»?

«Dafür konnte es unserer Auffassung nach nur einen Grund geben. Ganz offenkundig hatte jemand auf Di Marzo eingewirkt, jemand war an sein Krankenbett vorgedrungen und hatte ihn mit Schmeicheleien oder Drohungen zu dieser grundlegenden Änderung seiner ersten Aussagen veranlaßt.»

Sie verhörten die Polizeibeamten, die Di Marzo im Krankenhaus bewachten, «doch wir erfuhren nichts». Schließlich, als sie sich zufällig und außerdienstlich mit zwei Pflegern unterhielten, hörten sie, «daß außer der Ehefrau, der Stieftochter und einigen Verwandten des Verletzten ein weiterer Besucher bei ihm gewesen sei, den sie für einen Angehörigen der Polizeibehörde hielten». Und in der Tat, er gehörte ihr an: Es war Kommissar Daddi, der den Hafenbezirk leitete.

Da der Überfall im Bezirk der Gerichte stattgefunden hatte und das Krankenhaus im Bezirk des Königspalasts lag, gab es keinen Grund dafür, daß der Leiter des Hafenbezirks mit dem Verletzten Gespräche führte. Sie baten den Polizeipräsidenten um Aufklärung und um Informationen über Daddi. Der Polizeipräsident antwortete, daß Daddi nicht beauftragt worden sei, mit Di Marzo Kontakt aufzunehmen, und daß er in seiner Funktion weder die Pflicht noch das Recht dazu habe. «Und das Bild, das er von dem Kommissar entwarf, ließ ihn in unseren Augen nicht nur durchaus fähig erscheinen, Di Marzo zu seinem Widerruf veranlaßt zu haben, sondern auch selbst ein aktiver Teilnehmer an der finsteren Verschwörung zu sein, welche die Überfälle vom 1. Oktober und vom 13. Januar organisiert hatte», sagt Giacosa. Wir hegen den Verdacht, daß Ähnliches und Schlimmeres bis in die heutige Zeit in den Behörden des italienischen Staates geschehen ist und noch geschieht, aber einen solchen Fall zu finden, der einem Dokument anvertraut wurde, das erregt dennoch unser Staunen und Entsetzen. Der Polizeipräsident, und er war kein Sizilianer, das muß man auch sagen, wußte sehr wohl, aus welchem Stoff dieser Daddi gemacht war – und behielt ihn, vertraute ihm einen der vier Polizeibezirke an, in welche die Stadt unterteilt war.

Sie waren im Begriff, gegen Daddi Haftbefehl zu erlassen, als der Polizeipräsident ihnen mitteilte, Daddi sei bei ihm vorstellig geworden (entweder weil man ihn über das, was ihm drohte, informiert hatte, oder weil er hinbeordert worden war) und habe ihm versprochen, bei Aussetzung des Haftbefehls für vier oder fünf Tage «hochwichtige Indizien in der Sache der Attentate beibringen zu können». Anscheinend hatte er sich

mit der Erklärung gerechtfertigt, er spiele ein doppeltes Spiel und seine Teilnahme an der Verschwörung habe kein anderes Ziel, als zu ihrer völligen Aufdekkung beizutragen und ihre Mitglieder samt und sonders der Justiz zu übergeben – eine Rechtfertigung, die auch heute hoch im Kurs steht, wie wir wissen.
«Nach gründlicher Überlegung sind Richter Mari und ich zu folgender Ansicht gekommen: Entweder handelt Kommissar Daddi ehrenhaft und will der Justiz tatsächlich helfen und sie auf die Spur der Schuldigen bringen, wobei er die vielen Mittel und Wege benutzt, die ihm durch seine vollkommene Kenntnis von Menschen und Verhältnissen dieser Stadt und durch seine höchst zweideutigen Beziehungen mit verdächtigen Personen offenstehen; oder er handelt unredlich und ist bestrebt, die Justiz mit Täuschungsmanövern von ihren Nachforschungen abzulenken. Im ersten Falle wäre es höchst unklug, ihn in seinen Nachforschungen und Handlungen zu hemmen oder ihm ein Mißtrauen zu demonstrieren, das seinen Eifer erlahmen lassen und uns seiner Mitarbeit berauben könnte. Im zweiten Fall muß sein Lügengebäude in kurzer Zeit zusammenbrechen, schon bei den ersten seriösen Untersuchungen nämlich, und in diesem Fall würde sich sein Betrug als unwiderlegbares Argument gegen ihn selbst richten.»
Kommissar Daddi bekam also seine vier oder fünf Tage Freiheit, die er im Tausch für die zu liefernden «hochwichtigen Indizien» gefordert hatte; doch danach erwähnt ihn Giacosa nicht mehr. Anderen Nachrichten, die in der Mitteilung über die Eröffnung des Hauptverfahrens gegen Daddi und Russo vor dem Schwurgericht am 29. Mai gipfeln, können wir entneh-

men, daß die zweite Hypothese von Mari und Giacosa zutraf: Daddi handelte unredlich und versuchte, die Untersuchungen abzulenken und gegen *einen anderen Extremismus* (wie wir heute sagen würden) zu richten. Und hier muß auch zu Ehren von Guido Giacosa erwähnt werden, daß die Theorie von den beiden *entgegengesetzten Extremismen,* die gleich nach den Ereignissen vom 1. Oktober aufgebracht worden war, eine sofortige und deutliche Liquidierung durch den Staatsanwalt erfuhr, und zwar mit einer noch heute unverändert gültigen Begründung: «Die Partei der Übertreibung, die die Presse benutzt und ausnutzt; die über Zirkel, über Tribünen, über alle Mittel der Sensationsmache verfügt; die an das Gefühl und die Einbildungskraft appelliert und die Fahne des Aufstands hißt, hat es nicht nötig, zu solchen Mitteln zu greifen.» Die Partei der Übertreibung: das war die Partei, die er als Gemäßigter nicht billigte.

Über Daddi führte also kein Weg zur Entwirrung des Knäuels; nun gaben die Behörden (mit dem Wort Behörden bezeichnet Giacosa das Königliche Kommissariat, die Präfektur, das Polizeipräsidium und die Gefängnisdirektion) Mari und Giacosa einen anderen Faden zu dessen Auflösung in die Hand. «Wegen eines geringfügigen Vergehens befand sich ein gewisser Orazio Mattania im Gefängnis, wo man ihn seit achtzehn Monaten vergessen hatte. Der gebürtige Spanier hatte seit seiner Kindheit in Palermo gelebt, war ein schlauer und gerissener Mann und auch einigermaßen gebildet, denn er war seinen Angaben zufolge vor 1860 Schulmeister gewesen. Er sprach den Dialekt von Palermo erstaunlich gut, war ein hinreichend übles Subjekt, um seinen Genossen Vertrauen einzuflößen, hatte Erfahrung in allen Gaunereien und war Vertrauensmann und Sekretär der Gefangenen; das hinderte ihn nicht, insgeheim auch dem Gefängnisdirektor zu Diensten zu sein, indem er ihm die gefährlichsten Männer der Camorra unter den Inhaftierten nannte. Auf diesen Mann lenkte die Behörde ihre Aufmerksamkeit.» Zuerst brachte man ihn mit Pasquale Masotto zusammen. Der sagte ihm nur, daß er unschuldig sei und auf die Hilfe des – ebenso unschuldigen – Fürsten von Sant'Elia für seine Familie hoffe, denn «da sie unschuldig waren wie jener und wie jener verleumdet worden waren, mußte diese Gleichheit der Unschuld und der Verleumdung dessen Mitleid wecken.» Er beauftragte Mattania sogar, wenn er aus dem Gefängnis entlassen würde, die Familie Masotto bei ihrem Bittgang zum Fürsten von Sant'Elia zu begleiten und sie ebenfalls der Fürsorge von Monsignor Calcara vom Hof des Erzbischofs anzuempfehlen, «ohne jedoch irgendeinen Grund zu nennen» außer den seiner Unschuld, «weil er in ihn vor allen anderen sein ganzes Vertrauen setze». Mattania meinte, damit sei ihm kein Geheimnis anvertraut worden; und ebenso dachten der Gefängnisdirektor, die Polizei, Richter Mari und Staatsanwalt Giacosa. Und doch war es eines, und dazu von höchstem Interesse. Vor dem Schwurgericht hatte es kein Gewicht, doch um so mehr wog es im Hinblick auf Psychologie und Verhalten eines Mannes wie Masotto. Es trägt sogar dazu bei, die folgenden Berichte von Mattania teilweise glaubwürdig zu machen, gerade weil er sein Unternehmen bei

Masotto als gescheitert betrachtete. Mehr noch: dies war auch das erste Element, durch das die Richter zu der Überzeugung hätten kommen müssen, daß Sant'Elia schuldig war.
Masotto betraute einen Mann, der aus dem Gefängnis kam und mit ihm zusammen in Haft gewesen war, mit der Aufgabe, seine Frau und seine Kinder bei einem Bittgang zum Fürsten von Sant'Elia zu begleiten, und damit erreichte er sein Ziel, ohne das Gebot des Schweigens zu brechen. Das Ziel war, bei dem Fürsten die Befürchtung zu wecken, Mattania wisse Bescheid und sei Botschafter einer Erpressung. Dasselbe galt für Monsignor Calcara. Was Pitré das «Mafia-Fühlen» nennt, bewirkt unglaubliche Feinheiten; und dies war wohl eine davon: Formal gesehen, hatte Masotto Mattania gegenüber nichts ausgeplaudert; er bat ihn nur um eine Hilfeleistung, doch dem Fürsten von Sant'Elia und Monsignor Calcara gegenüber sah es so aus, als habe Masotto ihm alles anvertraut. Er setzte den nichtsahnenden Mattania damit auch möglichen Repressalien aus; aber nach dem Kalkül eines Mannes wie Masotto hätte auch die Beseitigung von Mattania für die beiden keine Beruhigung gebracht; denn falls Masotto geredet hatte, konnte er wieder reden, auch Mattania konnte das, was er wußte, schon anderen anvertraut haben. Jedoch glaubte, wie gesagt, selbst Mattania nicht, daß der Auftrag, den Masotto ihm erteilt hatte, Anlaß gab, nachzudenken. Man brachte ihn daher von Masotto weg und mit Castelli zusammen. Was die Schweigepflicht angeht, so war Castelli ebenso gehorsam wie Masotto: Nicht einmal bei der Hinrichtung zeigten sie eine Regung der Schwäche, Calì ebensowenig (sie wur-

den, und das ist ein Detail von schlimmer Kuriosität, mit der Guillotine hingerichtet, die mit grauenvoller Ungeschicklichkeit gehandhabt wurde). Warum also vertraute sich Castelli Mattania an und erzählte ihm alles bis ins kleinste?

Man könnte vermuten, daß der Schlüssel zu seinem Vertrauen der Name von Monsignor Calcara war, den Mattania von Masotto wußte. Dieser Name war bisher noch nicht in Zusammenhang mit den Attentaten aufgetaucht. Als Castelli diesen Namen von Mattania hörte, der in einer Zelle mit Masotto gesessen hatte, mochte er glauben, daß Mattania noch mehr wußte. Sonst sehen wir keinen Grund dafür, daß er redete. Oder man betrachtet alles als Lügen, was Mattania dem Gefängnisdirektor, der Polizei und dann direkt den Richtern mitteilte. Und es war keinesfalls so, daß er stets die Wahrheit sagte; das bemerkten auch Mari und Giacosa; doch das, was von seinen Berichten überprüfbar war, erwies sich fast immer als wahr. Nun muß auch gesagt werden, daß das Protokoll, welches der Inspektor des Polizeipräsidiums Cavaliere Temistocle Solera über Castellis Mitteilungen an Mattania aufnehmen ließ, und der Bericht von Guido Giacosa erheblich von einander abwichen. Das betrifft nicht so sehr die Ereignisse und die Personen, die darin verwickelt waren, sondern die Quellen. Dem Protokoll von Solera zufolge war Masotto in seinen Mitteilungen ausführlicher, als es aus dem Bericht von Giacosa hervorgeht. Wir vermuten jedoch, daß der Untersuchungsrichter und der Staatsanwalt Mattania viel genauer zuhörten und ihn seine Darstellung mehrmals wiederholen ließen; zur Klärung und zum Vergleich zogen sie auch

die Zettel heran, auf denen ihr Informant ihnen Zwischenberichte gegeben hatte.
Was Castelli erzählte, bestätigte Punkt für Punkt das Geständnis von D'Angelo und fügte Neues hinzu. Ein Mann trat plötzlich in den Vordergrund, der im Prozeß nur kurz als Entlastungszeuge für Castelli und Lo Monaco aufgetreten war: Francesco Ciprì.
Dieser Mann, Wächter wie Castelli, hatte den beiden mit großer Umsicht ein Alibi verschafft, das bezüglich der Zeit dann völlig wertlos war, und er hatte die Situation von Castelli durch seine Aussage über dessen Kleidung noch verschlechtert. Auf die Frage des Gerichtspräsidenten, wie denn Castelli an jenem Abend gekleidet gewesen sei, hatte er nämlich geantwortet: «Mit Jacke und Hosen aus Samt und mit einer Schirmmütze.»
Dieser Ciprì, erzählte Castelli, sei derjenige, der sie für den Fürsten von Sant'Elia angeworben habe. Nicht daß Ciprì je gesagt hätte, er handele im Auftrag des Fürsten von Sant'Elia; er habe ihm nur eines Tages bedeutet, er solle mit seiner Schar gegen neun Uhr morgens an die Porta Felice kommen, weil die Herren, die das Geld gäben, die angeworbenen Söldner mustern wollten. Als sie alle an der Porta Felice versammelt gewesen seien, sei eine Kutsche hinzugefahren, in der die Fürsten von Sant'Elia und Giardinelli gesessen hätten. Und Castelli, der gesehen habe, «daß sich Ciprì der haltenden Kutsche näherte und einen Augenblick mit den Herren sprach, wobei er mit einer Geste gleichsam auf die aufgestellte Truppe wies, habe den Schluß gezogen, daß die Fürsten von Sant'Elia und Giardinelli eben die Herren seien, die sie bezahlten.»

Staatsanwalt Giacosa kommentiert: «Eine erschreckend logische Folgerung, gegen die es kein vernünftiges Gegenargument gibt.» Wir finden diese Schlußfolgerung nicht so erschreckend logisch: Schon der Verdacht, Ciprì habe seine Leute täuschen wollen, genügt, um sie ins Wanken zu bringen. Die Angeworbenen wollen den Namen des Auftraggebers wissen, um sicherzugehen, daß sie ihr Geld bekommen; Ciprì, der den Namen nicht bekanntgeben darf, greift zu einer List: Er bestellt sie zur Porta Felice, wo der Fürst von Sant'Elia zu einer bestimmten Zeit immer vorbeikommt (in Palermo weiß man selbst heute alles von allen, geschweige denn vor hundert Jahren); die Kutsche fährt auch erwartungsgemäß vorbei, bremst oder hält sogar an der Kreuzung, die sich dort befindet; er geht in untertäniger Haltung auf sie zu, grüßt, geht noch näher heran, um bei dem Fürsten den Eindruck zu erwecken, er habe ihm etwas zu sagen; aber als er vorm Kutschenschlag steht, sagt er nur – und begleitet das mit einer Handbewegung –, er sei mit seinen Freunden hier, um die Septembersonne zu genießen, und der Schwindel ist geglückt.
Nicht die Schlußfolgerung an sich zählt also, sondern die Wahrscheinlichkeit der Fakten, die mit der Person des Fürsten von Sant'Elia in Verbindung gebracht werden.

Nachdem aus Castelli alles herausgeholt worden ist, was herauszuholen war, wird Mattania aus dem Gefängnis entlassen. Im Polizeipräsidium liefert er dem Cavaliere Solera eine konfuse Zusammenfassung seiner gesamten bisherigen Tätigkeit, unterschreibt und kommt in direkten Kontakt mit den Richtern. Doch vermutlich ist ihm zur Auflage gemacht worden, alle neuen Fakten, die er den Richtern mitzuteilen habe, vorher im Polizeipräsidium zu melden – zwecks Korrekturen, Weglassungen und Hinzufügungen, die das Polizeipräsidium für richtig hält.

Es beginnt der schwierigste und gefährlichste Teil seines Unternehmens. Wie in dem Spiel, in dem man zwei Punkte mit einer Linie verbinden muß, ohne die unzähligen anderen Punkte zu berühren, so müssen die Richter nun Mattania zwischen den Personen, die Castelli genannt hat, hin- und herbewegen, ohne eine Verbindung zu zerreißen, denn das würde das Ende des Spiels bedeuten.

Selbstverständlich stehen häufige teilnahmsvolle Besuche bei den Familien Castelli und Masotto am Anfang der Aktion. Dann sucht er Ciprì auf und berichtet ihm von dem Auftrag, den ihm die beiden Verurteilten gegeben haben: das Mitgefühl des Fürsten von Sant'Elia und von Monsignor Calcara für diejenigen zu wecken, die schon jetzt im tiefsten Elend leben und bald Witwen und Waisen sein werden. Ciprì riecht den Braten nicht, dabei hat er selbst in nicht so fernen Zeiten, denen er jetzt noch nachtrauert, unter Maniscalco in der bourbonischen Polizei gedient. Oder vielleicht fällt er auf Mattania herein, weil dieser ihm sofort Sympathie einflößt, ist er doch vom selben Schlag. Wie auch immer, was dieses Vertrauen erklärt und auch beweist, daß Mattania den beiden tatsächlich vertrauliche Mitteilungen entlockt hatte, ist vermutlich die Tatsache, daß er, als er sich als Freund von Masetto und Castelli vorstellt und damit auch als Freund von Ciprì, glaub-

würdige Beweise für seine guten Beziehungen zu den beiden vorlegen kann.
Von dem Augenblick an, als Orazio Mattania auchCiprì begegnet, geraten wir in einen Wirbel von Namen, Zusammenkünften, improvisierten Imbissen, Ausflügen aufs Land und in die Dörfer der Umgebung, Verabredungen, die oft verschoben werden oder auf die Mattania vergeblich wartet. Ein großes Durcheinander entsteht bei der Berechnung der Zeit: sowohl für Mattania hinsichtlich Ciprìs und anderer Verschworener, als auch für diese hinsichtlich Mattanias, und auch für die Richter, was die Berichte von Mattania betrifft, denn die örtliche Zeitrechnung stimmt nicht mit der italienischen überein. Hinzu kommt noch, daß das Italienisch des Spitzels unsicherer, gewundener ist und oft unklarer ist als das der Polizeikommissare, und wahrscheinlich ist es auch sein Denken. Was zählt, ist jedoch, daß seine Mission schrittweise vorankommt, so wie es die Richter, die die Untersuchung führen, geplant haben. Eine präzise *«Eskalation»:* Ihr Abschluß ist eine Art Gipfeltreffen, zu dem Mattania Zutritt erhält.
Auf dem Weg zu dieser Versammlung (19.30 Uhr nach italienischer Zeit, nehmen wir an) traf Mattania Ciprì. Dieser war erschüttert von der Nachricht, daß die drei Verurteilten schon in der Kapelle waren (alle zum Tode Verurteilten verbrachten dort die letzte Nacht vor der Hinrichtung, um den letzten geistlichen Trost zu empfangen, den die einen über sich ergehen ließen, die anderen verlangten; er fürchtete, so sagte er, sie würden angesichts des Todes ihr Schweigen brechen, «und aus Furcht davor konnte er schon seit zwei

Tagen nichts essen». Das hinderte ihn allerdings nicht, Mattania, der in der Rangfolge nunmehr über ihm stand, ans Herz zu legen, die Herren, die er treffen sollte, daran zu erinnern, eine Aktion (vermutlich einen weiteren Überfall) für den Abend von Sankt Joseph zu organisieren, «damit für uns etwas heraussprang». Er ermahnte ihn auch, «ihn, nachdem er ihm alle Türen geöffnet habe, nicht zu vergessen». Mattania versprach es ihm und lud ihn in eine Schenke zu einer halben Flasche Kirsch ein. «Wir gingen zusammen hinaus, er begleitete mich bis zur Kathedrale, und wir verabredeten uns für zehn Uhr abends bei ihm zu Hause.» Hier ist noch folgendes anzumerken: Wenn das Fest des Heiligen Joseph bevorstand, das auf den 19. März fällt, dann war die Nachricht, die drei Verurteilten befänden sich schon in der Kapelle, falsch, denn sie wurden am 9. April um sechs Uhr morgens auf dem Largo della Consolazione hingerichtet.

Mattania verabschiedete sich also von Ciprì und betrat den erzbischöflichen Palast. Die Versammlung fand in den Wohnräumen von Monsignor Calcara statt, der als erster Sekretär des Erzbischofs im Palast untergebracht war. Mattania beschrieb die Räume später den Richtern aufs genaueste. Zwölf Personen waren anwesend. Neun waren Priester: der zweite Sekretär des Erzbischofs, der Pfarrer von San Nicolò all'Albergheria, der Kanonikus Sanfilippo und andere, von denen Mattania ebenfalls eine Beschreibung lieferte. Von den drei «Laien» erkannte er sofort die Fürsten von Sant'Elia und Giardinelli; der dritte war, wie er erfuhr, der Cavaliere Longo.

Der Fürst von Sant'Elia sprach «in strengem Ton» mit

ihm. Wir übersetzen aus dem Italienischen des Mattania in das unsere: «Ihr seid mir wärmstens anempfohlen worden, sowohl von Pareti als auch von Pater Agnello, und ich weiß, daß Ihr für unsere Sache zu arbeiten begonnen habt. Doch Ihr müßt Euch im klaren sein, daß ich erst nach der Ausführung einer Arbeit zahle. Ich will nicht weiterhin ein solcher Trottel sein und zahlen – viertausend Unzen sind es bis jetzt –, praktisch ohne irgend etwas dafür zu bekommen, und vielleicht auch noch ein schlechtes Ende nehmen. Ja, mir wäre es schlecht ergangen, wenn ich nicht die Mittel hätte, über die ich verfüge. Man muß handeln, doch mit allergrößter Vorsicht. Ihr seid listig und schlau, bedenkt aber auch, daß die Polizei über so viele geheime Verbindungen verfügt, wie ich Haare auf dem Kopf habe. Ihr wißt sehr gut, was ich zwanzig Monate lang völlig unschuldig zu leiden hatte; deshalb habe ich geschworen, mich dafür zu rächen oder mich erschießen zu lassen. Wenn Ihr also beharrlich und treu für unsere Sache eintretet, dann sollt Ihr auch reich belohnt werden.»

Der Fürst von Giardinelli fügte in sentimentalem Ton Erinnerungen an frühere Zeiten hinzu. Er sagte zu Mattania, er finde ihn sehr gealtert: Er erkannte ihn also wieder, da ihm Mattania begegnet war, als sie beide unter Garibaldi gekämpft hatten, Mattania war, wie er selbst angab, Leutnant gewesen (Giacosa mit seiner Antipathie gegenüber Garibaldi, den Garibaldi-Anhängern und deren Bewegung übernimmt das als gesichert). Diese Begegnung zwischen zwei Garibaldi-Anhängern im erzbischöflichen Palast, die, umgeben von neun Priestern, an einem Komplott für die bour-

bonische Restauration teilnehmen, wäre ein würdiger Gegenstand für ein Bild Mino Maccaris, das man im Risorgimento-Museum in Palermo aufhängen sollte.
Auf diese Aufmerksamkeit des Fürsten von Giardinelli entgegnete Mattania in melancholischem Tonfall, daß er durch das, «was er alles durchgemacht habe», so stark gealtert sei. Und man ging zu den konkreten Dingen über, nämlich zu dem Geld für die Familien der Verurteilten und für die Mannschaft.
Obwohl Sant'Elia erklärt hatte, er wolle kein Geld mehr locker machen, wenn er keine Ergebnisse sehe, wurde beschlossen, daß Mattania am darauffolgenden Dienstag beim Fürsten von Giardinelli 700 Unzen in Empfang nehmen sollte, von denen die Familien der zum Tode Verurteilten je 100, die anderen je 50 erhalten sollten; außerdem 180 Unzen, die unter den Gruppenführern aufgeteilt werden sollten. Mit weiteren Ermahnungen, Vorsicht walten zu lassen, wurde er verabschiedet.
Wie versprochen, begab er sich zu Diprì im Vicolo degli Schioppetieri. Er traf ihn nicht an, und die Frau zählte ihm die Cafés und Wirtshäuser auf, wo er ihn finden könnte. «Ich suchte ihn eine ganze Weile», berichtet Mattania, denn er hatte ja die gute Nachricht zu bringen, daß 180 Unzen an die Mannschaft ausgezahlt werden sollten. Doch er fand ihn nicht. Er ging nach Hause und schrieb einen Bericht, den wir hier zusammengefaßt haben und der am folgenden Tag, in die Hände der Richter Mari und Giacosa gelangt, im falschen Augenblick eine Reihe von Haftbefehlen und Hausdurchsuchungsbefehlen auslösen sollte.

Romualdo Trigona, Fürst von Sant'Elia, Herzog von Gela (und im Stile Manzonis: etcetera, etcetera), wurde am 11. Oktober 1809 als Sohn von Domenico Trigona und Rosalia Gravina (aus der Familie der Fürsten von Palagonia, den Besitzern der «Villa der Ungeheuer» in Bagheria) in Palermo geboren. Er wurde «männlich und edel» erzogen, wie man im *Parlament des Königreichs Italien, beschrieben von Cavalier Aristide Calani* nachlesen kann, und von frühester Jugend an zeigte er «scharfe Intelligenz und einen vortrefflichen Charakter». So wurde er denn auch mit neunzehn Jahren Präsident der Kommission für die Gefängnisse von Palermo und widmete sich diesem Amt, wie der Cavalier Calani berichtet, «mit höchstem Eifer». Gern wüßten wir, wie lange: Das könnte unseren boshaften Verdacht zu der Vermutung verdichten, dieses Amt habe ihm Gelegenheit gegeben, gute Beziehungen zu den Insassen der Gefängnisse zu entwickeln. Dann, von 1845 bis 1848, war er Vorsitzender eines «Instituts zur Ermutigung»: die Ermutigung galt, wie es scheint, der Erfindung von Maschinen für die Landwirtschaft und die Industrie; doch wenn man die Lage der sizilianischen Industrie und Landwirtschaft bis in die heutige Zeit betrachtet, dann müssen die Ermutigungen irgendwelchen Wahnsinnserfindungen, nutzlosen Maschinen, gegolten haben. Gleichzeitig und in Anerkennung seines Kunstempfindens hatte er das Amt des Vizepräsidenten der Kommission für Altertümer und schöne Künste inne; ihm und seiner Liebe zur Archäologie wird die Entdeckung eines Ganges unter dem Meer, zwischen Acradina und Ortigia, zugeschrieben; doch da die Ausgrabungen, die er eingeleitet hatte, die

Festungsanlagen von Syrakus gefährdeten, verhinderte die Regierung deren Fortführung. Und das ist wahrscheinlich die einzige Maßnahme der bourbonischen Regierung, über die sich der Fürst von Sant'Elia zu beklagen hatte. Im Jahre 1848 wurde er Vorsitzender des Bürgerrats von Palermo; im Jahre 1849, nach der Wiedereroberung der Insel durch die Bourbonen, war der Verlust des Vorsitzes des «Instituts zur Ermutigung» der einzige Schaden, den er davontrug. «Von der bourbonischen Polizei im April 1860 zur Auswanderung gezwungen» – wohin, wissen wir nicht –, war er im Mai schon wieder in Sizilien. Es mag ein Zufall sein, daß er sich den Status eines Ausgewiesenen, der ihm sehr viel einbrachte, so schnell und leicht erwerben konnte; wir glauben jedoch, daß es Teil einer besonderen Veranlagung seiner Klasse war (die bei ihm vielleicht besonders weit entwickelt und prononciert war): Alles verändern, auch sich selbst, damit nichts sich ändere, vor allem nicht die Klasse selbst; wir verweisen dazu auf *Die Vizekönige* von Federico De Roberto und auf *Der Leopard* von Giuseppe Tomasi di Lampedusa. Die Tatsache, daß der Fürst im Unterschied zu vielen anderen sizilianischen Adligen sehr reich war, verlieh dieser besonderen Veranlagung unbegrenzte Möglichkeiten. Calani berichtet, daß er «mit Geldmitteln zum allgemeinen Wohl» kräftig beitrug; und Telesforo Sarti sieht in seinem *Verzeichnis aller zwischen 1848 und 1860 gewählten und ernannten Abgeordneten und Senatoren* die Verdienste des Fürsten vor allem in der Tatsache, daß er «die politische Erneuerung der Insel zwar nicht durch direkte Beteiligung, doch durch Geldmittel unterstützte und die Freiheit Italiens freudig begrüßte». Im Jahre 1860 hatte er mittlerweile die Fünfzig überschritten, und auch wenn Garibaldi, der zwei Jahre älter als er war, das Gegenteil bewies, so waren der Waffendienst und der Krieg seine Sache nicht, und das lag sowohl in der Mentalität seiner Klasse als auch in seiner eigenen. Eher entsprach es seiner Klasse – und es war auch bequemer –, ein bißchen Geld aus der Tasche zu ziehen und aus der Ferne die Ziele zu begrüßen, für die die anderen kämpften. Und so begrüßte der Fürst von Sant'Elia die Freiheit Italiens.

Im XVII. Kapitel des Buches *Das Ende eines Königreichs* finden wir eine lebendige Beschreibung des Lebens der Aristokratie von Palermo in den Jahren zwischen 1840 und 1860, darunter eine Bemerkung über den Fürsten von Sant'Elia, die wir hier wiedergeben, weil sie helfen könnte, ein Detail zu klären, mit dem sich Staatsanwalt Giacosa herumzuschlagen hatte: «Es gab keine öffentlichen Fechtsäle, sondern einige Herren, wie Antonio Pignatelli, Pietro Ugo delle Favare, Emanuele und Giuseppe Notarbartolo und die jungen Herren Sant'Elia, von denen der hochelegante Herzog von Gela der Erstgeborene war und Abgeordneter und Senator wurde, luden ihre Freunde abwechselnd zu Fechtübungen ein.» Anscheinend gab es nichts anderes in diesem Leben als Fechtübungen und «Ehrenhändel», wie De Cesare die Duelle nennt: Florett und Säbel beherrschten es. Und die Ehre, um die solche Händel ausgetragen wurden, konnte zum Beispiel darin bestehen, eine Mantille um die Schultern von Stefanina Rudini, die «dunkle Schönheit» genannt, legen zu dürfen, zu der Eleonora Trigona, die «blonde Schönheit» (die Schwester von Romualdo, die mit jenem Giardinelli verheiratet wurde, den Mattania uns im Bischofspalast vorgeführt hat), das Gegenbild war. Der Fürst von Sant'Elia, nunmehr über Fünfzig und ziemlich dick geworden, betrieb gewiß keine Fechtübungen mehr. Außerdem hatte ihm sein Gruß, den er an die Freiheit Italiens adressiert hatte, eine Unzahl von Ämtern eingebracht, so daß er tatsächlich der repräsentativste Mann in Palermo geworden war.* Und König Viktor Emanuel II. entsandte ihn oft als seinen Vertreter zu kirchlichen Festen oder zivilen Zeremonien. Das behagte offenbar nicht allen; und am 8. Dezember 1862, anläßlich der Prozession zu Mariä Empfängnis, als eine Zeitung die Genugtuung des Landes beschrieb, Sant'Elia als Vertreter des Königs zu sehen, antwortete *Il precursore* folgendermaßen: «Wenn das Land aus den Gästen des Banketts von Sant'Elia besteht, dann hat diese Zeitung recht; wenn es sich aus allen Klassen des Volkes zusammensetzt, hat sie unrecht... Der Autor des Artikels, der die Bürger barhaupt dastehen sah, mag geglaubt haben, sie grüßten den Fürsten von Sant'Elia. Keinesfalls. Sie grüßten die Unbefleckte Jungfrau.» Bei «allem Respekt» für den Fürsten konnte sich *Il precursore* nicht

* Der Fürst war auch in allen Wohltätigkeitskomitees vertreten (Waisenhäuser, Asyle für Kinder, kostenlose Brotverteilung an die Armen) und in Komitees für soziale Verbesserungen (gegen das Bettlergewerbe); auch den Schutz der Schönen Künste (Preise) und der Wissenschaften verlor er nicht aus den Augen (Schenkung an das Kabinett für Pathologische Anatomie, bestehend aus einer «reichen und wunderschönen Truhe mit vielen kostbaren Instrumenten der Chemie, deren Wert 3000 Franken übersteigt»).

erklären, warum sich der König, wie es logisch gewesen wäre, nicht durch den Königlichen Kommissar vertreten ließ, der ihn mit allen Vollmachten in Sizilien repräsentierte. Tatsächlich ist das logisch nicht zu erklären, die Erklärung ist vielmehr politischer Natur: Obwohl er schon am 20. Januar des vorausgegangenen Jahres – und damit als einer der ersten – zum Senator ernannt worden war (in der Kategorie 21: Personen, die 3000 Lire Vermögenssteuer zahlten) und trotz des Komturtitels des Mauritius-Ordens und aller seiner Ämter war die Regierung des Königs Viktor Emanuel nicht davon überzeugt, daß Sant'Elia ein ergebener Anhänger der *neuen Ordnung* war. *Et pour cause,* wie wir sehen werden. Zunächst aber ist festzuhalten, daß aus der Biographie des Fürsten nicht ersichtlich wird, wo denn jene zwanzig Monate des Leidens sind, von denen Mattania berichtet. Vielleicht ist es ein Schreibfehler desjenigen, der die Abschriften herstellte, welche der Staatsanwalt vorsichtshalber und zu unserem Glück mitnahm, als er sein Amt verließ. Wahrscheinlich muß man lesen «diese Monate», nämlich die Monate, in denen er sich verdächtig und überwacht vorkam (schon am 26. November 1862 schrieb *Il precursore,* es gehe das Gerücht um, daß «bekannte Persönlichkeiten» in die Vorfälle vom 1. Oktober verwickelt seien). Wie aber konnte der Fürst sich vor Mattania und vor seinen Komplizen als «völlig unschuldig» bezeichnen?

In der Nacht vom 12. zum 13. März wurden die Haussuchungen und die Verhaftungen vorgenommen. Zu früh und gleichzeitig zu spät. Zu früh, weil Giacosa und Mari gegen den Fürsten von Sant'Elia, den sie für das Haupt der Verschwörung hielten, lediglich die Berichte von Mattania in der Hand hatten. Und zu spät, weil auf Grund dieser Berichte derartig viele Leute verschiedenster politischer Tendenzen hätten verhaftet werden müssen, daß es sehr schwierig und geradezu lächerlich war, sie sich einträchtig und in einem gemeinsamen Komplott zur Wiederherstellung der Bourbonenherrschaft vorzustellen.

Was Giacosa befürchtete und immer von sich gewiesen hatte, das geschah nun durch die Berichte von Mattania. Und man mußte es hinnehmen. Es gab nur ein Alles oder Nichts; die Berichte für wahr halten oder sie als Fälschungen fallenlassen. Den Fürsten von Sant'Elia, die Priester, die ehemaligen Spitzel der Bourbonen-Polizei fassen, aber die Leute von der «Partei der Übertreibung» laufenlassen, das ging nicht. Mattania oder jemand, der hinter ihm stand, hatte es geschafft, die *entgegengesetzten Extreme* in diese Konspiration hineinzubringen.*

Am 14. stieß der Fürst seinen Schrei der Empörung und des Schmerzes aus:

«Exzellenz, Hochzuverehrender Herr Präsident, ein widerwärtiges und unvorhersehbares Ereignis macht es mir zur Pflicht, mich an Ew. Exz. als dem hochverehrten Haupt des Senats des Königreichs Italien zu wenden.

* Der Jubel des *Giornale Officiale di Sicilia* konnte nicht ausbleiben (über seine Stellungnahmen und seine Sprache finden sich geistvolle Beobachtungen in *Das Ende eines Königreiches* von Raffaele de Cesare): «Anscheinend breitet sich die Konspiration über die ganze Insel aus, um eine bourbonisch-mazzinische Bewegung herzustellen.»

In der Nacht vom 12. des Monats erschien um ein Uhr in meiner Wohnung ein Untersuchungsrichter im Auftrag des Richters beim Appellationsgericht, Herrn Mari, dem Untersuchungsrichter im Prozeß gegen die Messerstecher; er war autorisiert, eine Durchsuchung meiner Räume vorzunehmen, obwohl der Artikel 142 des Strafverfahrens nächtliche Haussuchungen allgemein ausschließt, ausgenommen bei *Gefahr im Verzug*. Die Menge der bei dieser Hausdurchsuchung eingesetzten Polizeibeamten, das zeitliche Zusammentreffen mit zahlreichen Verhaftungen in dieser Nacht, die schwere Anklage, die der Durchsuchungsbefehl gegen mich enthält, nämlich *Haupt und Urheber eines Attentats gegen die innere Sicherheit des Staates* zu sein, erfüllten mich mit unbeschreiblicher Überraschung, welche am Tage darauf von allen Bürgern geteilt wurde.
Da mir bisher nicht zur Kenntnis gelangt ist, durch welche Beweiselemente der Untersuchungsrichter des Prozesses zu einem so schwerwiegenden Entschluß kam, noch von wem diese seltsame Verleumdung ausgeht, die ich auf Grund meiner wohlbekannten Prinzipien und meines bisherigen privaten und öffentlichen Lebens wohl mit Recht zutiefst verachten kann, ist es mir im Augenblick nur möglich, den falschen Weg zu beklagen, auf den Schurken die Untersuchungen der Justizbehörde gelenkt haben, welcher es anscheinend nicht immer gelingt, sich gegen so offenkundige Fallen zur Wehr zu setzen.
Bestärkt von dem Gefühl meiner Rechtschaffenheit und meiner politischen Treue, erfreut durch die unerwarteten, spontanen und schmeichelhaften Versicherungen der Wertschätzung von seiten der höchsten

örtlichen Behörde sowie von seiten anderer höchster Beamter, zu deren Obliegenheit es gehört, die hier lebenden Personen auf das genaueste zu kennen, und schließlich als Zeuge der einhelligen, energischen und kompakten Bekundungen der lebhaftesten Empörung des Landes über ein so beklagenswertes Attentat, ist mir selbst schon alles zuteil geworden, was meine Eigenliebe sich wünschen könnte.
Doch erfüllen mich Schmerz – nicht meinetwegen, sondern wegen der politischen Folgen, dic ein solches Geschehen im Lande auslöst – und tiefe Erschütterung über die Verknüpfung eines derartigen Zwischenfalles mit der Verhaftung von Personen, deren Prinzipien, Ansichten und Moral völlig andersgeartet sind und jegliches Miteinander ausschließen; und ich muß Protest erheben gegen eine solche unerträgliche Inkonsequenz, welche die Männer der subversiven Partei triumphieren läßt, wenn sie sehen, daß die Männer ergriffen werden, die alles geopfert haben, um energisch und beharrlich unsere edle Sache zu verfechten.
Nach diesen schmerzlichen Ereignissen halte ich es für meine Pflicht, Ew. Exz. über den Fall zu unterrichten, damit Ew. Exz. Weisheit im öffentlichen Interesse zu Vorkehrungen dränge, die der Ernst der Lage erfordert, doch auch damit Ew. Exz. genau abwägen könne, ob in meiner Person die hohen Werte der edlen Versammlung beleidigt werden, der anzugehören ich die Ehre habe.»

Der Senatspräsident schickt eine Abschrift des Briefes an den Minister des Innern und bittet, über die Tatbestände unterrichtet zu werden; der Grund dafür ist nicht ersichtlich, da Sant'Elia schreibt, die Haussuchung sei auf Befehl des Untersuchungsrichters vorgenommen worden; vielleicht will er auf der offiziellen Ebene Zeit gewinnen, um sich indessen auf der offiziösen zu informieren. Der Minister des Innern antwortet, er wisse von nichts, nur der Justizminister sei in der Lage, Angaben zu machen, er werde ihn schriftlich um diese bitten, «und sobald ich in ihrem Besitz bin, werde ich sie Euer Wohlgeboren übermitteln». Ungeduldig geworden, schreibt der Senatspräsident auch an den Justizminister. Die Antwort ist prompt: Er habe keine volle Kenntnis der Nachforschungen, die zu der Haussuchung bei Sant'Elia geführt hätten, doch auf jeden Fall sei er «hocherfreut, sagen zu können, daß die Durchsuchung im Hause des Fürsten ein negatives Ergebnis gezeitigt habe».

Nicht erfreut waren Richter Mari und Staatsanwalt Giacosa. Das Resultat der Haussuchung war negativ, mit Ausnahme eines Details, das jedoch als Beweiselement wertlos war.

Zur Durchführung der Haussuchung hatten die Richter die Carabinieri beordert; eine solche Vorsichtsmaßnahme ergriffen sie stets, wenn sie eine verschwiegene und genaue Ausführung ihrer Anordnungen wünschten. Diesmal waren die Carabinieri so genau, daß sie die Fenster des Palazzo Sant'Elia zählten, zuerst von innen, dann von außen. Sie stellten fest, daß bei der Zählung von innen ein Fenster fehlte, woraus leicht zu schließen war, daß man ein Zimmer zugemauert hatte. Sie begannen mit ihren Gewehrkolben die Wände abzuklopfen und sie nach ihrem Klang – ob dumpf oder hohl – abzuhören; sie stellten Möbel um. Schließ-

lich entdeckten sie hinter einem Schrank eine Mauer, die anstelle einer Tür neu errichtet worden war. Sie rissen sie weg – und standen vor einem Anblick, der einem Gemälde der *pittura metafisica* glich. Ein großes Zimmer, in dem Stühle aufgestellt waren wie für eine Vorstellung, und den Stühlen gegenüber eine Puppe, von der Glöckchen herabhingen und in deren Rücken ein Dolch steckte, der genauso aussah wie der Dolch, der zwischen dem ersten und zweiten Rückenwirbel von Di Marzo steckengeblieben war.
Die Richter glaubten nicht (und wir ebensowenig), daraus folgern zu müssen, daß der Fürst «ein solcher Trottel» war, um den Ausdruck zu gebrauchen, mit dem Mattania ihn bezeichnete, daß er die für die Überfälle Angeworbenen zu Übungsstunden in sein Haus brachte. Vielleicht (wir erinnern an die Mitteilung von De Cesare) hatten dieses Zimmer und diese Puppe in der Vergangenheit einmal den Fechtübungen gedient (die Glöckchen gaben wahrscheinlich die Treffer an, wenngleich nach unseren Kenntnissen solche Puppen mit Glöckchen eher in Schulen für Taschendiebe als bei Fechtübungen Verwendung fanden). Doch der Dolch, die vermauerte Tür? Die Richter zerbrachen sich vergebens den Kopf; auch vom Fürsten konnten sie keine Erklärung verlangen; er hatte sich voll Verachtung in die Immunität zurückgezogen, die er als Senator genoß. Sie hatten eine Haussuchung bei ihm vornehmen können, indem sie alle Verbote mit der Begründung der *Gefahr im Verzug* umgangen hatten, der Gefahr nämlich, daß von einem Augenblick zum anderen Beweiselemente verborgen oder zerstört werden konnten, aber sie konnten ihn ohne ausdrückli-

chen Befehl des Senats weder verhaften noch verhören. Dieser Befehl kam nie; im Gegenteil, die beiden Richter erhielten Vorwürfe, Anklagen und die Aufforderung, ihr Vorgehen zu rechtfertigen.

Milder waren die später eintreffenden Bitten um Erklärungen und die Vorwürfe, die sich auf die Haussuchung in den Wohnräumen von Monsignor Calcara und der Priester Cafanio (bisweilen liest man Casanio) und Accascina im erzbischöflichen Palast bezogen; sie kamen vom Justizminister. Ohne Zweifel hatte der Erzbischof dem Minister seine Beschwerde übermittelt, in der er sowohl das an sich beleidigende und ungerechtfertigte Vorgehen als auch die Gewaltsamkeit der daran beteiligten Carabinieri und Soldaten beklagte.
Giacosa und Mari, die andere Richter zu der gleichzeitig stattfindenden Haussuchung bei Sant'Elia beordert hatten, wollten bei dieser Haussuchung im erzbischöflichen Palast selbst anwesend sein. Der von Giacosa für den Justizminister verfaßte Bericht beschreibt also selbst Gesehenes.

«Gegen halb ein Uhr in der Nacht erschien der Richter am Appellationsgericht Mari in meiner Begleitung am Haupttor des erzbischöflichen Palastes; er hatte eine große Anzahl von Leuten bei sich, die die verschiedenen Ein- und Ausgänge besetzen und im Innern die vermutlich großen und zahlreichen Räume bewachen sollten, damit nicht irgendwelche Dinge heimlich beiseite geschafft werden konnten. Mehrere Minuten lang, sechs bis acht mögen es gewesen sein, klopften wir und verlangten im Namen des Gesetzes, daß man uns aufmache. Keines der vielen Fenster des erzbischöflichen Palasts wurde geöffnet, weder im Erdgeschoß noch im ersten Stock, dabei war bekannt, daß es einen Türhüter und eine große Anzahl von Dienstboten gab. Daraufhin gab Richter Mari in Übereinstimmung mit mir den Befehl, die Tür mit Gewalt zu öffnen, da Grund für die Annahme bestand, daß das hartnäckige Schweigen entweder bezweckte, Zeit zu gewinnen, um irgendwelche Dokumente zu verstekken, oder, und das war wahrscheinlicher, daß es die Gerichtsbarkeit zum Äußersten treiben sollte, um dadurch als deren Opfer dazustehen und einen Vorwand zu erhalten, um die Regierungsbeamten der Brutalität anklagen zu können. Als die Tür beinah aufgebrochen war, vernahm man aus dem Innern eine Stimme, die fragte: ‹Wer ist da?› Die Antwort lautete: ‹Die Justiz, öffnet im Namen des Gesetzes!› Sofort wurde Befehl gegeben, von der Tür abzulassen. Aber nachdem wiederum eine geraume Zeit verstrichen war, gaben wir den Befehl, die beinah beendete Arbeit fortzusetzen. Einer der Türflügel wurde entfernt, und wir betraten den Hof des Palasts, der in tiefer Dunkelheit dalag. Auf unser mehrmaliges Rufen erfolgte keine Antwort, niemand zeigte sich. Wir zündeten zwei Laternen an, die wir mitgebracht hatten, sahen eine große Treppe und stiegen bis zum obersten Treppenabsatz hinauf, wo sich eine verschlossene Tür befand. Wir klopften lange, endlich erschien ein Greis, der uns in einen großen Vorsaal führte. Wir verlangten, er solle uns erstens die Wohnräume von Monsignor Calcara zeigen, zweitens die Wohnräume des Priesters Cafanio, drittens die

Räume des Priesters Accascina, des Rektors des Priesterseminars, das direkt neben dem Erzbischofspalast liegt. Es verging einige Zeit, bis der Mann, der einzige, der bis dahin erschienen war, unseren Forderungen nachkam. Endlich führte er uns zur Wohnung von Monsignor Calcara, die im zweiten Hof des Palasts liegt. Natürlich stellten wir an den verschiedenen Eingängen und Zimmern Wachmannschaften auf, aber es war bei der Größe der Räumlichkeiten und unserer völligen Unkenntnis des Gebäudes nicht möglich, alles zu überwachen. Um die Wohnungen von Calcara und Accascina betreten zu können, mußten wir nochmals einige Türen gewaltsam öffnen, da die Bewohner sich nicht dazu herbeiließen; dabei war der durch das Aufbrechen erzeugte Lärm so groß, daß alle von ihm geweckt worden sein mußten. Die Wohnung des Priesters Cafanio wurde uns hingegen von dessen Pagen geöffnet... Eine nächtliche Haussuchung ist immer eine schmerzliche Angelegenheit, und in der Erbitterung ist man stets geneigt, die Unannehmlichkeiten zu übertreiben; doch unsererseits haben wir sowohl in unseren Anweisungen als auch in der uns zufallenden Ausführung als ehrenhafte Richter und als Männer von Bildung und guter Erziehung gehandelt.»

Natürlich fanden sie nichts, was für Monsignor Calcara und die Priester Cafanio und Accascina kompromittierend war. Und was hätten sie auch in diesem Palast finden können, der für sie ein Labyrinth war, nachdem die Monsignori, Priester, Seminaristen und Pagen genug Zeit gehabt hatten, das, was sie suchten, verschwinden zu lassen oder zu vernichten? Sie suchten Papiere; und in zehn Minuten kann man ein ganzes

Archiv verschwinden lassen. Das bewirkte bei Monsignor Calcara, dem außer dem Haussuchungsbefehl auch ein Haftbefehl vorgelegt wurde, eine Gelassenheit, die ihn auch zu Komplimenten inspirierte, «bei allem Unglück erfülle es ihn mit Freude, daß er in die Hände von wohlerzogenen und gebildeten Männern geraten sei».

Die drei im erzbischöflichen Palast verhafteten Priester, die anderen, die in ihren Pfarreien verhaftet werden, der Cavaliere Longo, sowie Ciprì und Pareti, die in ihren Wohnungen festgenommen wurden, kurz alle Verhafteten dieser Nacht trafen bei den Wachen im Polizeipräsidium und bei den Gefängniswächtern derart wohlerzogene Männer an, daß sie einer angenehmen und nützlichen Geselligkeit nicht beraubt wurden. Guido Giacosa schreibt an einen Richter, von dem er vielleicht Solidarität und Hilfe erhofft: «Sie wissen, daß alle Arretierten unmittelbar nach der Verhaftung provisorisch in die Festung Castellamare überführt und dort in einem einzigen Raum zirka vierundzwanzig Stunden lang allein gelassen wurden, so daß sie in völliger Freiheit miteinander sprechen und sich auf das bequemste miteinander abstimmen konnten.» Dann zählt er alle Mängel, Versäumnisse und Komplizenschaften auf und fährt fort: «Sie kennen das alles und können sich folglich ein Urteil über die unendlichen Schwierigkeiten im Ganzen und im Einzelnen bilden, die wir bei der Ausübung dieses beschwerlichen Amtes hatten. Wir sind bereit, die Verantwortung dafür zu übernehmen, doch hoffen wir, daß alle ehrlichen Menschen, wenn sie den Grad dieser Verantwortung beurteilen, auch die unendlichen Schwierigkeiten in Rechnung stellen, die sich vor uns auftürmten, und die gleichermaßen unendliche Spärlichkeit der Mittel, über die wir zu deren Überwindung verfügten.» Schon die Tatsache, daß er von einem Fall, mit dem er sich gegenwärtig noch herumschlug und den er noch nach Wahrheit und Recht zu klären hoffte, in der Vergangenheit redete und sich auf eine Zukunft bezog, in der «alle ehrlichen Menschen» dieses Vorgehen beurteilen würden, ist ein erstes Anzeichen der Verzweiflung.

Der Zeitpunkt, zu dem Giacosa und Mari ihre Maßnahmen ergriffen, war aufgrund der Mahnungen, die vom Polizeipräsidium kamen, falsch gewählt worden – zu früh und gleichzeitig zu spät. «Richter Mari, dessen Meinung ich zu teilen geneigt war, vertrat die Ansicht, man müsse abwarten, da Mattania versprochen hatte, er werde noch wichtigere Dokumente herbeischaffen, und wir darauf vertrauten. Das Polizeipräsidium bat uns hingegen, nicht länger zu zögern, da sich das Land nach seiner Einschätzung in einer sehr gefährlichen Lage befand. Offizielle Berichte, die von verschiedener Seite *(im Polizeipräsidium)* eingetroffen waren, deuteten auf unmittelbar bevorstehende Unruhen hin; es wurde Munition verteilt, bewaffnete Banden von *(vor dem Militärdienst)* Geflohenen zeigten sich hier und dort im Land; man hörte sozusagen den Donner, der das Gewitter ankündigt; eine Erhebung lag in der Luft ... Am Morgen des 12. dieses Monats waren Richter Mari und ich damit beschäftigt, die zahlreichen Durchsuchungs- und Haftbefehle zu ord-

nen, als wir eine neue Anzeige vom Polizeip
erhielten, die uns durch Inspektor Solera übe
wurde; sie enthielt Tatbestände, die einige beka
Führer der Aktionspartei und der Autonomistischen Partei belasteten. Beigefügt waren drei Dokumente: ein Brief des Generals der Carabinieri, ein anonymer Brief, der Namen und Tatbestände von einer gewissen Wichtigkeit enthielt, und eine Liste von Personen, deren Verhaftung für notwendig gehalten wurde ... Und das war der Grund, daß unter den vielen Festgenommenen Personen erscheinen, die so verschiedenen Parteien angehören.» Es gab nur eine mögliche Verbindung zwischen diesen Parteien: den Fürst von Giardinelli, dessen «mit Garibaldi verbundene Vorgeschichte» auch zu der Vermutung führen konnte, er «gehöre dem externen Flügel der Aktionspartei an». («Er war einer der Gefährten Garibaldis bei dessen letzter Erhebung in Sizilien und ist einer der Rückkehrer vom Aspromonte.») Doch Giacosa und Mari legten sich nicht auf ihn als Verbindungsglied fest, auch wenn es nicht ganz abwegig gewesen wäre, derartiges zu einem Zeitpunkt in Betracht zu ziehen, als sogar die unglaubliche Begegnung zwischen Paris und Neapel, zwischen der bourbonischen Partei und der Murat-Partei zustande kam.

Unter den Verhafteten, die der «Partei der Übertreibung» angehörten, befand sich Giovanni Raffaele, Arzt und Direktor der Zeitung *Unità Politica* (später, doch mit einem Haftbefehl gleichen Datums, wurde auch der frühere Garibaldi-General Giovanni Corrao festgenommen). Im Jahre 1883 veröffentlichte Raffale, inzwischen Senator des Königreichs, einen Band mit

..istorischen Enthüllungen, in dem er ausführlich von seiner Verhaftung und Gefängnishaft berichtet; als Verantwortlichen nennt er den Polizeipräsidenten Bolis. Raffaele zufolge war alles von diesem Polizeipräsidenten ausgeheckt und aus einem Geheimfundus bezahlt worden, und die teuflischen Einflüsterungen von La Farina hatten den Anstoß dazu gegeben. Alles: die Überfälle der Messerstecher, das Geständnis von D'Angelo, die Berichte von Mattania. Staatsanwalt Giacosa war ihm gefolgt, als Wissender oder als Betrogener. Richter Mari hingegen hatte sein Amt ohne innere Überzeugung versehen, doch wäre er viel zurückhaltender gewesen, nimmt Raffaele an, hätte er nicht Giacosa Folge leisten müssen.
Was Mari anbelangt, so verläßt sich Raffaele lediglich auf den Eindruck, den er bei einer persönlichen Begegnung hatte: die formelle Höflichkeit, mit der Mari ihn während der Verhöre behandelte; die Zugeständnisse, die er machte, um ihm die Haft zu erleichtern; die *nonchalance* – die er vermutlich nicht vor Raffaele verbarg –, mit der er den Teil der Ermittlung führte, der die «Partei der Übertreibung» betraf. Wenn er ebenso häufig mit Giacosa zu tun gehabt hätte, wäre er zu demselben Eindruck gekommen. Mari, das wissen wir aus vielen und genauen Berichten, befand sich mit Giacosa in völliger Übereinstimmung. Was den Polizeipräsidenten Bolis angeht, so kann man Raffaele zustimmen in der Auffassung, er habe den Fall künstlich überladen, indem er die «Partei der Übertreibung» hinein verwickelte, doch es scheint unmöglich, daß er alles aus dem Nichts erschaffen haben soll; die Überfälle, die Festnahme und das Geständnis von D'Angelo,

das Auftauchen von Mattania und die Rolle, die er spielte. Auch dem Staatsanwalt Giacosa konnte der Verdacht kommen, daß alles vom Polizeipräsidium angestiftet worden sei; und tatsächlich kam er ihm auch einen Moment lang. («Konnte es nicht sein, daß diese ganze Machenschaft das Werk der Behörde selbst war, die sich bei der Regierung in ein gutes Licht setzen wollte und darum diese Tragikomödie erfand und Tag für Tag ihrem gelehrigen Agenten die Berichte so diktierte, wie er *(sic)* sie wollte?» Wir erlauben uns dieses unsympathische *sic,* mit dem Professoren fremde Texte bei der Veröffentlichung übersäen, um auf signifikante Fehler aufmerksam zu machen: Giacosa spricht von der «Behörde», aber unbewußt meint er «ihn», den Polizeipräsidenten Bolis); uns jedoch kann er damit nicht kommen. Wenn Raffaele die Unterlagen gesehen hätte, die uns zur Verfügung stehen, hätte er sicher seine Meinung über Bolis im Hinblick auf die ungerechte Verfolgung und die Unannehmlichkeiten, die er erdulden mußte, nicht geändert; doch er hätte ihn nicht angeklagt, den Kanonikus Patti und andere unschuldig im Gefängnis schmachten zu lassen, diejenigen, die der Kanonikus in Versen im sizilianischen Dialekt zu Opfern von Mattania, Bolis und jener beiden Richter ernennt, die «zwei Esel oder zwei Cagliostri sind», wie Raffaele zitiert. Bemerkenswert ist dabei, daß sowohl der Kanonikus in den von Raffaele zitierten Versen als auch Raffaele selbst Mattania Matracia nennen. Das wäre ein geringfügiger Irrtum, wenn Raffaele nicht mit solchem Eifer Einzelheiten über die Familienverhältnisse und die Vergangenheit von Mattania lieferte, für deren Richtigkeit – im

Gegensatz zu denen, welche die Richter besaßen – er sich verbürgt. Es geht auch nicht darum, daß man Mattania nicht eine anständige Familie und eine fleckenlose Vergangenheit zutrauen möchte, aber könnten diese Informationen, die Raffaele auf privaten Wegen gesammelt hatte, nicht wirklich einen Matracia betreffen? Wenn man außerdem noch in Betracht zieht, daß Raffaele behauptet, der richtige Vorname des Spitzels sei nicht Orazio, sondern «mit ziemlicher Sicherheit» Giuseppe, so wird deutlich, wie unlogisch es ist, die Ungewißheit, was den Namen anbelangt, mit einer so großen Gewißheit über die Vergangenheit und die Familienverhältnisse des Matracia-Mattania zu verbinden. Zweifelsohne war dieser – und Giacosa wußte es, wie wir gesehen haben – ein übles Subjekt; aber manchmal kommt es vor, daß üble Subjekte der Wahrheit dienen wollen und um dieser Wahrheit willen mehr durchmachen, als sie jemals um einer Lüge willen dulden müßten.

Den Anklagen, die Raffaele sofort nach seiner Entlassung gegen den Polizeipräsidenten Bolis erhebt, und die er nach zwanzig Jahren wiederholt, ist nach den Regeln der Logik entgegenzuhalten – ganz unabhängig von der Lektüre der Dokumente –, daß sich alles von Anfang an gegen die «Partei der Übertreibung» gerichtet hätte, wenn Bolis der Urheber des Ganzen gewesen wäre. Dagegen werden die Karten dieser Partei erst im letzten Moment mit denen der bourbonischen Partei vermischt und vermengt – so eilig und ungeschickt, daß Giacosa und Mari, noch bevor ein Monat vergangen ist, die verhafteten Anhänger der Aktionspartei und der Autonomistischen Partei auf freien Fuß setzen und alle polizeilichen Ergebnisse in dieser Hinsicht annullieren. Im übrigen gibt Raffaele an einer Stelle auch zu, daß hinsichtlich der Ereignisse vom 1. Oktober «die Öffentlichkeit nicht unrecht hatte, wenn sie einer korrupten Polizei, die in engsten Beziehungen zu einer bekannten *patriotischen Gesellschaft* stand, die Schuld gab»; und genau das dachte Guido Giacosa, wenn diese «bekannte *patriotische Gesellschaft*», auf die Raffaele anspielt, diejenige gleichen Namens war, der Sant'Elia vorstand. Eine Bestätigung dafür, daß die Anspielung von Raffaele in diese Richtung deutete, kann die Tatsache sein, daß er bei der Erwähnung der Haussuchung bei Sant'Elia nicht die mindeste Empörung zeigt, ja sich nicht einmal darüber wundert, wie er es sonst unentwegt angesichts der Fehler und Machtübergriffe der Polizei und der Gerichtsbarkeit tut, die seiner Meinung nach nur die teuflischen Pläne von La Farina ausführten. Es wäre überdies schwierig gewesen, auch nur einen einzigen Grund zu entdecken, aus dem La Farina eine Polizei- und Justizfalle gegen Sant'Elia hätte konstruieren sollen, während es tatsächlich viele Gründe dafür gab, daß er Sant'Elia aus einer solchen Falle hätte befreien oder ihn davor schützen wollen. (Einem befreundeten Journalisten zufolge ist die Geschichte Italiens seit der Vereinigung bis in die heutige Zeit zu einem großen Teil von Rivalitäten, erklärten oder verborgenen Feindschaften, unter Sizilianern bestimmt worden. Die erste ist die zwischen La Farina und Crispi. Die Rivalität zwischen dem Generalstaatsanwalt Carmelo Spagnuolo und dem Polizeichef Angelo Vicari ist vielleicht die letzte. Das heißt: die jüngste, soweit wir wissen; möglicherweise gibt es noch weitere, deren Auswirkungen wir zu spüren bekommen, ohne es zu wissen.)

Das *Giornale Officiale di Sicilia* schreibt am 4. April: «Gestern abend wohnte Seine Exzellenz der Fürst von Sant'Elia im besonderen Auftrag seiner Majestät des Königs in der Königlichen Capella Palatina dem Ritus bei, mit dem die Kirche der Passion auf Golgatha gedenkt. In den Nachmittagsstunden folgte obenerwähnte Exzellenz der Prozession mit dem Bild der Heiligen Muttergottes de la Soledad, das dem Brauch entsprechend durch einige Straßen der Stadt in die Kirche des Trinitarierordens, seinen eigentlichen Sitz, zurückgebracht wurde. Am Prozessionszug nahm der Präfekt der Provinz und der Städtische Magistrat teil... Die Bevölkerung wohnte der traurigen Zeremonie in großer Zahl bei; und sie wurde in großer Stille beschlossen.»
Die Kirche des Trinitarierordens war und ist eine spanische Kirche, sie hat einen spanischen Pfarrer, der, wenn wir nicht irren, dem Bistum Léon zugeordnet ist. Dort wird also die Muttergottes de la Soledad verehrt. Das Wort soledad weckt für uns mit seinem Klang Bilder, die wenig oder kaum etwas mit Schmerz zu tun haben (*solitudine*, Einsamkeit, aber auch *solarità*, Helligkeit; Frauen mit schwarzen Augen und schwarzem Haar, die diesen Namen tragen, «la musica callada, la soledad sonora» von Antonio Machado); aber Nuestra Señora de la Soledad, la Virgen de la Soledad, Maria de la Soledad ist dieselbe, die wir die Schmerzensreiche nennen; bei uns wie in Spanien wird sie dargestellt mit

einem Dolch in der Brust, manchmal mit einem Halbkreis aus sieben Dolchen, als realistischer Metapher für die Kreuzigung ihres Sohnes und für die Sünde und die Laster der Menschen. Bei den Gips- oder Pappmachéfiguren wird dieser Dolch – mit silberner Klinge und vergoldetem Griff – meistens auch wirklich zum Erdolchen benutzt, und wenn die Klinge lang genug ist, sieht man, wie er von den Schritten der Träger bebt. Der «besondere Auftrag», den König von Italien bei dieser Prozession zu vertreten, war für den Fürsten von Sant'Elia ein Triumph gegenüber denen, die ihn anklagten, doch zugleich wurde er auch den Blicken der Palermitaner ausgesetzt, was einer Vergeltung gleichkam. Wie er da in trauernder Haltung hinter der Figur herschritt, in deren Brust ein Dolch steckte wie bei dem armen Di Marzo, da mag es viele ironische Kommentare mit Blicken und Worten gegeben haben, so zahlreich und anhaltend, daß sie den Fürsten und seine Freunde wie die Wellen einer Brandung erreichten. Aus diesem Grund, glauben wir, betont die Zeitung die große Stille, mit der die Prozession verlief: weil sie so still gar nicht war wegen des häufigen und fortgesetzten Gemurmels der Leute. Dessen Grundton war wohl eher Ironie als Empörung: Das Vakuum der Justiz, das anderswo Empörung hervorgerufen hätte, füllte sich hier wie stets mit resignierten Sprichwörtern, von denen *Die Malavoglia* von Giovanni Verga einen recht umfangreichen Katalog enthalten. Castelli, Calì und Masottos Einspruch, vorgebracht durch den Armenanwalt und den Pflichtverteidiger, war vom Kassationsgericht abgewiesen, das Urteil des Schwurgerichts bestätigt worden; sie standen tatsächlich kurz vor dem Gang in die Kapelle, was Ciprì und seine Kumpane, die jetzt im Gefängnis waren, mit großer Sorge erfüllte, weil sie die Schwäche oder den Groll derjenigen fürchteten, denen die Hinrichtung bevorstand und die zuletzt doch noch geständig werden konnten. Und es heißt, daß die Verurteilten wirklich alles gestanden; jedoch nur den Priestern, die ihnen beistanden; und nur Castelli machte auf dem Podest vor der Guillotine den Mund auf, doch allein um zu sagen, daß er unschuldig sei. Ein Mann wie er sagte dies wahrscheinlich mit voller Überzeugung, da er in der Tat niemanden mit dem Messer angegriffen hatte. Ebenso unschuldig also wie seine Auftraggeber.

Es ging, wie es immer gegangen war: Castelli, Calì und Masotto schickten sich an, die Kapelle der zum Tode Verurteilten zu betreten; der Fürst von Sant'Elia betrat die Capella Palatina in Vertretung des Königs von Italien, Viktor Emanuel II. «Im Namen von Viktor Emanuel II., König von Italien von Gottes Gnaden und nach dem Willen der Nation»: ein Todesurteil für den Wächter, den Brotverkäufer und den Vergolder; ein «besonderer Auftrag», ihn zu vertreten für den Fürsten. Die drei Männer waren allein auf Grund der Geständnisse D'Angelos vor Gericht gestellt und verurteilt worden; doch dieselben Geständnisse hatten kein Gewicht gegenüber dem Fürsten von Sant'Elia. Der Mann, welcher für die drei die Todesstrafe gefordert und erhalten hat, ist von wachsender Unruhe erfüllt, die einem Riß in einer einsturzgefährdeten Mauer vergleichbar ist. Die Berichte von Guido Giacosa, die am Anfang so leidenschaftslos klangen, bekommen jetzt einen verkrampften Ton. «Mit viel weniger gewichtigen Gründen» als denen, die für den Hausdurchsuchungsbefehl gegen den Fürsten von Sant'Elia vorliegen, sind, so schreibt er, «diese zwölf unglückseligen Männer» verhaftet und verurteilt worden, von denen drei «vor der menschlichen Gerechtigkeit schon bald auf das schrecklichste büßen müssen». – «Wir haben nicht auf die Eigenschaften der Personen gesehen, nicht auf Vorleben, Würde, Charakter; wir haben den Fürsten und den Monsignore, den Gepäckträger und den Wächter beiseite gelassen, um uns einzig und allein daran zu halten, daß vor dem Gesetz alle gleich sind, daß gegen alle die gleichen Indizien vorlagen, die nach unserem Wissen und Gewissen ausreichend und schwerwiegend waren. Allen schuldete man also eine gleiche Behandlung, und wenn wir daran erinnern, daß von diesen Indizien auch ein Senator des Königreichs betroffen wurde, dann nur um die von der Verfassung vorgesehenen Vorrechte in ihren engsten Grenzen zu respektieren . . .

Für uns lagen die Indizien vor, und sie waren von nicht zu leugnender Schwere und Gewichtigkeit. Mehr noch: Die Indizien gegen die Fürsten Sant'Elia und Giardinelli waren erheblicher und gewichtiger als diejenigen, die gegen die anderen Angeklagten vorlagen, denn gegen jene waren nur die Aussagen von Angelo D'Angelo vorhanden. Und vor die Entscheidung gestellt, ob das frühere und heutige Ansehen des Fürsten von Sant'Elia ein Gegengewicht zu den Indizien darstellte, die wir in Händen hatten, konnten wir nicht lange zögern. Sein Ruf konnte die Fakten nicht aufheben, die wir für wahr halten mußten und halten. Vor die Wahl gestellt zwischen den Fakten und seinem Ruf mußten wir uns für jene entscheiden. Jene waren, so denken wir, wahr, dieser konnte zu unrecht erworben sein. Nachdem wir dies einmal vor unserem Gewissen geklärt hatten, mußten wir gegen den Fürsten von Sant'Elia genauso verfahren, wie wir gegen alle anderen verfuhren, und wir hielten nur an dem Punkt ein, wo es unmöglich war, ohne eine Verletzung der Verfassung zu handeln. Nun verbietet die Verfassung nicht die Einleitung eines Untersuchungsverfahrens gegen einen Senator mit allen Mitteln, die dazu gehören, darunter auch einer Durchsuchung der Wohnung; sie verbietet nur die Verhaftung...» Die Senatskommission, die zur Prüfung des Falles gebildet wurde, hätte diese Immunität aufheben können; sie hob sie nicht nur nicht auf, sondern verurteilte die Haussuchung auf das schärfste (mußte allerdings zugeben, daß dadurch die Privilegien von Sant'Elia als Senator nicht verletzt worden waren), und sie bezeichnete die Richter als «Ignoranten», die Untersuchungen als eine «Windmühle» und Mattania als «Spitzel» und «Schurken» (Schurke offenbar auch wegen seiner Tätigkeit als Spitzel: Wie man sieht, war das Empfinden der Senatoren des Königreichs Italien gegenüber Spitzeln eigentlich gar nicht so verschieden von dem der *Mafiosi der Vicaria* in der Komödie von Rizzotto und Mosca, die im selben Jahr ihren ein Jahrhundert währenden Erfolgslauf begann). Eigentlich müßte man sowohl den Bericht von der Senatssitzung vom 24. März als auch die Schlußansprache des Senators Vigliani vom 12. Mai, des Vorsitzenden der am 24. März gewählten Kommission, wörtlich wiedergeben. Da aber diese Rede schon durch die Diskussion vom 24. März vorweggenommen wurde, beschränken wir uns darauf, einige Auszüge aus den Diskussionsbeiträgen zu zitieren. Aus dem Beitrag des Senators Vigliani, der zum Vorsitzenden der Kommission ernannt wurde, vielleicht weil er als erster das Wort ergriff: «Zuerst möchte ich ganz offen sagen, daß ich auf Grund meiner persönlichen Bekanntschaft mit den Männern, die an diesem Gerichtsverfahren mitwirken mußten, nicht den geringsten Zweifel hege, daß ihre Absichten vollkommen rein und gerecht sind; doch, meine Herren, der Justizbehörde passiert, was allen Menschen jeglichen Ranges und Standes passieren kann, daß sie bedauerlicherweise der menschlichen Schwäche ihren Tribut zahlt und irrt. Ich will kein Urteil vorwegnehmen...» Und damit hatte er es schon vorweggenommen. Aus der Rede von Pisanelli, Justizminister oder auch Siegelbewahrer: «Meine Herren, ich verstehe den Schmerz, den der Fürst von Sant'Elia gewiß empfunden hat, und nicht so sehr, als er sein Haus von der Polizei umringt sah, sondern, vor allem, als er glauben mußte, des Verrats angeklagt zu sein; er, der zu den ersten gehörte, die das neue Königreich Italien begrüßten; er, der sich mit gelassener Beständigkeit stets von den extremen Parteien ferngehalten und mit unverbrüchlicher Treue der Monarchie der Savoyer und der nationalen Sache gedient hat... Und ich verstehe, meine Herren, das Gefühl der tiefen Bitternis, das ihn erfüllen mußte, als ihm ein Gerichtsverfahren angekündigt wurde. Nun, meine Herren, ich glaube, dieses Gefühl der Bitternis teilen alle mit dem Fürsten von Sant'Elia, die wie er den Grundsätzen der Treue zum Haus Savoyen und zur nationalen Sache ergeben sind;

und ich will frei und offen sagen: Auch ich habe wie alle dieses Gefühl mit ihm geteilt!» Aus der Versammlung der Senatoren ertönt ein «Bravo!»; und der Senator Vigliani ergreift noch einmal das Wort, um ihm zu danken: «Ich bin sehr glücklich, daß ich eine so einflußreiche Persönlichkeit zu dieser Erklärung hinsichtlich der Person des Herrn Senators von Sant'Elia veranlaßt habe.» Und der Senator Di Revel unterstreicht: «Ich mache mir keine Sorgen um die Lage unseres hochverehrten Kollegen, des Fürsten von Sant'Elia. Alle, die ihn kennen, alle, die ihn sprechen gehört haben, sind absolut sicher, sich nicht vorstellen zu können...» Sorgen macht sich der Senator Di Revel um «die Rechte, die Würde und die Pflichten des Senats», dessen Pflichten es nach seiner Meinung jedoch auf keinen Fall widerspricht, in ein noch schwebendes Untersuchungsverfahren einzugreifen und Leute, die die Richter für schuldig halten, als unschuldig hinzustellen.

Nach der Sitzung vom 24. März und der Bildung der Kommission, die über den Fall befinden sollte, erwartete der Senat einen Bericht vom Justizminister. Dieser erwartete ihn von Giacosa. Giacosa hatte ihn bereits am 15. abgeschickt, doch am 24. hatte ihn der Minister noch nicht erhalten und sollte ihn auch nie erhalten. Der Bericht war verschwunden. Zweifellos gab es einen doppelten Beweggrund, diesen Bericht verschwinden zu lassen. Zum einen wollte man genau erfahren, was Giacosa in der Hand hatte, um die erforderlichen Gegenmaßnahmen zu ergreifen; zum anderen wollte man den Unwillen des Justizministers und

der Senatoren gegen Giacosa und Mari, deren Bericht nicht eintraf, steigern. Und wer konnte ein Interesse daran haben und auch die Mittel dazu, diesen Bericht abzufangen und verschwinden zu lassen.
Giacosa machte sich daran, ihn noch einmal zu schreiben, da er keine Abschrift besaß, vielleicht weil er als *vertraulich* und für den Minister *persönlich* angefordert worden war, was bedeutete, daß keine Abschrift in den Archiven hinterlegt werden sollte. Bei der zweiten Niederschrift war er in einem andern Gemütszustand als beim Abfassen der ersten, «auf unerklärliche Weise» verschwundenen Fassung (ein Ausdruck, den man gewöhnlich dann gebraucht, wenn es eine gute Erklärung gibt). Jetzt wußte er, wenn auch nur in großen Zügen, was auf der Senatssitzung vom 24. März geäußert worden war; er hatte die Auswirkungen davon in dem «besonderen Auftrag» an Sant'Elia gesehen, den König bei den kirchlichen Handlungen am Karfreitag zu vertreten. Er war also in der Gemütsverfassung eines Besiegten; eines Besiegten, der außer der eigenen Niederlage auch die des Rechts, der Justiz, des «heiligen Dogmas der Gleichheit» zur Kenntnis nehmen muß.
Mit verzweifelter Klarheit faßt er alle Fakten zusammen, untersucht ihre Ambivalenzen und Zweideutigkeiten, motiviert und begründet seine Entscheidungen. Insbesondere bemüht er sich, die Glaubwürdigkeit von Mattania nachzuweisen, da die wichtigste Anklage, die man gegen ihn erhob, eben die war, Mattania Glauben geschenkt zu haben. Niemand machte ihm einen Vorwurf daraus, daß er Angelo D'Angelo geglaubt hatte (dem dann auch das Schwur-

gericht und der Kassationshof glaubten), der, was Herkunft, Vorleben und Führung anging, mit Mattania zu vergleichen war. Alle warfen ihm vor, Mattania vertraut zu haben, dabei hatte dieser gegenüber D'Angelo den Vorteil, daß er die Wahrheit seiner Aussagen, soweit das möglich war, bewiesen hatte. Giacosa hatte zudem Mattanias Glaubwürdigkeit nicht als erster festgestellt: Sie war ihm von der Behörde, das heißt vom Gefängnisdirektor und vom Polizeipräsidenten, die sich seiner schon bedient hatten, garantiert worden, und zwar durch die Tatsache selbst, daß sie ihm Mattania zur Verfügung stellten. Wir können hinzufügen, daß der Gefängnisdirektor, von dem mit Sicherheit der erste Hinweis auf die Nützlichkeit Mattanias kam, Giovanni Raffaele zufolge ein Mann von ganz anderem Charakter und ganz anderen Ideen als der Polizeipräsident Bolis war.

Aber diese Garantie durch die Behörde hatte nicht ausgereicht, um das Mißtrauen des Staatsanwalts Mattania gegenüber zu beseitigen. Das taten die Berichte, wenn auch niemals vollständig. «Man mußte von der Art dieser Berichte beeindruckt sein, von der Vielfalt und Wichtigkeit der mitgeteilten Fakten, von deren großer Wahrscheinlichkeit, von der anzunehmenden Authentizität ihrer Quellen, von der Natürlichkeit der Dialoge, von der Abfolge der Ereignisse, der erstaunlichen Übereinstimmung zwischen ihnen, von der unendlichen Menge kleiner Vorfälle, winziger Vertraulichkeiten, die sich auf Tatbestände bezogen, die wir als wahr konstatierten und die Mattania nur zur Kenntnis kommen konnten, wenn er vertrauliche Mitteilungen von gut informierten Personen erhalten hatte;

kurz aus dieser Gesamtheit von Elementen, die großen Eindruck macht und von unwiderstehlicher Überzeugungskraft ist, noch bevor der Verstand die Gründe im einzelnen zu analysieren vermag.» Das betraf die Berichte, die Mattania noch im Gefängnis lieferte. Als er dann auf freien Fuß gesetzt worden war und von seinen Begegnungen und seinem Aufstieg im Innern der Bande berichtete, hatten Giacosa und Mari die Möglichkeit, seine Mitteilungen zu analysieren und zu kontrollieren. Eine begrenzte Möglichkeit, von draußen, so könnte man sagen, doch war sie für die beiden Richter hinreichend, um die Zuverlässigkeit seiner Aussagen festzustellen.

Vorausgesetzt man traute dem Polizeipräsidium, war die Beschattung eine wichtige Kontrollmöglichkeit. Mattania wurde von Polizeibeamten in Zivil beschattet, und ihre Berichte wurden mit den seinen verglichen. Anscheinend stimmten sie nicht immer überein; und das verleiht den vorhandenen Übereinstimmungen Glaubwürdigkeit. Denn dadurch wird der Verdacht ausgeschaltet, daß der Bericht des Spitzels und der des Polizeibeamten, der ihn beschattete (oder es tun sollte), gleichzeitig am selben Ort entstanden und von derselben Person diktiert waren.

Gewiß, der Staatsanwalt und der Untersuchungsrichter vertrauten der Polizei, jedenfalls was diese Beschattung und die Nachforschungen anbelangt, die über Mattanias Wege und über die Identität und die Art der Personen, die er traf, angestellt wurden. Und auch wir können ihr vertrauen, was die bourbonische Partei angeht, wenn wir in Betracht ziehen, daß alle Anstrengungen des Polizeipräsidenten Bolis darauf gerichtet waren, Elemente der Aktionspartei in den Fall hineinzuweben und ihm einen völlig anderen politischen Charakter zu geben, indem er den General Corrao und Doktor Raffaele an die Spitze der Verschwörung setzte, die nach Auffassung der beiden Richter von den Fürsten von Sant'Elia und Giardinelli geleitet wurde. Damit soll nicht geleugnet werden, daß Corrao und andere Männer der «Partei der Übertreibung» ein Komplott schmiedeten. Sie taten es; und mit aller Wahrscheinlichkeit zählten sie dieselben Elemente der städtischen Unterschichten, der Camorra der Stadtviertel und der ländlichen Mafia zu den ihren, auf die auch die bourbonische Partei rechnete: Das kann den «extremen Parteien» in Sizilien immer passieren und auch sonst überall, wo eine *Sizilianisierung* im Gang ist, das heißt ein sozialer Zerfall nach dem alten und beständigen sizilianischen Vorbild.

Von den Resultaten der Überwachung, die Mattanias Glaubwürdigkeit beweisen konnten, erwähnt Giacosa mit besonderem Nachdruck diejenigen, die einen Abend nach dem 3. März und den Abend des 8. März betreffen. «Am 3. März, genauer am Abend des 3. März, wurde Mattania zum ersten Mal von Gaetano Pareti zum Wohnsitz des Pfarrers der Albergheria, Don Agnello, begleitet und diesem vorgestellt. Von da an bis zum Tag der Verhaftungen besuchte Mattania den Priester Agnello täglich, meist abends, zu Hause. Eines Abends ließ der Polizeipräsident die Hauseingänge von einem Polizeikommissar, einem Wachtmeister und einem Polizeibeamten überwachen, um festzustellen, ob Mattania wirklich Don Agnello aufsuchte (*er wurde also nicht fortgesetzt überwacht*). Die Männer

beobachten tatsächlich, wie Mattania trällernd näherkommt, sich der Tür des Priesters Agnello nähert und klopft. Die Tür wird geöffnet, Mattania schlüpft hinein und bleibt zirka zwanzig Minuten im Haus, dann verläßt er es wieder und entfernt sich. Mattania berichtete am nächsten Tag von seinem Besuch bei dem Priester und gab die Zeit an, die genau mit den Beobachtungen der Polizeibeamten übereinstimmte ... Die Polizeibeamten blieben, ihrem Auftrag gemäß, noch vor dem Haus des Priesters Agnello, nachdem Mattania es verlassen hatte; später sahen sie neun Priester herauskommen, die in Umhänge gehüllt waren und deren Gehabe Unruhe und Geheimnistuerei verriet.»
Was den Abend des 8. März betrifft, so hat auch die Polizei ihre Geheimnisse: Die Polizisten beobachten lediglich Mattania – der um 19.30 Uhr den Sitz des Erzbischofs betritt und ihn um 20.30 Uhr wieder verläßt –, während sie sonst keinen Menschen hinein- und hinausgehen sehen; das erscheint uns als beabsichtigte Unaufmerksamkeit.
Als weiteren Beweis für Mattanias Glaubwürdigkeit nennt Giacosa die folgende Begebenheit: «In seinem Bericht Nr. 12 über die Ereignisse vom 1. und 2. März berichtet Mattania, der am Morgen von Ciprì Antonino Pareti vorgestellt worden war, daß er am Abend zusammen mit den beiden Söhnen von Pareti in einer Kutsche zu einem gewissen Arena gefahren sei. Hier sei ein gewisser Bartolo Pagano zu ihnen gestoßen. Zu fünft, mit Gewehren bewaffnet, seien sie weitergefahren. Sie hätten Villabate erreicht und ihren Weg in Richtung Misilmeri fortgesetzt, aber vorher die Straße verlassen und einen Platz unter Bäumen erreicht, wo

sie ungefähr sechzig bewaffnete Männer vorgefunden hätten; Pagano und Gaetano Pareti hätten sich mit anfeuernden Reden an die Männer gewandt und sie aufgefordert, am 19. März (*dem von Ciprì erwähnten Sankt-Josephs-Tag*) in die Umgebung von Palermo zu kommen ... Das geschah in der Nacht des 2. März und war uns am folgenden Tag dank des Berichts von Mattania bekannt. Nun, wenige Tage darauf traf der Rapport der zuständigen Behörden (*der Carabinieri*) ein, in dem mitgeteilt wurde, daß es in der Umgebung von Misilmeri eine bewaffnete Bande von über fünfzig Mann gebe, die unter dem Kommando eines gewissen Oliveri stehe.»

Hier ist ein Detail bemerkenswert, das zeigt, auf welche Schwierigkeiten Giacosa bei seinen Nachforschungen stieß; es betrifft den «gewissen Arena», den Mattania als «übermäßig großen Mann» beschrieben hatte. Bei der ersten Bitte um Ermittlungen erhielt er von der Polizei die Antwort, daß das von Mattania beschriebene Treffen mit Arena nicht stattgefunden haben könne, da sich dieser «übermäßig große» Vincenzo Arena im Gefängnis befinde. Der Staatsanwalt blieb jedoch hartnäckig, weil er annahm, Arena habe die Möglichkeit, nachts das Gefängnis zu verlassen und morgens zurückzukehren («was nicht unmöglich ist in diesem Land, wo Korruption und Camorra in den Gefängnissen regieren»), oder Mattania habe in jener Nacht Nicolò Arena, den Bruder, gesehen; da stellte sich plötzlich heraus, daß Vincenzo gar nicht im Gefängnis saß. Auch dies hat unserer Meinung nach Giacosas Vertrauen in den «jungen Spitzel» bestärkt (und da er mehrmals von Mattanias Jugend spricht, haben wir ein weiteres Element zugunsten der Hypothese, daß dieser nicht identisch mit dem Matracia von Giovanni Raffaele war).

Nach den Haussuchungen und Verhaftungen kamen noch weitere Elemente hinzu, welche die Wahrhaftigkeit der Berichte Mattanias bestätigten, wenn auch stets partiell, da es keine Geständnisse oder Zeugenaussagen über die vom ihm mitgeteilten Äußerungen der Beschuldigten gab. Guido Giacosa schreibt: «Abgesehen von den Widersprüchen, in die sich einige verfingen, und zwar die vorsichtigsten Angeklagten: Monsignor Calcara und die Priester Patti und Agnello; abgesehen von unentschuldbaren Widersprüchen hinsichtlich naheliegender und alltäglicher Dinge, die von dem einen bestätigt, vom anderen entschieden geleugnet wurden; abgesehen von kleinen Besonderheiten, die schon in den Protokollen festgehalten wurden, wie zum Beispiel die Reaktion des Herrn Antonio Pareti, der sich auf die Frage, ob er Mattania kenne, bekreuzigte, bevor er zu sprechen begann, oder ein anderer bedeutsamerer Widerspruch in bezug auf einen Piaster, den Gaetano Pareti am Morgen vor ihrer Verhaftung Francesco Ciprì gab, was dieser eingestand, jener leugnete; abgesehen von diesen kleinen Details, die allerdings von Bedeutung sind, ist es uns gelungen, das Folgende festzustellen:

1.) Mattania begab sich nach seiner Entlassung aus dem Gefängnis zur Ehefrau des Gaetano Castelli und berichtete ihr von ihrem Mann. Er besuchte sie noch mehrmals und ließ ihr Geld da. Daraufhin befragt, leugneten die Frau und die Mutter Castellis entschieden und unter Anrufung Gottes und der Jungfrau. Wir wußten aber von Mattania, daß er von einer Nachbarin Castellis gesehen worden war, die er sogar mehrmals beauftragt hatte, der Frau Castellis Geld zu übergeben. Vorgeführt, bestätigt diese Frau genauestens alle diese Fakten. Die Ehefrau des Castelli wird nun dieser neuen Zeugin gegenübergestellt, sie erbleicht, gerät in Verwirrung und bricht in Tränen aus. Sie gibt zu, Mattania zu kennen, sie gibt seine Besuche und die Geldlieferungen zu und berichtet, wie das erste Gespräch mit Mattania verlief, das dieser gleichlautend beschrieben hatte, wie aus den beigefügten Unterlagen ersichtlich wird.

2.) Mattania suchte Ciprì auf, berichtete ihm von Castelli, war mehrmals bei ihm zu Hause, erwies ihm einige Dienste und begleitete ihn einige Male ins Wirtshaus. Das gibt Ciprì selbst zu, der als einziger von den Angeklagten erklärt, Mattania zu kennen, vielleicht auf Grund einer zwischen den Verhafteten getroffenen Absprache während ihrer gemeinsamen Haft im Gefängnis von Castellamare.

3.) Wir waren sicher, daß Mattania bei Don Agnello und Monsignor Calcara Zutritt erhalten hatte, doch wollten wir uns dessen vergewissern. Wir haben also Mattania aufgesucht und uns die Wohnung des Priesters Agnello und die von Monsignor Calcara beschreiben lassen; die Darstellung, von der wir ein Protokoll aufnahmen, war bis in alle Einzelheiten genau. Von der Wohnung des Priesters Agnello beschrieb er uns die Treppe, die Räume unter der Terrasse, in denen ein Flickschuster arbeitet, die beiden Dienstmädchen unterschiedlichen Alters, die Tür, den Saal, das vergitterte Fenster, den an die Wand gerückten Tisch, den

Armstuhl, das Sofa, die Stühle. Von der Wohnung des Monsignor Calcara beschrieb er das Vorzimmer, ein halbdunkles Zimmer zur linken, das nur von einem kleinen Fenster Licht empfing, den dritten Raum mit dem Schreibtisch, der an der einen Wand in der Mitte stand, mit den Möbeln rechts und links, einem Regal, Sesseln, einem Fenster, Bildern, kurz, mit allem. In Begleitung eines Architekten haben wir eine Inspektion der Räumlichkeiten vorgenommen ... Alles, was Mattania uns beschrieben hatte, stimmte mit der Wirklichkeit vollkommen überein. Es ist also wahr, daß er jene Räume betreten hat und dort lange genug verweilte, um sich die Form der Türen und Fenster einzuprägen und im Geiste ein Inventar des Mobiliars aufzustellen. Aber warum leugnen Agnello und Calcara? Warum behaupten ihre Dienstboten, daß niemals irgend jemand in die Wohnungen ihrer Herrschaften Einlaß gefunden habe? Der unbestreitbare Tatbestand, daß Mattania diese Wohnung betreten hat, verleiht also seinem Bericht über das, was dort gesagt und getan wurde, Wahrheitscharakter: Und angenommen, dort wäre etwas Ehrenvolles, das man eingestehen kann, geschehen, hätten es diese klugen Priester nicht verschwiegen.»

In einem zweiten Verhör jedoch mußte Monsignor Calcara zugeben, daß Mattania ihn aufgesucht hatte. «Vier oder fünf Tage vor meiner Verhaftung erschien ein Unbekannter nachmittags bei mir zu Hause. Ich war nicht anwesend, und er bat meine Bedienerin, eintreten zu dürfen, um mir zu schreiben; er hinterließ ein Briefchen und sagte, er werde um acht Uhr abends wiederkommen. Als ich heimkehrte, erzählte mir meine Schwester von dem Unbekannten und zeigte mir das Briefchen; ich glaubte jedoch, es handele sich um eine der üblichen Bitten um Almosen, las es nicht und warf es auf den Tisch zu anderen unnützen Papieren. Am Abend kam der Unbekannte wieder (*hier beschreibt er ihn und nennt ihn bei seinem Vornamen, Orazio, während er den Nachnamen vergessen zu haben behauptet*) und berichtete mir von Pasquale Masotto, der sich als mein Patenkind bezeichnete (*er erklärt nicht, ob das gelogen war oder nicht*); er bat mich, mich für ihn zu verwenden und ihm eine monatliche Unterstützung zu gewähren. Ich entgegnete, daß ich mich niemals zu Unterstützungen verpflichte und die Almosen denen gewähre und zu dem Zeitpunkt, die mir genehm seien, daß das Verbrechen des Masotto ungeheuerlich sei und ich allerhöchstens seinen Kindern helfen würde, sofern das möglich sei. Daraufhin entfernte sich der Unbekannte, wobei er das Wort *Regierung* murmelte. Ich bin sicher, daß sich das Briefchen noch in meiner Wohnung auffinden läßt, und ich werde meinen Neffen beauftragen, es zu suchen und der Gerichtsbarkeit zur Verfügung zu stellen.»

Hier beging der Staatsanwalt einen technischen Fehler: Er versäumte es, eine sofortige Haussuchung bei Monsignor Calcara anzuordnen. Vielleicht, weil er wegen der ersten schon Ärger genug gehabt hatte; oder vielleicht weil er, da er selbst dabeigewesen war, meinte, bei einer so aufmerksamen Durchsuchung wäre ihnen dieses Briefchen nicht entgangen. Aber manchmal erbringen Irrtümer die Ergebnisse, die das exakte Vorgehen nicht zeitigt.

Giacosa erwartete nicht, daß ihm dieses Briefchen vor-

gelegt werde, da Mattania versichert hatte, es nicht geschrieben zu haben. Doch zwei Tage später erschien Herr Francesco Calcara, der Neffe des Monsignore, mit der Neuigkeit, daß er im Papierkorb jenes höchst nützliche Briefchen gefunden habe, das den Mattania als Lügner entlarve, und daß er es beim Notar Albertini hinterlegt habe. Zwei Stunden später hatte der Staatsanwalt das Papier in Händen. Es versetzte ihn wahrscheinlich einen Augenblick lang in Verwirrung, in Panik: «Die Schrift war in der Tat mit der von Mattania identisch, man konnte nicht daran zweifeln, daß sie von ihm stammte; insbesondere die Unterschrift war von erschreckender Ähnlichkeit.» Mattania wurde gerufen und sollte eine Erklärung abgeben, dann wurde er Monsignor Calcara gegenübergestellt. Er blieb mit einem so aufrichtigen Ton dabei, daß er dieses Briefchen nie geschrieben habe, daß dem Staatsanwalt kein anderes Mittel blieb – offiziell, um von beiden Aussagen die wahre zu finden, in Wirklichkeit, um sein Gewissen hinsichtlich seines Informanten zu beruhigen –, als ein Gutachten anzufordern. Aus grundsätzlicher Vorsicht richtete er den Auftrag an die Anklagesektion des Appellationsgerichts in Mailand; wenige Tage darauf wurde er vom Untersuchungsrichter Belmondo informiert, daß die Sachverständigen den Brief ohne weiteres als Fälschung erkannt hatten: «Und die Fälschung wurde nicht durch bloße Meinungen und Bewertungen, sondern durch greifbare Argumente erwiesen, denn unter der eigentlichen, sichtbaren Schrift war eine haarfeine Vorzeichnung mit anderer Tinte entdeckt worden.»
Das Ergebnis des Gutachtens war ein Sieg für Matta-

nia. Sie wollten ihn denn auch sofort wieder ins Gefängnis stecken: die Regierung, die Polizei, der Polizeipräsident Bolis. In ein recht weit entferntes Gefängnis. Nach Genua.

Alle – die Regierung, der Senat, das Abgeordnetenhaus, die ihnen übergeordneten Justizbehörden, die Zeitungen – sie alle verlangten vom Staatsanwalt Giacosa und vom Untersuchungsrichter Mari zu wissen, aus welchem Grunde ein Mann wie Sant'Elia, der die Einheit Italiens «begrüßt» und diesen Gruß mit ein wenig Geld begleitet hatte, sich in so kurzer Zeit zur Sache der bourbonischen Restauration hätte bekehren sollen. Von ihnen wollten sie es wissen. Von ihnen, die Sant'Elia gern darüber befragt hätten – und es nicht konnten.

Giacosa, der den Fürsten von Sant'Elia nicht kannte, ein wenig aber die Geschichte des Königreichs Beider Sizilien, antwortete, «daß die Geschichte auch in der Gegenwart mit Fällen dieser Art nicht geizt, insbesondere die Geschichte von Neapel und Sizilien, die, angefangen bei der Zeit der Normannen, und dann weiter mit den Schwaben, den Anjou, den Aragon und den Spaniern, eine einzige Kette von Verschwörungen der Feudalherren war, die den neuen Herrscher verjagen und den früheren zurückholen wollten, um dann gegen den alten zu konspirieren, um den neuen wieder einzusetzen. Sollte es einen bei einer solchen Jahrhundertealten konspiratorischen Tradition wundernehmen, daß ein reicher Patrizier eine Verschwörung anzettelt, ohne daß es einen rational erklärbaren Grund dafür gibt?»

Denjenigen, die von ihm eine Erklärung verlangten für die Handlungen, die er Sant'Elia zur Last legte, antwortete er: «Sind Tatsachen vielleicht keine Tatsachen mehr, nur weil man ihnen keinen plausiblen Grund zuzuschreiben vermag? Muß man a priori leugnen, daß der Fürst von Sant'Elia konspirierte, muß man die schwerwiegenden Tatbestände, die ihn belasten, zurückweisen, nur weil niemand weiß, aus welchen Motiven er handelte? Das Motiv! Wer kann denn schon einem Menschen ins Herz sehen! Wie oft erlebt man doch gerade, daß Menschen unerklärliche Dinge tun!»

Dieselbe Frage hatten sich auch die angeworbenen Messerstecher gestellt, wie wir schon gesehen haben: Warum sollte der Fürst von Sant'Elia eine Verschwörung gegen eine Regierung anzetteln, die ihn mit Ämtern und Ehren überhäufte? Die Antwort, die diese Männer einander gaben und die Castelli sich selbst gab, als er mit Mattania redete, war die gleiche, die Staatsanwalt Giacosa fand. Es war eine Antwort unter historischem, heute würde man sagen soziologischem Aspekt: «Die Leute, die lesen und schreiben können und Geld haben», sagte Castelli, «sind niemals zufrieden, sie konspirieren immerfort, um von allen zu profitieren; wir, die Armen, wir setzen unser Leben aufs Spiel, und wir müssen daran glauben, weil wir sie niemals anklagen werden wie dieser schändliche D'Angelo, wir werden uns hinrichten lassen, ohne daß ein Wort über unsere Lippen kommt; denn dann werden unsere Familien weiterhin Unterstützung erhalten... Diese Herren wollen dasselbe wie achtzehnhundertachtundvierzig. Vielleicht weil sie keine wichtigen Ämter von Viktor Emanuel bekommen haben, nehmen sie jetzt Geld von Franz II. und wollen, daß eine

Revolution kommt. Und ihr Geld beschützt sie immer.»
Es gab auch andere, allgemeine Gründe; und diese helfen uns, den persönlichen Gründen von Sant'Elia näherzukommen. Castellis Bezugnahme auf das Jahr 1848 ist absolut zutreffend: Man betrachte nur die Widerrufe, die Rechtfertigungen, die Bitten um Vergebung, die Ergebenheitserklärungen gegenüber der Bourbonendynastie, die beinahe alle sizilianischen Adligen an König Ferdinand richteten, dessen Untergang sie als Abgeordnete, ihm Gleichgestellte, im «revolutionären» Parlament begeistert verkündet hatten. Es sind, gelinde gesagt, beschämende Dokumente, beschämend für eine ganze Klasse, und sie sind von einer Niedrigkeit, die ans Komisch-Groteske grenzt. Wenn man sie liest, kann man sich leicht vorstellen, daß dieselbe Klasse und dieselben Leute vierzehn Jahre später wieder bereit waren, die bourbonische Restauration zu begrüßen und Franz II. um Vergebung zu bitten für ihr kurzes Irren als Anhänger Garibaldis oder des Hauses Savoyen (ein kurzes, ein «vages Irren», gleich dem der Blüten, die in Petrarcas Kanzone *Klare, kühle und sanfte Fluten* auf Laura herabfallen). Im Jahre 1862 mußte ihnen die Lage Siziliens gleich wie 1849 erscheinen; die Landung einiger bourbonischer Regimenter an einem beliebigen Punkt der Küste hätte genügt, um in ganz Sizilien eine gewaltsame Erhebung gegen die Piemonteser zu entfachen. Die Enttäuschung des Volkes, der kleinen Landbourgeoisie war groß (immer wenn man in bezug auf Sizilien von Bourgeoisie spricht, ist es besser, das Dialektwort «burgisia» mit der entsprechenden Beifügung zu be-

nutzen, zum Beispiel Mafia-«burgisia»): die Steuern; der Militärdienst, dem sich die Reichen durch Zahlung entziehen konnten und der für die Armen drei bis sieben Jahre dauerte; die Enteignung des Kirchenbesitzes zum Vorteil der Großgrundbesitzer-«burgisia», die noch raubgieriger als die aristokratische Feudalklasse war. Sehr bedenklich war es um die öffentliche Ordnung bestellt: Offenbar gab es tatsächlich Unterschiede zwischen 1848 und 1860, zwischen Maniscalco und der Unsicherheit, der voreiligen Strenge und den nicht weniger voreiligen Schwächen und dummen Macchiavellismen, mit denen die Polizeipräsidenten des Hauses Savoyen vorgingen. Man denke an den «obenerwähnten» Bolis, um es im Stil des *Giornale Officiale* zu sagen. Kurz, es mußte nicht nur möglich, sondern sicher erscheinen, daß eine bourbonische Restauration bevorstand. Spontan entstanden überall auf der Insel bourbonische Komitees – selbstverständlich geheim –, wahrscheinlich wunderten sich sogar Franz II. und sein getreuer Minister Ulloa darüber, die mit dieser Ergebenheit der Sizilianer gar nicht rechneten.

Für die Sizilianer, die Spürsinn hatten, war dies der richtige Augenblick, Beweise ihrer Treue zu Franz II. vorzubereiten; doch vorsichtig und klug, kurz, mit jenem doppelten Spiel, das dann achtzig Jahre später so erfolgreich mit Faschismus und Antifaschismus gespielt wurde. Spürsinn besaß die Klasse der Aristokratie gewiß, und sie hatte ihn seit Jahrhunderten geschärft und verfeinert.

Man wird einwenden, daß der Fürst von Sant'Elia, falls er dieses Doppelspiel spielte, weder Vorsicht noch

Klugheit zeigte, wenn er einem Denunzianten derart vertraute und – das war ein noch größerer Fehler – sich selbst den Blicken jenes kriminellen Tagelöhnertums aussetzte, zu dem Castelli, Masotto und Calì gehörten. Und Angelo D'Angelo. Doch dieses scheinbar so unvorsichtige, geradezu dumme Vorgehen können wir auch als äußerst raffiniert ansehen, als Steigerung, Gipfel, Apotheose des doppelten Spiels. Und zwar, weil er es offen spielte, so offen, daß es unglaubhaft erscheinen mußte – und tatsächlich erschien. Möglich ist auch, daß Sant'Elia ein so hohes Risiko in Anbetracht seiner Ambitionen und der augenblicklichen Situation für erforderlich hielt. Vielleicht lag ihm daran, in der Erhebung, die doch unmittelbar bevorstehen mußte, und in der bourbonischen Restauration als der erste und wichtigste Mann, als Begründer des Umschwungs zu erscheinen: zuerst und unwiderruflich durch Akklamation des Volkes, dann durch die Anerkennung von seiten Franz II. (der als verfassungsmäßiger König zurückgekehrt wäre).

Was er vom Haus Savoyen erhalten hatte, war tatsächlich, was die Macht anbelangte, nur Schein: etwas Feierliches und Großartiges, aber doch nur Schein. Senator des Königreichs auf Grund seines Vermögens; Vertreter des Königs beim Te Deum und bei Prozessionen. Die wirkliche Macht lag in anderen Händen. Das wird durch die Tatsache unterstrichen, daß vor den Haussuchungen niemand Giacosa Einhalt gebot; niemand riet ihm offen oder insgeheim zur Vorsicht oder zur Rücksichtnahme. Am 13. Februar hatte Giacosa an den Justizminister geschrieben und ihm seine Absicht mitgeteilt, die Untersuchungen gegen die Fürsten von Sant'Elia und Giardinelli fortzusetzen, wobei er die Schwierigkeiten darlegte, die sich aus der Senatorenwürde von Sant'Elia ergaben und für deren Überwindung der Minister zuständig war. Dieser hatte nicht reagiert, weder Überraschung noch Bedauern gezeigt. Das behielt er sich für die Senatssitzung am 24. März vor; in der Zwischenzeit hatte er die Richter durch sein Schweigen in dem Glauben gelassen, sie hätten seine Zustimmung und er werde sich für die Beseitigung der Schwierigkeiten einsetzen. Möglicherweise war das Schweigen des Ministers nur Ausdruck seiner Nachlässigkeit und Unaufmerksamkeit; doch es ist ebenso möglich, daß er der Angelegenheit ihren Lauf lassen wollte, um den Fürsten von Sant'Elia in einen gewissen Mißkredit zu bringen. Nicht mehr. Sei es nun Nachlässigkeit oder Berechnung, auf jeden Fall steht fest, daß einen Monat lang niemand etwas zugunsten von Sant'Elia unternahm, weder im Justizministerium noch im Innenministerium. Einem Mann gegenüber, der tatsächlich Macht besaß, hätte man keine Nachlässigkeit walten lassen; Berechnung dagegen hätte schon zu seiner Vernichtung führen müssen.

Sant'Elia war im Jahre 1861 im Wahlkreis Terranova (das heißt Gela, dessen Herzogtitel er besaß) zum Abgeordneten gewählt worden: zum Abgeordneten der Rechten, versteht sich. Danach war er zum Senator ernannt worden. Politische Erfahrungen hatte er lediglich durch das Freimaurertum: Er stand einer Loge vor – einer rechtsgerichteten natürlich –, die gewissermaßen sein Eigentum war; was sie von anderen sizilianischen Logen trennte, beziehungsweise worin sie sich anderen annäherte, ist nicht recht feststellbar. Möglich

ist aber, daß die Absicht auf ministerieller Ebene, ihn bis zu einem gewissen Maß zu diskreditieren, von Freimaurer-Rivalitäten herrührte.
Kurz, er konnte wohl ein wenig enttäuscht sein über das, was ihm vom Haus Savoyen zuteil geworden war; folglich konnte er sicher sein, daß ihm der Bourbone mehr bieten würde. Er wäre nicht der einzige gewesen: Sizilianische Abgeordnete im italienischen Parlament hatten sich den Vorschlägen eines bourbonischen Agenten (der jedoch in Wirklichkeit ein Agent der Regierung von Viktor Emanuel war) geneigt gezeigt, an der Restauration mitzuwirken oder sie doch zumindest nicht zurückgewiesen. Und das waren Männer, deren Namen wir heute auf den Gedenktafeln für die Mitbegründer des Risorgimento lesen.

Mit dem, was sie in der Hand hatten, konnten Giacosa und Mari keine Anklage gegen den Fürsten von Sant'Elia erheben, die solide genug gewesen wäre, um in einer Hauptverhandlung den Angriffen der Verteidiger, die keine Armenanwälte oder Pflichtverteidiger waren, standzuhalten. Sie hofften jedoch, daß es ihnen mit der Geduld, dem Scharfsinn und dem Mut, die dazu nötig waren und die sie besaßen, gelingen würde. Zuerst verlangten sie, den Fürsten von Sant'Elia wie jeden anderen eines so schweren Verbrechens beschuldigten Bürger, also auch wie alle anderen Beteiligten, die schon im Gefängnis waren, behandeln zu können. «Man kann diesen Prozeß nicht teilen», schreibt Guido Giacosa. «Es ist unmöglich, das, was die anderen betrifft, zu verhandeln und das, was Sant'Elia angeht, herauszunehmen. Wenn wir die anderen unter Anklage

stellen und vielleicht verurteilen, während Sant'Elia, der von denselben Beweisen betroffen, in denselben Dokumenten erwähnt, von denselben Argumenten überführt wird, frei, mächtig und mit allen Ehren davonkommt, wäre das eine schwere Beleidigung des Rechtsempfindens; es würde die Gerichtsbarkeit und die vaterländischen Institutionen in Verruf bringen... Kein Richter, der sein Amt mit Gewissen und Würde versieht, kann eine Anklage gegen alle Angeschuldigten vertreten, bei welcher der Hauptbeschuldigte, und also der Hauptschuldige, jeglicher Strafe entgeht.»
Doch Giacosa wußte bereits, und er schrieb es in seinem für den Justizminister bestimmten Bericht nieder, «daß auf die erste Verschwörung, die das Land in Aufruhr und Anarchie stürzen sollte, nun eine zweite folgt, deren Ziel es ist, alles auszuschalten, was zur Entdeckung der ersten führen könnte; und das Verschwinden des ersten von mir verfaßten Berichts ist kein Zufall, sondern ein augenfälliger Beweis dafür». Die erste Verschwörung war vereitelt worden, die zweite war unbesiegbar. «Wir verzweifeln nicht», sagte Giacosa. Aber zu diesem Zeitpunkt war er schon verzweifelt.
Das letzte Dokument des Dossiers, das er zu seiner eigenen Erinnerung und für seine Familie zusammenstellte, ist ein zweiter Brief an jenen Justizbeamten, der im Rang höher als er stand und von dem er sich Solidarität erhoffte (beziehungsweise erhofft hatte). «Ich gestehe Ihnen, daß ich müde, unruhig und so erschöpft bin, daß ich nicht mehr weiter kann. Die körperlichen Anstrengungen und die Sorgen, die mir aus diesem Prozeß erwachsen sind, sind derart, daß ich

ohne meine eiserne Gesundheit schon längst hätte aufgeben müssen ... Aber nun kann ich nicht mehr.» Er schreibt, daß er um Urlaub ersucht habe, «den ich brauche, um im Kreis meiner Familie die Kraft und die Ruhe wiederzufinden, die ich so dringend nötig habe» – und daß er die Versetzung beantragt habe. «Sollte das nicht bewilligt werden, würde ich die Beurlaubung, ja den Rücktritt vorziehen, alles wäre mir lieber als weiterhin in Sizilien zu bleiben.»
Er glaubte, seine Niederlage, die Niederlage des Rechts und der Gerechtigkeit, Sizilien zu verdanken: dessen «Gewohnheiten, Traditionen, dem Wesen und dem Geist dieses unglückseligen Landes, das viel kränker ist, als man glaubt». Er verdankte sie jedoch Italien.

Am 3. Februar 1862 sandte ein Vertrauensmann der italienischen Regierung, der in bourbonischen Kreisen in Rom tätig war, einen langen Bericht aus Genua an den Ministerialdirektor im Ministerium des Innern, Celestino Bianchi; hierin beschrieb er die Aktivität eines Komitees, das unter dem Vorsitz des Ministers Ulloa im Auftrag von Franz II. «alle Unternehmungen hinsichtlich Siziliens planen und leiten sollte, auch angesichts der günstigen Voraussetzungen, die mit den jüngsten Ereignissen in Castellamare (*ein kurzer, aber blutiger Volksaufstand*) sowie in einigen anderen Gegenden der Insel eingetreten waren». Mitglieder des Komitees waren der Fürst della Scaletta, der Fürst von Sant'Antimo, der Graf Capaci, der Fürst von Campofranco, der Baron Malvica, Emmanuele Raeli, der Erzpriester Giuseppe Carnemolla, der Rechtsanwalt Giuseppe Grasso; die beiden ersten wohnten in Neapel, die anderen bis zu jenem Zeitpunkt in Rom. Als Berater gehörten dem Komitee der spanische Botschafter und General Girolamo Ulloa, ein Bruder des Ministers, an.

Eines der Mitglieder des Komitees war der Vertrauensmann der italienischen Polizei, Emmanuele Raeli, aus Noto in Sizilien gebürtig und Bruder eines Abgeordneten im italienischen Parlament.* Ihn hatte

* Die Informationen von Raeli kamen auf Grund seiner Mitgliedschaft in diesem Komitee, das unter der Leitung von Ulloa das Ministerium für die Belange Siziliens ersetzte, aus erster Hand. Darüber hinaus waren sie sorgfältigst dokumentiert: Dem ersten Rapport legte er die von Ulloa unterschriebenen Instruktionen, die Briefe, die er überbringen sollte, und den Geheimcode bei; den anderen Berichten die Briefe, die er aus Rom erhielt. Man muß aber auch sagen, daß seinen Erklärungen, sein Leben sei dem Dienst für den König Italiens geweiht, keinesfalls durch materielles Desinteresse bewiesen wurden. Er brauchte Geld, er forderte und drängte. Man kann ihn sich leicht vorstellen als einen dieser jüngsten Sprosse einer wohlhabenden, beinah adligen Familie, die von einer bescheidenen, vom Vater oder ältesten Bruder jährlich angewiesenen Rente lebten, welche sie aus Groll und Verachtung sofort ausgaben; das entsprach allerdings ihrer Veranlagung, und sie stürzten sich auf diese Weise für ein ganzes Jahr in Schulden. Nichts gelernt und nichts in der Tasche, wie man zu sagen pflegt, es sei denn, sie wählten die militärische oder die geistliche Laufbahn. Eine exemplarische Gestalt dieser Art ist Michele Palmieri di Micciché, der das Glück hatte, Stendhal zu begegnen und deshalb Gegenstand ausführlicher Biographien und psychoanalytischer Studien geworden ist (man vergleiche die Arbeiten von Pierre Martino, Dominique Fernandez, Massimo Colesanti, Claude Ambroise und das umfangreiche Buch von Nicola Cinnela, *Michele Palmieri di Micciché*, erschienen bei Sellerio, Palermo). Nur daß Palmieri zwei Bücher mit höchst lebendigen Memoiren schrieb und sich unserer Meinung nach nie so weit herabgewürdigt hätte, Berichte für die Polizei zu verfassen; und zwar aus einer Ehrenvorstellung heraus, der er stets treu zu bleiben suchte, auch wenn ihm dies nicht immer ganz gelang.

das Komitee mit einer Mission in Marseille (wo der frühere Chef der sizilianischen Polizei, Salvatore Maniscalco, Wohnsitz genommen hatte), Genua und Turin beauftragt. Gern würden wir dieser Person bei der Abwicklung ihrer doppelten Mission folgen, in ihrer doppelten Vorsicht, in ihrer doppelten Angst*; aber uns interessiert ein anderes Mitglied des Komitees mehr, das nach Sizilien entsandt wurde: Don Giuseppe Carnemolla, Erzpriester von Scicli. «Carnemolla wurde für Sizilien ausgewählt», so berichtet Raeli dem Ministerialdirektor Celestino Bianchi, «weil er der ultraliberalen Partei angehört, jedoch ein glühender Autonomist ist, und weil er sich vor den politischen Ereignissen (*das heißt vor den Ereignissen von 1860*) wegen privater Geschäfte in Rom aufgehalten hatte und seine Reise nach Sizilien keinen Verdacht erregen konnte. Dazu muß hervorgehoben werden, daß der besagte Carnemolla dank der ausgedehnten Beziehungen, die er in Rom zu einigen Mitgliedern der italienischen Partei unterhielt (welche nichts von seiner Mission und von seinem Umschwenken zur Partei von König Franz wissen), durch ihre Vermittlung mit einem offiziellen Schreiben des italienischen Konsuls in Rom versehen wurde, das ihm während

* Raeli hatte große Angst, auch weil er seine Frau in Rom zurückgelassen hatte (und die römischen «Freunde» erwähnen sie oft in ihren Briefen, beinahe als sei sie eine Geisel). «Bedenken Sie», schreibt er an Celestino Bianchi, «daß man es in Rom mit Priestern und mit Männern zu tun hat, die im Mißtrauen und in der Bosheit alt geworden sind.» Eine Empfehlung, die wir heute an einige uns befreundete Politiker weitergeben möchten.

seiner Reise in Neapel und Palermo Schutz zusicherte. Dieser Brief trägt das Datum vom 14. Januar, und am 16. brach Carnemolla nach Neapel und von dort nach Palermo auf».

Aus dem Bericht von Raeli und aus den Instruktionen von Ulloa, deren Original Raeli an Celestino Bianchi übersandte, wird ersichtlich, daß der Auftrag Carnemollas aus zwei Teilen bestand, einem allgemeinen, den er nach eigenem Ermessen und mit allen Vollmachten abwickeln sollte (man vertraute ihm «einige von Seiner Exzellenz Ulloa unterzeichnete Briefe» an, die «nicht adressiert waren, so daß er sich ihrer den Umständen entsprechend bedienen konnte»; er war befugt, «mit Gold oder Versprechen von Ämtern die Truppenführer von 1848 zu ködern», außerdem «Clubs und Komitees in Palermo und an anderen Orten zu gründen» und die Männer aus den Provinzen nach Palermo zu rufen, die ihm als treue Diener der Sache bekannt waren und deren Mitarbeit er brauchen konnte), und einem besonderen Teil, bei dem er die genauen Direktiven des Komitees zu befolgen hatte. Zu diesen gehörte vor allem ein Treffen mit dem Fürsten von Sant'Elia. Raeli berichtet: «Schon von Rom aus hatte Carnemolla Verhandlungen mit einem Anwalt in Sizilien aufgenommen (an seinen Namen erinnere ich mich nicht), einem Verwandten von ihm; dieser war die treibende Kraft hinter dem Fürsten Sant'Elia von Palermo; er (*der Anwalt*) hatte in ihm die Hoffnung erweckt, daß der besagte Fürst leicht zu gewinnen sei; und in der Tat hatte Carnemolla unter seinen offiziellen Papieren ein Dekret des Königs Franz über die Verleihung des Ordensbandes des Heiligen Januarius an den Fürsten, sowie die Ernennung zum Kammerherrn.»

Am 16. Januar brach Carnemolla nach Neapel auf. Dort blieb er vermutlich ein paar Tage, weil ihm die Papiere, die er in Palermo brauchte, von einem russischen Diplomaten übergeben werden sollten. Raeli erfuhr, daß er sie erhalten hatte; aber er erfuhr nicht, ob Carnemolla sie, wie vom Komitee beschlossen, an den Engländer John Bishop weitergegeben hatte, der sie ihm in Palermo wieder aushändigen sollte. Raeli erhielt in Genua den Brief eines Freundes, der sich über Carnemollas Schweigen beklagte und Verdächtigungen hinsichtlich seines Verhaltens äußerte. Dieser Freund, dessen Namen Raeli verschweigt, gehörte aber, wie er Bianchi erklärt, nicht dem Komitee an. Außerdem trägt der Brief das Datum des 8. Februar. Offenbar wartete er allzu ungeduldig auf Nachrichten aus Sizilien; wenn wir bedenken, daß Carnemolla nicht vor dem 20. in Palermo eintreffen konnte und dann unter Beobachtung aller Vorsichtsmaßnahmen die Papiere bei Bishop abholen mußte und sich den Instruktionen Ulloas zufolge als erstes an die Benediktiner von Monreale zu wenden hatte, danach erst an die anderen. Man muß auch die Postverspätungen berücksichtigen, die uns heute unerheblich erscheinen mögen, da ein Brief von Rom nach Genua nur zwölf Tage brauchte; Raeli jedoch beklagt sich darüber, als wäre es ein unglaublicher Mißstand («... nicht einmal wenn er nach New York geschickt worden wäre...»). Jedenfalls wissen wir nicht mit Sicherheit, ob Carnemolla dem Fürsten von Sant'Elia begegnet ist und ihm die Dekrete über die Verleihung des Ordensbandes des

Heiligen Januarius und die Ernennung zum Kammerherrn übergeben hat.* Und ebenso wissen wir nicht mit Sicherheit, ob D'Angelo die Wahrheit gesagt hat;

* Unserer Meinung nach führte Carnemolla die Mission, die das Komitee ihm anvertraut hatte, aus, wenigstens zu Beginn. Wenn wir absehen von dem (ohnehin unlösbaren) Problem seines Überwechsels zu den Bourbonen (obwohl es durchaus glaubhaft ist, daß ein «glühender Autonomist» zu jenem Zeitpunkt, als die autonomistischen Hoffnungen einen Tiefpunkt erreicht hatten, aus Enttäuschung schließlich bei der bourbonischen Partei landen konnte, die der Idee von der Einheit Italiens mit größter Abneigung gegenüberstand), glauben wir, daß er aus dem folgenden Grunde nicht zum Verräter wurde. Wie Reali wahrheitsgemäß berichtet, hatte er sich während der Eroberung Siziliens durch Garibaldi in Rom aufgehalten und war dort privaten Geschäften nachgegangen; diese bestanden darin, daß er, im Jahre 1845 zum Erzpriester von Scicli ernannt (einem anderen Chronisten aus Scicli zufolge 1846), im Jahre 1859 abgesetzt worden war; er hatte diese Absetzung angefochten, und da der Heilige Stuhl über den Fall entscheiden mußte, hatte er sich nach Rom begeben, um aus nächster Nähe das Ergebnis seines Einspruchs abzuwarten. Nach über einem Jahr, als die Entscheidung zu seinen Gunsten ausgefallen war, kehrte er nach Scicli zurück. Und hier liegt der Verdacht nahe, daß er diese Entscheidung (die ihn tatsächlich begünstigt haben muß, da der Chronist aus Scicli, der als Kanonikus etwas von der Angelegenheit wissen mußte, schreibt, die Ernennung zum Erzpriester sei ein Machtmißbrauch des Bischofs von Syrakus gewesen) mit seinem Überwechsel zur bourbonischen Partei bezahlen mußte. Es wäre also nicht vorteilhaft für ihn gewesen, wenn er die Freundschaften und die Protektion, die er so mühsam während seines langen Romaufenthalts errungen hatte, sofort aufs Spiel gesetzt hätte. Ein Verrat seinerseits – ein Verrat, von dem viele Männer der Kirche und sogar ein Kardinal betroffen worden wären – wäre sofort bestraft worden. Seine Untätigkeit hätte seine Auftraggeber enttäuscht, und als Erzpriester hätte er inmitten eines zänkischen bourbonischen Klerus und unter einer gänzlich legitimistischen und reaktionären Hierarchie kein leichtes Leben gehabt; das hatte er jedoch bis zu seinem Tod mit sechsundsiebzig

ob Mattania die Wahrheit gesagt hat; ob die Gerüchte, die schon zum Zeitpunkt der Attentate in Palermo umgingen und denen zufolge «trotz des täuschenden

Jahren. (Auf seinem Grab ist zu lesen: «Hier ruht die sterbliche Hülle des Propstes Giuseppe Carnemolla. Scharfsinn und Gelehrsamkeit machten ihn zu einer Leuchte der kanonischen und der zivilen Wissenschaften. In der Nachfolge des Heiligen Thomas von Aquino deutete er vom Katheder und vom Altar herab das Heilige Amt und bleibt unvergessen»: manchmal sprechen Gedenksteine auf den Friedhöfen die Wahrheit, schließlich beschäftigen wir uns ja mit seinem Leben.) Man muß hinzufügen, daß sich nach seinem vermutlichen Aufenthalt in Palermo eine beachtliche bourbonenfreundliche Bewegung unter den Benediktinern von Monreale entwickelte, wahrscheinlich auf Grund der Ermahnungen des Kardinals D'Andrea, deren Überbringer Carnemolla war.

Aber da alles in dieser Sache zwei Seiten hat (und mehr), fragen wir uns: Angenommen Carnemolla erfüllte seine Mission, wenigstens zu Beginn; warum schenkten dann das Innenministerium und die Polizei dem Bericht von Raeli keinerlei Beachtung und ließen Carnemolla in aller Ruhe seine Aufträge ausführen? Die Antwort – und sie wäre der Schlußstein der ganzen Affäre, das entscheidende und alles erklärende Element – könnte folgendermaßen lauten: Der italienische Staatsapparat war dermaßen vom Bourbonentum, einem faktischen Bourbonentum, das nicht diesen Namen trug, durchtränkt, daß er das eigentliche Bourbonentum aus Sympathie und Verbundenheit gewähren ließ. Und daß diese Antwort nicht aus der Luft gegriffen ist oder ein Produkt späterer Einsichten, beweist unter anderem Michele Amaris Brief vom 20. Januar 1863 aus Turin an Ubaldino Peruzzi: «Seit einer Woche erhalte ich aus Sizilien *sehr ernste* Briefe. Sie kommen weder von Autonomisten, noch von Roten, noch von Pessimisten oder leichtfertigen Männern ... Nun, die Bourbonen und die Klerikalen werden übermütig, und *de facto* werden sie von unserer Regierung geschützt. Die Bürgermeister und die einflußreichen Männer der aufrührerischen Bevölkerung in den Bergen rings um Palermo sind bourbonische Räuber. Die zu rasch aufeinander folgenden Herrschenden, alle aus den subalpinen Provinzen, mit ihren Vorstellungen von einer alten und

Anscheins der Fürst von Sant'Elia in Wirklichkeit ein gefährlicher Bourbonenanhänger sei», auf wenig bekannten, doch weithin ausgeplauderten Tatsachen beruhten, (ein «leises Geflüster» nannte es Giacosa, und er vermied es bis nach dem Prozeß gegen die zwölf Messerstecher, darauf zu hören, da er nicht wußte, daß man in Palermo nur aus dem «leisen Geflüster» etwas Wahres erfahren kann); ob Giovanni Raffaele auf die patriotische Gesellschaft unter dem Vorsitz von Sant'Elia anspielen wollte, als er eine Gesellschaft erwähnt, die gemeinsam mit Elementen der Polizei die Attentate geplant und geleitet habe. Allzuviel können wir nicht mit Sicherheit wissen, doch alles wendet sich aus verschiedenen Richtungen gegen eine einzige Person. Eines wissen wir aber mit Sicherheit: Der Bericht von Emmanuele Raeli, der von dem Abgeordneten Bruno dem Ministerialdirektor im Innenministerium, Celestino Bianchi, überbracht wurde, gelangte auf dem ganz normalen Dienstweg schließlich zum Ministerpräsidenten, unter dessen Papieren er ungefähr ein Jahrhundert später gefunden wurde. Mindestens drei der Minster, Senatoren und Abgeordneten, die Schmerz und Empörung über das zeigten, was dem Fürsten von Sant'Elia geschehen war, wußten also von diesem Bericht durch direkte Einsichtnahme; und mindestens dreißig durch vertrauliche Mitteilungen, die sie von diesen drei Personen erhalten hatten.

stabilen Regierung, haben die Bourbonen in Liebe umarmt...» Die späteren Einsichten helfen uns höchstens, uns nicht zu wundern: Wir haben gesehen, wie die Regierung der Italienischen Republik, die aus dem Antifaschismus geboren ist, *de facto* den Faschismus geschützt hat und wie ihre «Herrschenden», die Faschisten, in Liebe umarmt haben.

Am 17. April 1863 wurde im Abgeordnetenhaus eine große Anfrage des Sizilianers Luigi La Porta debattiert: «Unter denjenigen, bei denen eine Haussuchung vorgenommen wurde, war auch der Fürst von Sant'Elia, Senator des Königreichs Italien. Die Durchsuchung wurde nach demselben Verfahren abgewikkelt wie bei allen anderen, die verhaftet wurden und sich jetzt in Haft befinden. Der Fürst von Sant'Elia hingegen wurde nicht verhaftet, und während gegen die anderen das Verfahren eingeleitet wurde (*das Untersuchungsverfahren*), wurde der Fürst in der Woche vor Ostern in Palermo gesehen, wo er, wie schon früher, als Repräsentant des Königs von Italien auftrat. Die öffentliche Meinung sagt sich nun folgendes: Wenn die Justiz beim Fürsten von Sant'Elia einen Fehler begangen hat, dann hat sie ihn auch bei den anderen begangen... Ich wünsche die Beendigung dieses Prozesses.»

Man kann mit ziemlicher Sicherheit vermuten, daß die öffentliche Meinung – zumindest in Palermo – zu einem Schluß kam, welcher dem, der ihr vom Abgeordneten La Porta unterstellt wurde, völlig entgegengesetzt war (doch stets, versteht sich, mit «leisem Geflüster»). Nämlich: der Fürst schuldig, «alle anderen» schuldig, und es ging, wie es immer gegangen war, und wie es gehen mußte: der Fürst frei und geehrt, «alle anderen» im Gefängnis. Auf jeden Fall hatte nicht nur der Abgeordnete La Porta den Wunsch, daß das Untersuchungsverfahren abgeschlossen und das Hauptverfahren eröffnet werde; vor allem Giacosa und Mari wünschten sich das. Aber gerade das, was an jenem Tag im Abgeordnetenhaus gesagt wurde, hat unserer Meinung nach ihre Hoffnungen endgültig zunichte gemacht. Der unfaß- und unbeschreibbare Minister Pisanelli, der sie formal vor den Angriffen Crispis in Schutz nahm (welcher die Art, wie sie das Untersuchungsverfahren geleitet hatten, kritisierte und die Tatsache, daß Personen in den Prozeß verwickelt worden waren, für deren Unschuld er garantierte und zu denen er übrigens den Fürsten von Sant'Elia offenbar nicht zählte), dachte insgeheim schon daran, sie zu versetzen, was ein Justizminister damals konnte. Mari akzeptierte später diese Versetzung, Giacosa kehrte in den Piemont zu seiner Tätigkeit als selbständiger Rechtsanwalt zurück, die er drei Jahre zuvor aufgegeben hatte.*

* Am 28. und 29. Mai 1963 trat die Anklagekammer des Appellationsgerichtshofs zusammen, um den Bericht Giacosas «über die Ereignisse und Verhaftungen vom März dieses Jahres» entgegenzunehmen und zu entscheiden, ob gegen die Beschuldigten das Hauptverfahren vor dem Schwurgericht eröffnet werden sollte. Die fünf Mitglieder ordneten die Eröffnung des Hauptverfahrens gegen Russo und Daddi an, beschlossen jedoch, gegen alle anderen nicht vorzugehen, «da hinreichende Indizien für ihre Schuld nicht vorlagen». Noch am Abend des 29. Mai verließ Giacosa mit dem italienischen Dampfschiff *Campidoglio* Palermo.
In seiner Entgegnung auf die große Anfrage von La Porta hatte Francesco Crispi den Satz geäußert: «Ich glaube, das Geheimnis wird sich nicht aufklären lassen, und wir werden nie erfahren, wie sich die Dinge in Wirklichkeit zugetragen haben.»
So bereitete er sich darauf vor, Italien zu regieren.

Nachbemerkung des Autors

Im vorigen Jahr, nach der Veröffentlichung von *La scomparsa di Majorana* (Das Verschwinden von Majorana) in *La Stampa*, sandte mir Lorenzo Mondo einen Aufsatz von Nina Ruffini, der unter dem Titel *Ein Richter aus dem Piemont in Sizilien, 1862-1863* in Miszellen über Persönlichkeiten und Ereignisse des Piemont erschienen war. Er sandte ihn mir mit einer bestimmten Absicht: Ich sollte dadurch zu einer Forschungs- und Rekonstruktionsarbeit angeregt werden, kurz, eine Geschichte schreiben, die *La scomparsa di Majorana* glich. Eine Erzählung, deren erste und eigentliche Bestimmung es sein sollte, als Fortsetzungsgeschichte in *La Stampa* zu erscheinen, da ihre Hauptgestalt Guido Giacosa war, der Vater von Giuseppe* und Piero Giacosa und der Urgroßvater von Nina Ruffini.
Mein Interesse war sofort erwacht. In dem Aufsatz von Nina Ruffini wurde ein zweideutiger, dunkler und verwickelter Fall erkennbar. Ich hatte geglaubt, durch das, was sizilianische Zeitgenossen flüchtig darüber berichtet hatten, ausreichend informiert zu sein. Pagano, zum Beispiel. In seiner Chronik der siebeneinhalb Tage des Aufstands von Palermo im Jahre 1866 erinnert er an die Ereignisse der Jahre 1862/63 und fertigt das Vorgehen von Guido Giacosa und des Untersuchungsrichters Mari, der ihm zur Seite stand, mit der

* Giuseppe Giacosa (1848–1906), Dramatiker (A.d.Ü.)

Bemerkung ab, der erstere habe «wenig Urteilsvermögen» bewiesen, und beide hätten in «Unkenntnis des Dialekts und der besonderen Bedingungen der Insel» gehandelt; mit einem Wort, sie hatten alles falsch gemacht. Der Aufsatz von Nina Ruffini zeigte mir dagegen, daß ich sehr wenig über diese Vorgänge wußte und daß man das Urteil über die beiden Richter anhand einer genaueren Kenntnis der Fakten überprüfen mußte.

Ich begann im Staatsarchiv zu Palermo Nachforschungen anzustellen; nach zehn Tagen hatte ich einen sehr summarischen (und wie ich dann feststellte, ungenauen) Bericht der Carabinieri in Händen. Auch im Zentralarchiv in Rom fand ich nichts. Ich versuchte daraufhin, mich mit Nina Ruffini in Verbindung zu setzen. Es war nicht leicht, dank der Hilfe von Vittorio Goresio gelang es mir, und ich schrieb ihr. Sie antwortete mir, daß sie mir alle Dokumente, die sie besitze, zur Verfügung stelle, ich möge sie ansehen kommen. So besuchte ich Colletto Giacosa und fand dort eine Gastfreundschaft und eine Freundlichkeit wie aus andern (und besseren) Zeiten. Das wunderschöne Haus war von Erinnerungen erfüllt, die von Zola bis zu Gide, von Sarah Bernard bis zu Giovanni Verga, von Tolstoi bis zu Croce reichten. Nina Ruffini zeigte mir als erstes den Namenszug von Verga auf einem Verandapfeiler. (Sie schenkte mir dann die Reproduktion eines Fotos des jungen Verga, die sie eigens für mich hatte machen lassen: ein Foto, das ich noch nie gesehen hatte und auf dem man deutlicher als auf allen anderen erkennt, daß Verga rotes Haar hatte – ein Detail, dem nur Lawrence Bedeutung beigemessen hat.)

Ich sah alle Dokumente, die sie hatte, durch und ließ sie kopieren. Es waren nicht wenige, und es war nicht leicht, sie zu ordnen, zu gliedern, sie in einem gewissen Sinne zu vereinfachen. Ich hoffe, daß es mir geglückt ist; ich hoffe, daß ich die Großzügigkeit und Freundlichkeit von Nina Ruffini wenigstens mit einer Erzählung erwidere, die so vielen Menschen als möglich klar erscheint und die sie interessiert. Die sie interessiert, meine ich, in Hinblick auf das Heute.
Ich hätte mir gewünscht, daß Nina Ruffini sie gelesen hätte. Ich kann sie leider nur zu ihrem Gedenken veröffentlichen.

(Die von Nina Ruffini dem Autor zur Verfügung gestellten Dokumente gehören Piero und Rodolfo Malvezzi und Raimondo Craveri.)

DER TITULARERZBISCHOF

Der Knecht weiß nicht, was der Herr tut, denn der Herr weist ihm nur sein Handeln und nicht sein Ziel; und darum unterwirft er sich knechtisch und sündigt oft gegen das Ziel. Aber Jesus Christus hat uns das Ziel gewiesen. Und ihr zerstört dieses Ziel.

Pascal

I

Der hochwürdigste Herr Angelo Ficarra, seit mehr als zehn Jahren Bischof zu Patti, erhielt das Zeichen, daß neue Zeiten angebrochen waren, durch einen anonymen Brief. Dieser Brief lag einem Artikel aus dem *Osservatore romano* bei, in dem, aus Anlaß seines zehnten Todestages, die Tugenden des Kardinals Bisleti gepriesen wurden; und in diesem Artikel war der folgende Abschnitt rot angestrichen: «Ein leuchtendes Beispiel eines priesterlichen Lebens, war der Kardinal besonders aufgeschlossen für die Probleme der Unterweisung des Klerus, den er sich fromm und heldenmütig wünschte, und unerbittlich schloß er alle vom Priesteramt aus, die er für ungeeignet hielt.» Auf diesen Abschnitt nahm der Brief Bezug: « ... so denkt allerdings der Bischof von Patti nicht», und es folgte eine Aufzählung von Fehlern und Vergehen der Priester in der Diözese; und mit dem Ausdruck der Verwunderung, daß ein «heiliger» und «gelehrter» Bischof soviel schändliche Dinge zulasse, schloß der Brief: «Exzellenz! Das Volk, das noch ein wenig Glauben bewahrt hat, und die Priester, die noch ein Empfinden für den rechten Weg besitzen, fragen sich: Was hat der Bischof Ficarra hier noch zu suchen?»
Im Sommer vor vierzehn Jahren begann ich eine Geschichte über Macht und Verbrechen zu schreiben; an ihrem Anfang stand – nicht aus Extravaganz, sondern ihrem inneren Zusammenhang und innerer Notwendigkeit entsprechend – ein anonymer Brief; er war aus

Wörtern zusammengesetzt, die aus dem *Osservatore romano* herausgeschnitten waren. Heute – es ist wieder Sommer, und ich befinde mich an demselben Ort – beginnt diese wahre Geschichte mit einem anonymen Brief, der sich auf einen Auschnitt aus dem *Osservatore romano* bezieht. Ja, mehr noch: Aus dem kleinen Archiv des Bischofs Ficarra, das mir von Menschen, die ihn liebten, anvertraut wurde und das noch ungeordnet auf meinem Tisch lag, habe ich als erstes den hellblauen Umschlag hervorgezogen, der den anonymen Brief und den Ausschnitt aus dem *Osservatore romano* enthielt. Doch warum sollten wir uns über die Kausalität des Zufalls wundern, über das Begegnen, Wiederkehren, das Wiederholen und Zusammentreffen, über die Spiegelungen und Entsprechungen von Wirklichkeit und Phantasie, die unfehlbaren Kreisbewegungen, von denen das Leben allgemein und jedes einzelne Leben voll ist? Sie sind ja, wir wissen es längst, die einzige mögliche Ordnung.

Das Zeichen traf also – und trifft – mit dem anonymen Brief und dem Ausschnitt aus dem *Osservatore romano* ein: bei dem hochwürdigsten Herrn Ficarra im März 1947, bei mir heute, am 2. August 1979, während ich mich anschicke, anhand seines Archivs die bittere Geschichte seiner letzten Lebensjahre noch einmal zu durchleben. Es war das erste Zeichen, und zweifellos kam es von einem Priester. Ganz abgesehen von der Sprache, der Schreibweise und der Art der Informationen, die man als zunftgebunden bezeichnen könnte – wer in einem kleinen sizilianischen Ort hatte schon den *Osservatore romano*, wenn nicht ein Priester oder einer seiner Vertrauten?

Vermutlich hatte der Bischof Ficarra sofort und mit mildem Schmerz erkannt, wer der Schreiber war. Doch darum kümmerte er sich nicht weiter, kannte er doch die Fehler und Vergehen all derer, die der Anonymus beim Namen nannte; und er wußte auch, um wieviel schlimmer jene Priester mit dem «Empfinden für den rechten Weg» waren, deren Namen, den eigenen voran, der Schreiber verschwieg. Noch mehr bekümmerte ihn wohl in jenen Tagen der Brief der Konsistorialkongregation an die Bischöflichen Behörden Italiens. Dieser Brief, mit dem Datum vom 31. März 1947 und der Nummer 216/45, trug die Unterschrift des Kardinals Rossi und lautete folgendermaßen:

> Exzellenz, hochwürdigster Herr,
> zweimal schon hat sich die Konsistorialkongregation im Auftrag Seiner Heiligkeit an die Bischöflichen Behörden Italiens gewandt, um, sofern dies nötig sein sollte, ihre Aufmerksamkeit auf ihre seelsorgerische Pflicht zu lenken, die Gläubigen im Hinblick auf besondere Ereignisse zu unterweisen, von denen das Geschick des Landes und insbesondere seine moralische und soziale Ordnung abhängen.
> Die Konsistorialkongregation ist darüber unterrichtet, daß die Hochwürdigsten Erzbischöfe und Bischöfe den Pflichten ihres geistlichen Amtes durch Unterweisung *in omnia patentia et doctrina* und ihren Möglichkeiten entsprechend nachgekommen sind und befriedigende Resultate erzielten; desgleichen gibt die Kongregation ihrer Gewißheit Ausdruck, daß die Hoch-

würdigsten Erzbischöfe und Bischöfe zu gegebener Zeit und *sine intermissione* diese Unterweisung voll Eifer fortsetzen werden; nichtsdestoweniger wünscht unser Heiliges Kollegium, bestärkt durch das Allerhöchste Wohlwollen, noch einmal zu betonen, daß es vonnöten ist, sowohl bei Parlaments- als auch bei Kommunalwahlen, bei nationalen wie bei regionalen Wahlen, den Gläubigen klar und deutlich über die folgenden Richtlinien zu belehren:

1.) In Anbetracht der drohenden Gefahren für die Religion und das öffentliche Wohl, deren Ernst die Zusammenarbeit aller ehrenhaften Menschen erfordert, haben alle Wahlberechtigten, ohne Ansehen ihres Standes, Geschlechts und Alters, ohne Ausnahme, also auch, wenn sie ein dem Glauben geweihtes Leben führen, die strenge und unumgängliche moralische Pflicht, von diesem Recht Gebrauch zu machen.

2.) Die Katholiken können nur solchen Kandidaten oder Kandidatenlisten ihre Stimme geben, bei denen sie die Gewißheit haben, daß sie den Gehorsam in Gott und die Rechte der Religion und der Kirche im privaten sowie im öffentlichen Leben respektieren und verteidigen werden.

Je stärker dies durch das Programm und das praktische Wirken der einzelnen Kandidaten oder einer Kandidatenliste gewährleistet ist, um so eher können die Katholiken ihnen ruhigen Gewissens ihre Stimme geben.

In Erwartung Ihrer gütigen Bestätigung des Erhalts dieses Schreibens

bin ich Eurer Exzellenz
ergebenster Bruder

Im Vorjahr hatte es bei den Kommunalwahlen in Patti keine «befriedigenden Ergebnisse» gegeben: die Democrazia Cristiana hatte eine Niederlage erlitten, den Sieg hatten zwei Listen davongetragen, in denen sich Konfessionslose und Kommunisten verbündet und gleichzeitig getrennt hatten; und dafür hatte die Democrazia Cristiana den Bischof verantwortlich gemacht. Am 22. Oktober informierte der Sektionssekretär der Democrazia Cristiana den Bischof Ficarra über die Niederlage (die dem Bischof gewiß nicht entgangen war) und über den eigenen Rücktritt:

> ... und erfülle die undankbare Aufgabe, Eurer Exzellenz mitzuteilen, daß bei den Kommunalwahlen in Patti der Kommunismus gesiegt hat ... Es ist eine Schande, beinah ein unverzeihliches Verbrechen, daß dies in Patti, einem Bischofssitz, geschehen konnte ... Überall wird für Gott gearbeitet, in Patti arbeitet man für den Satan ... Im Bewußtsein, meine Pflicht als Priester und Bürger erfüllt zu haben, verlasse ich meinen Kampfplatz, doch nicht ohne ein Wort des strengen Tadels an alle diejenigen zu richten, die die Democrazia Cristiana und folglich die Kirche verraten haben ... Mein Wunsch ist es, daß die Kirchenbehörde sofortige Maßnahmen ergreife, die dem Wohl aller,

der Kirche und der Stadt Patti, dienen und die von ihr abhängenden sozialen Schichten mit entschiedenen Maßnahmen und fortgesetzter, kluger Unterstützung aus der Krise herausführen möge, wenn vermieden werden soll, daß sich hinfort außer einem Bischofssitz auch ein Sitz Stalins in Patti befinde.

Fünf Tage später trat der Ortsausschuß der Democrazia Cristiana zusammen, um den Rücktritt des Sekretärs zur Kenntnis zu nehmen. Das Protokoll der Versammlung enthält außer vielen anderen «in Betracht» gezogenen Dingen auch eine direkte Anklage gegen den Bischof:

> In Anbetracht dessen, daß der Bischof von Patti es während der Wahlvorbereitungen vorzog, die Luft von Canicattì zu genießen, anstatt seinen Beitrag für die Democrazia Cristiana zu leisten, und daß er nach seiner Rückkehr am 14. Oktober, am Vorabend der Wahlen also, eine Gesandtschaft von Frauen, die gegen das unwürdige Verhalten des Klerus protestieren wollte, zum Generalvikar schickte, der sie schlecht behandelte, anstatt sie wohlwollend anzuhören …

Nun, das ist wirklich unklar ausgedrückt, und zwar wegen dieses Wörtchens *schickte*, das folgendermaßen verstanden werden muß: Der Bischof wollte diese Frauendelegation nicht empfangen und verwies sie an den Generalvikar, der ihren Protest entgegennehmen

sollte. Und der Vikar, der entweder diesem Protest genauso ablehnend gegenüberstand wie der Bischof oder wiederum wegen solcher Belästigung gegen den Bischof protestieren wollte, oder beides zusammen, behandelte sie schlecht. Das war von allen Wunden, die der Democrazia Cristiana von Patti zugefügt worden waren, die tiefste; und nach der Schlußbemerkung, daß die «sechshundertzweiundachtzig treuen Mitglieder der Democrazia Cristiana» zu dieser Treue nicht mehr bereit seien, «wenn der Bischof von Patti die Schuldigen nicht bestrafe und mit allen ihm zur Verfügung stehenden Kräften für die Democrazia Cristiana arbeite», trat der Ortsausschuß einmütig, unter andauerndem Protest gegen die Verräter zurück.
Abschriften des Protokolls wurden an den Papst, an die Konsistorialkongregation, an das Staatssekretariat des Vatikans, an den Bischof von Patti und an den Bischof von Agrigent gesandt (es enthält nämlich auch Vorwürfe gegen einen Priester der Diözese Agrigent). Anscheinend sollte das für den Bischof Ficarra bestimmte Exemplar von einer Delegation der Democrazia Cristiana überbracht werden, die den Inhalt unterstreichen und erläutern wollte; der Bischof empfing sie jedoch nicht. Man schickte es ihm per Post zu. In einem beigefügten Brief gab der Ortsausschuß seiner Mißbilligung Ausdruck:

> Eingedenk des Wortes aus dem Evangelium «wer anklopft, dem wird aufgetan» war die obengenannte Delegation bei Ihnen erschienen, um an Ihr väterliches Herz zu klopfen und Sie in dieser traurigen Stunde, welche die auf-

richtigen Christen von Patti durchleben, um Trost und Hilfe zu bitten; doch es wurde ihr nicht aufgetan. Unter diesen Umständen blieb dem Ortsausschuß der Sektion nichts anderes übrig als zurücktreten; das bedeutet nicht, daß er damit der Democrazia Cristiana von Patti das Ende bescheinigen will. Es bedeutet vielmehr, daß der Ausschuß den Wunsch hat, sie möge aus dieser Niederlage gestärkt hervorgehen und mit größerer Entschlossenheit für den Sieg der sozialen Prinzipien der Kirche kämpfen; das heißt, die Sektion der Democrazia Cristiana Patti wird mit Gottes Hilfe und dem guten Willen all derer, die ihr während der Parlaments- und Kommunalwahlen ihre Zeit und ihre Kraft gewidmet haben, neu gebildet werden.

Das bedeutete: Die Democrazia Cristiana von Patti hatte keine Hoffnung mehr, vom Bischof Ficarra Trost und Hilfe zu erhalten; man hoffte jetzt nur noch, daß er ginge. In der Form eines Rücktritts als ein «heiliger» und «gelehrter» Mann, der mit dem neuen Gang der Dinge nicht mehr zurechtkam. Oder in der Form einer Versetzung, so wie ein Carabinieri-Wachtmeister, der unbequem wird, oder ein Richter, der anfängt, neugierig zu werden, eben versetzt wird.

2

Ungefähr zehn Jahre zuvor, genauer: im Oktober des Jahres 1938, hatte es anläßlich des Patronalsfests von Librizzi, einem kleinen Ort der Diözese, zwischen dem Bischof Ficarra und der faschistischen Obrigkeit eine Auseinandersetzung gegeben. Einer zwei Jahre zuvor getroffenen Anweisung des Bistums Sizilien entsprechend, die Kinoveranstaltungen im Freien zu kirchlichen Festen ausdrücklich verboten hatte (wegen «vielfältigster Unziemlichkeiten», wie es in der Anweisung hieß), versuchte der Bischof zu erreichen, daß das aus Messina eingetroffene fahrbare Kino keine Vorführungen auf dem Marktplatz von Librizzi veranstaltete; und da die lokalen Behörden anderer Meinung waren, setzte er dem kirchlichen Fest dadurch ein Ende, daß er die Prozession mit dem Schutzheiligen verbot.
Der Vorfall wäre von geringer Bedeutung gewesen, wenn die Streifen, die das fahrbare Kino vorführen sollte und auch tatsächlich vorführte, nicht der Spielfilm *Der Weg der Helden* und *Die Reise des Duce*, ein Dokumentarfilm über den ein Jahr zurückliegenden Besuch des Duce in Sizilien, gewesen wären. Die lokalen Verantwortlichen machten bei der Provinz Meldung, diese bei den zentralen Stellen; der Minister mit Geschäftsbereich der Nationalen Faschistischen Partei informierte den Botschafter Italiens beim Vatikan. Dazu ist jedoch anzumerken, daß der faschistische Protest, der zu einem Protest der italienischen

Regierung geworden war, gegen die «unberechtigte Einmischung in zivile Zuständigkeiten» von seiten des Bistums Sizilien gerichtet war und keinen Verdacht anklingen ließ, daß das Verbot antifaschistischen Gefühlen des Bischofs entsprungen wäre. Dieser Verdacht schimmert hingegen in einem Brief durch, der die Unterschrift des Kardinals Pacelli trägt und den die Kongregation für Außerordentliche Kirchenfragen am 3. Dezember 1938 an den Bischof Ficarra richtet:

> Exzellenz, hochwürdigster Herr,
> dem Heiligen Stuhl sind die Umstände bekannt, die das Bistum Sizilien dazu bestimmt haben, einige kollektive Richtlinien wachsamer Seelsorgetätigkeit festzulegen, die den vorwiegend religiösen Charakter der kirchlichen Feste erhalten sollen, ohne damit gänzlich auszuschließen, daß solche volkstümlichen Veranstaltungen auch Zerstreuungen zum Zwecke einer gesunden Volksbelustigung enthalten.
> Da nun aber die maßgeblichen Vertreter der Partei – wie Eure Exzellenz der beiliegenden Abschrift einer Mitteilung entnehmen kann, die die Königliche Botschaft Italiens beim Heiligen Stuhl dem Staatssekretariat übermittelt hat – die Entscheidung Eurer Exzellenz, die kirchlichen Veranstaltungen zum Patronalsfest in Librizzi wegen einer abendlichen Filmvorführung im Freien abzubrechen, ungünstig aufgenommen haben, bitte ich Eure Exzellenz, mir die entsprechenden Informationen zukom-

> men zu lassen, damit ich in die Lage versetzt werde, der Königlichen Botschaft genauer Auskunft zu geben und die Frage in allen Einzelheiten zu klären.

Die Antwort des Bischofs Ficarra war einfach: «Die volle Rechtfertigung meines Vorgehens ist in der Mitteilung der Botschaft Italiens enthalten.» Das heißt: Es geht nicht darum, daß ich mich «unbefugt eingemischt» habe, sondern daß eine Anweisung des Bistums Sizilien vorlag, die ich befolgen mußte. Doch der anpassungsfähige zukünftige Pius XII. konnte es weder begreifen, geschweige denn rechtfertigen, daß eine strenge Anweisung ebenso streng befolgt werden mußte: da waren Unterschiede zu machen, da mußte man Sinn für Opportunitäten haben und, wenn nötig, sich taub und blind stellen. Können Filme mit Titeln wie *Der Weg der Helden* und *Die Reise des Duce* denn nicht «dem Zweck einer gesunden Volksbelustigung» dienen? Auch ein absolutes Verbot muß angesichts solcher Filme weniger absolut werden; das Fest für einen Schutzheiligen kann nicht zusammengehen mit der Vorführung von Filmen, die alberne und frivole Liebesgeschichten erzählen und in denen leichtbekleidete Frauen zu sehen sind (denn die «vielfältigen Unziemlichkeiten», über die das Bistum Sizilien sich beklagt hatte, waren doch wohl nichts anderes als schlüpfrig-lüsterne Kommentare des Publikums bei Liebesszenen und beim Anblick des Sex-Appeals von Filmsternen und -sternchen; eine Reaktion des sizilianischen Publikums, die Brancati beschrieben hat, und wo jeder antwortet, als wäre er beim Namen gerufen);

hier aber handelte es sich um *Den Weg der Helden* und um *Die Reise des Duce* ...

Es war also nicht richtig, wenn ich von einem Konflikt zwischen dem Bischof Ficarra und der faschistischen Obrigkeit gesprochen habe; der eigentliche Konflikt bestand zwischen dem Bischof und dem Staatssekretariat des Vatikans. Er war gleichsam eine Vorwegnahme des Konflikts, der zehn Jahre später ausbrechen sollte, der aber in den beinahe zehn Jahren, die er dauerte, stets die Formen des Sohnesgehorsams auf der Seite des Bischofs und der väterlichen Sorge und Angst auf der Seite der römischen Kurie wahrte.

3

Bei den Kommunalwahlen des Jahres 1946 war die Democrazia Cristiana von den Wahllisten des «Sterns» und der «Ähren» besiegt worden: «Zu beiden gehörten», so drückte es der Sekretär der Democrazia Cristiana aus, «öffentliche Freimaurer und ein paar Exkommunizierte». Die aus diesen Wahlen hervorgegangene Gemeindevertretung amtierte aber, wie alle Administrationen in Sizilien, die aus improvisierten, nicht konfessionsgebundenen Koalitionen unter Mitwirkung der Kommunisten hervorgegangen waren, kürzer als üblich. Die Präfekturen überwachten die nicht von der Democrazia Cristiana gebildeten Organe ununterbrochen und auf eine zermürbende Art; das Ergebnis war, daß sie entweder lahmgelegt oder aufgelöst wurden. Der Gemeinderat von Patti löste sich entweder wegen innerer Streitigkeiten selbst auf, oder er wurde von der Präfektur aufgelöst; jedenfalls wurden die Bürger im Jahre 1949 erneut zur Abstimmung gerufen, um eine Kommunalvertretung zu wählen.
Aus Berechnung oder aus Aberglauben präsentierte die Democrazia Cristiana ihre Wahlliste nicht unter dem Zeichen des Kreuzschildes. Sie erlitt dennoch eine Niederlage, und den Sieg trugen die alte Liste des «Sterns» und eine neue des «Adlers» davon, deren Kandidaten weiterhin «Freimaurer und Exkommunizierte» waren.
Wiederum wurde der Bischof der Diözese für die Nie-

derlage verantwortlich gemacht; jetzt nicht mehr versteckt, sondern in Protokollen und Briefen. Es erschien eine Schmähschrift mit dem Titel *Kommunalwahlen in Patti 1946/49: Der Verantwortliche für die Niederlage der Democrazia Cristiana.* (Der unerschütterliche Respekt, der in der Verwendung von Großbuchstaben seinen Ausdruck fand, erinnert an die Schreibweise des anonymen Briefs.) Das Provinzialsekretariat der Democrazia Cristiana distanzierte sich von dem Pamphlet und richtete ein vertrauliches Schreiben an Seine Heiligkeit Papst Pius XII., an den Präfekten der Kongregation der theologischen Seminare, an den Präfekten der Kongregation des Konzils, an den Präfekten der Konsistorialkongregation, an den Präsidenten der Katholischen Aktion, an das Staatssekretariat des Vatikans, an Seine Eminenz Kardinal Ruffini, an alle Hochwürdigsten Bischöfe Siziliens, an den Sekretär der Democrazia Cristiana und, zur Kenntnisnahme, an den Bischof zu Patti, Seine Exzellenz Ficarra, sowie an den Sekretär der Parteisektion der Democrazia Cristiana von Patti. Darin hieß es:

> Bezüglich der unserer Kenntnis zufolge auch Ihnen zugesandten Veröffentlichung erklärt das Sekretariat wie folgt:
> Die Democrazia Cristiana hat mit der genannten Veröffentlichung nichts zu tun und mißbilligt sie:
> Zu ihren Unterzeichnern gehören keine verantwortlichen Vertreter der Democrazia Cristiana, weder auf Provinz- noch auf lokaler Ebene; die Democrazia Cristiana hat aufgrund der beson-

> deren lokalen Verhältnisse an den letzten Wahlen nicht mit einer eigenen Liste teilgenommen.
> Das Obengesagte soll keine eventuelle Verantwortlichkeit bestreiten, sondern nur der notwendigen Klärung dienen.

Daß der Provinzsekretär der Democrazia Cristiana genau wußte, an wen die Schmähschrift geschickt worden war, obwohl er erklärte, die Partei habe mit der Aktion nichts zu tun und mißbillige sie, ist unbegreiflich, wenn man nicht darauf kommt, beide Schreiben seien von ein und demselben Verfasser, und die Mißbilligung der Schmähschrift, die all ihren Empfängern kundgetan wird, habe genau das entgegengesetzte Ziel, nämlich auf sie aufmerksam zu machen – damit sie gelesen werde, falls sie achtlos beiseite gelegt worden war. Klar ist überdies, daß die Mißbilligung des Sekretärs sich vorsichtig gegen die Form, die Art und Weise der Publikation richtet, doch zu verstehen gibt, daß Inhalt und Substanz wahr und zu billigen seien. Mit keinem Wort wird der Bischof Ficarra von den Vorwürfen freigesprochen oder entlastet, ja nicht einmal der allgemeinste Ausdruck der Würdigung, des Respekts oder der Achtung läßt sich erkennen.
Die Wirkung blieb nicht aus. Ein «vertrauliches» Schreiben der Konsistorialkongregation vom 6. Mai 1949, unterschrieben von Kardinal Piazza, forderte den Bischof Ficarra auf, zu den gegen ihn gerichteten Anklagen Stellung zu nehmen:

> Exzellenz, hochwürdigster Herr,
> der Konsistorialkongregation ist, auch dank neuerer Veröffentlichungen, zur Kenntnis ge-

kommen, daß bei den Kommunalwahlen in der Bischofsstadt Patti vom Jahre 1946 und vom 3. April d. J. der Generalvikar, der Säkularklerus, die Ordensgeistlichkeit (Kapuziner) sowie einige Mitglieder der Katholischen Aktion unter Berufung auf den Namen Eurer Exzellenz die Listen «Stern» und «Adler» unterstützt haben, die aus freimaurerischen und exkommunizierten Kandidaten bestehen, und daß sie die Liste der Democrazia Cristiana bekämpft haben, die als Minderheit aus den Wahlen hervorgegangen ist. Dies soll in allen Gemeinden der Provinz und vor allem in den Gemeinden der Diözese Auswirkungen gehabt haben.
Ich bitte Eure Exzellenz deshalb, mir sobald als möglich diesbezügliche Erklärungen und Informationen zu übermitteln.

Der Bischof, der sich für die Kommunalwahlen von 1949 so wenig interessiert hatte wie für die Wahlen von 1946, konzentrierte seine Nachforschungen auf die Behauptung, Priester und Mönche hätten sich seines Namens bedient, um die Listen der Gegner der Democrazia Cristiana zu unterstützen; und da er dergleichen nicht feststellen konnte, informierte er den Kardinal Piazza in diesem Sinne; allerdings nicht sehr bald. Man kann sich vorstellen, mit welchem Verdruß er seine geliebten Studien, seine Meditation, das Gebet, die tägliche tätige Nächstenliebe, die Toleranz, die er weniger predigte als übte, beiseite schob, um die Unschuld der anderen wie die eigene Unschuld gegenüber so absurden und schäbigen Anklagen zu beweisen.

Der Kardinal dankte ihm kurz «für die übermittelten Informationen und Erklärungen». Aber vier Monate später unternahm er einen neuen Angriff, für den er jetzt allerdings ein anderes Register zog. Keine Bezugnahme auf den Brief vom Mai, auf die Wahlniederlage der Democrazia Cristiana und auf die Rolle, die der Bischof den Anklagen zufolge dabei gespielt haben sollte. Diesmal geht es dem Bischof nicht um die Wahlstimmen, sondern um die Seelen. Sagen wir, um im Bild zu bleiben, um die wählenden Seelen.

> Exzellenz, hochwürdigster Herr,
> im vergangenen Februar hat die Kongregation aus gegebenem Anlaß Ihnen einige ernste Vorwürfe hinsichtlich Ihrer seelsorgerischen Tätigkeit zur Kenntnis gebracht; und Eure Exzellenz versäumten nicht, die dazu erbetenen Informationen und Erklärungen zu liefern, die der Kongregation erschöpfend erschienen, so daß sie Ihnen mit Worten des Trostes und der Ermutigung dankte.
> Jedoch haben die Klagen nicht nachgelassen, so daß ich mich bedauerlicherweise wiederum in der Situation befinde, die besondere Aufmerksamkeit Eurer Exzellenz darauf richten zu müssen ...

Beim Lesen dieses Briefes könnten auf den ersten Blick Zweifel an der Intelligenz des Kardinals Piazza und der Konsistorialkongregation insgesamt aufkommen: Vor nur acht Monaten waren ihnen die Informationen und Erklärungen des Bischofs Ficarra so erschöpfend er-

schienen, daß sie, Kongregation und Kardinal, wegen der ungerechtfertigten Anschuldigungen Worte des Trostes und der Ermutigung für ihn fanden; nun werden dieselben Anschuldigungen, dieselben «Klagen» wiederholt. Was bleibt dem Bischof Ficarra anderes übrig, als auch seine «erschöpfenden» Informationen und Erklärungen zu wiederholen?
Doch das Spiel ist subtiler. Die Kongregation verlangt diesmal keine Informationen, Erklärungen, Unschuldsbeweise; sie denkt nicht an Besuche, Überprüfungen, Inspektionen. Sie betrachtet die Anschuldigungen als nicht wahr, wenn sie sie auch aufzählt, ganz als seien sie doch wahr; aber sie macht sich Sorgen, daß dies dem Bischof zu viel werden könnte, und sie hofft und wünscht, daß er mit einer Geste des Überdrusses all dem ein Ende setze. Was da an Vorfällen in der Diözese umrissen wird, muß nicht wahr sein, ja es ist sicherlich nicht wahr. Doch solche «Hinweise», ob sie nun Tatsachen entsprechen oder nicht, sind schon für sich genommen eine ernste Angelegenheit. Und folglich:

> Eurer Exzellenz wird der Ernst dieser Hinweise nicht entgangen sein, und deshalb muß ich, meiner Amtspflicht gehorchend, Eure Exzellenz noch einmal darauf aufmerksam machen und auffordern, Ihre Verantwortung als Bischof vor der Kirche und den Gläubigen *coram Domino* zu bedenken.

Wir befinden uns an den Wurzeln des Inquisitionsprozesses – oder auch der stalinistischen Prozesse. Auch wer unschuldig ist, muß sich der Schuld unterwerfen: und zwar aus dem Grunde, daß man, gewissermaßen exemplarisch, für die Schuld auserwählt wird. Die eigene Verantwortung *coram Domino*, unter dem Auge Gottes – oder der Partei –, zu bedenken, das führt zur Annahme und zum Geständnis der Schuld, auch wenn man nicht schuldig ist. Da man hier nun aber keinen Prozeß will, sondern zu einer Regelung kommen will, folgt der besorgte und väterliche Vorschlag:

> Vielleicht ist der nicht mehr blühende Gesundheitszustand Eurer Exzellenz nicht zuletzt ein Grund für diese Lage der Dinge, wie sie trotz allen Eifers und aller Anteilnahme Eurer Exzellenz entstanden ist. Aus diesem Grund ist die Kongregation gerne bereit, Ihnen entgegenzukommen, falls Eure Exzellenz es für notwendig erachten sollte, irgendeine Entscheidung zum Besten der Gläubigen zu treffen. Möge mir deshalb Eure Exzellenz vertrauensvoll Ihr Herz öffnen und mich die Entscheidungen wissen lassen, die Ihnen der Herr gewiß eingeben wird.

Der Herr gab dem Bischof Ficarra den Willen ein, die Anklagen noch einmal zurückzuweisen und an der Spitze der Diözese Patti zu bleiben. Da der Kardinal gewiß war, daß der Herr dem Bischof seine Entscheidungen eingab, mußte er sie wohl akzeptieren; und so mag es in dem Brief vom 29. November 1949 auch scheinen:

> Ich habe die Antwort Eurer Exzellenz auf das Schreiben der Kongregation vom 25. Oktober d. J. zur Kenntnis genommen und habe feststellen müssen, daß es in der Diözese tatsächlich einige Mißstände gibt, weswegen ich es für nötig erachte, Eurer Exzellenz eine größere Wachsamkeit, speziell was den Klerus betrifft, anzuempfehlen sowie, wie heute so vonnöten, eine größere Aktivität und Initiative auf dem Gebiet des Apostolats.

Es ist schwierig, sich eine Diözese vorzustellen, wo es keine «Mißstände» gibt, wo der Klerus nicht überwacht werden muß, es an Beispielen für Entartungen und Ärgernisse fehlt und wo die Aktivität und die Initiative des Apostolats nicht vertieft werden müßten. Offensichtlich hatte der Bischof die «Mißstände», die es in der Diözese Patti gab, ganz unbefangen dargestellt; denn es waren keine Mißstände, die die Kongregation in Alarm versetzen und Anklagepunkte gegen ihn darstellen konnten. Der Brief des Kardinals erwähnt sie denn auch obenhin, wie Läßlichkeiten. Aber am 20. April des nächsten Jahres folgt ein «dringendes vertrauliches» Schreiben:

> Exzellenz, hochwürdigster Herr,
> da nunmehr seit der Vorlage des letzten Fünfjahresberichts über die Lage in der Diözese, ausgefertigt im Mai des Jahres 1946, vier Jahre vergangen sind, und in Erwartung, daß Eure Exzellenz im kommenden Jahr einen neuen Bericht nach Kanon 340 vorlegen, fordert die Kongregation aus dem besonderen Wunsch

heraus, Kenntnis von der gegenwärtigen Lage der Diözese zu erhalten, Eure Exzellenz auf, *äußerst dringlich und vertraulich* die folgenden Fragen zu beantworten:

1.) *Zum Klerus:* Entspricht die Zahl der Priester den geistlichen Bedürfnissen der Diözese; wie sind seine moralische Führung, sein Bildungsstand (akademische Titel), ist er geistig und durch seinen Glaubenseifer in der Lage, den modernen Formen des Apostolats, auch in seinen sozialen Aspekten, zu entsprechen? Welche Unzulänglichkeiten sind zu beklagen, und welche Maßnahmen wurden von Eurer Exzellenz gegen diese ergriffen? Wie groß ist die Zahl der Berufungen zum Priesteramt, und welche Eigenschaften haben die Aspiranten; wie werden sie von der Diözese und von den Pfarrern unterstützt?

2.) *Zum Volk:* Wie groß ist seine Teilnahme am religiösen Leben und seine Treue zur christlichen Moral? Insbesondere, zur Verbreitung des Kommunismus, des Protestantismus und der Freimaurerei: Hat es Gewaltakte und Sakrilege gegen die Kirche, die Priester und die Katholischen Institutionen gegeben? Was geschieht, um solchen beklagenswerten Verirrungen vorzubeugen?

Eure Exzellenz sind darüber hinaus gebeten, genauestens über die Entwicklung der Katholischen Werke und Einrichtungen zu berichten: Katholische Aktion, Acli, Cif, Onarmo, Landarbeitergemeinschaft, PCA.

Eure Exzellenz werden die Güte haben, über jede dieser Einrichtungen detaillierte und genaue Informationen einzuholen, einschließlich ihrer Mitgliedszahlen und der Geisteshaltung der Mitglieder, sowie einer Darstellung ihrer Aktivitäten sowohl im Zentrum der Diözese als auch in den einzelnen Pfarrgemeinden.

Am Beginn steht ein Ton des Vorwurfs, aber er fällt auf eine komische Weise in sich selbst zusammen. Es heißt ja gewissermaßen: Wie denn, vier Jahre sind vergangen, und wir haben immer noch nicht den Bericht, der alle fünf Jahre vorgelegt werden muß? Aber wenngleich der Vorwurf sich sofort in Luft auflöst, so klingt doch durch den ganzen Brief ein drohender Ton. Die Konsistorialkongregation ist ungeduldig, sie will den Fünfjahresbericht nicht abwarten. Der Grund ist sehr wahrscheinlich darin zu suchen, daß man – bereits zum zweitenmal – mit einer vorzeitigen Auflösung der Gemeindevertretung von Patti rechnet und folglich mit neuen Kommunalwahlen; und also ist es nötig, daß der Bischof vorher zurücktritt, um endlich der Democrazia Cristiana zum Sieg zu verhelfen. In Kreisen der Democrazia Cristiana innerhalb der Diözese müssen Gerüchte umgelaufen sein, die Tage des Bischofs Ficarra seien gezählt, wenn der Sekretär einer Sektion (genauer: der Sektion von Pettineo) es wagte, sich in dieser Form an ihn zu wenden:

Ich habe geduldig darauf gewartet, daß Sie mir auf meinen Brief antworteten, in dem ich Sie über die inzwischen vollzogene Trauung des

Kommunisten Russo Gaetano, Sohn des Sebastiano, informierte, da vom Heiligen Stuhl diesbezügliche Maßnahmen vorgesehen sind.
Ich bin überrascht, obwohl auch ein früherer Brief von mir hinsichtlich der Vorfälle im Zusammenhang mit dem Erzpriester Mancuso und dem Pater Piscitello genauso behandelt worden ist.
Ich bin überrascht, daß das Haupt der Diözese nicht soviel gute Erziehung besitzt zu antworten, wie es unter anständigen Menschen üblich ist. Das zeigt eine geringe Treue zum Glauben und außerdem, daß man sich um die Anweisungen des Heiligen Vaters einen Dreck schert.
Dieses Vergehen des Ungehorsams habe ich mit gleichem Datum dem Heiligen Stuhl gemeldet; dies zu Ihrer Kenntnis.

Der Brief ist mit drei verschiedenen Stempeln versehen, um ihn drohender und großartiger erscheinen zu lassen (man wird an den schizophrenen Stempelkult des Oscar Pilli in einer Erzählung von Tobino erinnert). Es wird klar, daß der Sekretär der Sektion der Democrazia Cristiana in Pettineo auf die strengste Befolgung der Exkommunikation durch die örtlichen Priester angewiesen war: keine Taufe, keine Messe, keine Trauungen und letzte Ölungen für diejenigen, die im Kommunismus verharrten. Und dieser Russo Gaetano, Sohn des Sebastiano, hatte wegen der geringen Glaubenstreue des Bischofs Ficarra seine schöne Trauung in der Kirche bekommen! Eine Niederlage, der Christdemokrat aus Pettineo hatte *das Gesicht verlo-*

ren und erhielt nicht einmal die Genugtuung, daß der Bischof ihm antwortete, Erklärungen oder Rechtfertigungen vorbrachte. Darf ein anständiger Mensch, ein Christ, ein Christdemokrat so von einem Bischof behandelt werden?

Wenn man es recht bedenkt, so gibt es in allen italienischen Geschichten – seien es Tragödien, Dramen, Komödien oder Farcen – eine «Hochzeit, die nicht stattfinden darf» (*Die Verlobten,* I. Kapitel).

4

Der Bericht des Bischofs Ficarra an die Konsistorialkongregation muß nicht nur ausführlich, sondern auch wirklich entwaffnend gewesen sein. Seit Jahren hatte der Bischof mit Wahrheitsliebe, Scharfsinn und bitterem Vergnügen die moralischen und kulturellen «Unzulänglichkeiten» des sizilianischen Klerus und die gänzlich fehlende «Treue zur christlichen Moral» bei den Gläubigen untersucht. Schon im Jahre 1913 hatte er einen Aufsatz über das religiöse Leben in Sizilien geschrieben, den er auch veröffentlichen wollte. Er hatte das Manuskript einem befreundeten Priester gegeben, der es dem zuständigen Bischof von Agrigent vorlegen sollte, um dessen Zustimmung, das *imprimatur*, einzuholen. Der Bischof jedoch, obwohl ein Mann von beachtlicher Intelligenz und Bildung, hatte die Arbeit mißbilligt. («Der Bischof, der Dein Manuskript gelesen hat, rät Dir, es nicht zu veröffentlichen, weil es nicht zweckmäßig ist, bekannt werden zu lassen, daß auf dem Gebiet der Religion eine derartige Unwissenheit im Volke herrscht. Das gereicht dem sizilianischen Klerus zur Schande. Ich füge nichts weiter hinzu. *Intelligenti pauca!*») Er hatte den Aufsatz im Jahre 1923 neu geschrieben, und vielleicht spürte er die Versuchung, ihn unter einem Pseudonym zu veröffentlichen; denn auf das Manuskript, das mir vorliegt, hatte er als Autorennamen Arcangelo Farra geschrieben. Die Versuchung kann nur einen Augenblick gedauert ha-

ben, die ersten drei Buchstaben von Arcangelo wurden dann ausgestrichen, und in den Familiennamen wurden das I und das C eingefügt.
Man kann sich also vorstellen, welche unbestreitbaren Wahrheiten er aus persönlich erlittener Erfahrung in seinem Bericht niederschrieb. Vielleicht waren sie entwaffnet, vielleicht wollten sie auch die Art und Weise, wie er zum Rücktritt gezwungen werden sollte, besser abwägen, vielleicht war es auch die alte Gewohnheit der Langsamkeit, die bei der Kirche wie ein Warten auf Weisheit und Erleuchtung erscheint, auf jeden Fall ließen sie den Bischof Ficarra über ein Jahr lang in Frieden. Bis zum 10. Januar 1952:

> Exzellenz, hochwürdigster Herr,
> seit einigen Jahren verfolgt die Kongregation nicht ohne Sorge die Entwicklung der Diözese Patti, und mehrmals hat sie sich gezwungen gesehen, Eure Exzellenz auf Unzulänglichkeiten aufmerksam zu machen, die speziell die Disziplin und die moralische Führung des Klerus angehen, das Gemeindeleben, die Leitung des Seminars usw.
> Leider hat sich die Lage nicht gebessert, wie angesichts des Eifers und der Mühen Eurer Exzellenz zu hoffen gewesen wäre; wir stellen vielmehr mit Bedauern fest, daß die angezeigten Übel zugenommen haben.
> Hinzu kommt eine Schwächung der Sehkraft und des Gehörs Eurer Exzellenz, was einerseits Eure Exzellenz hindert, das Schicksal der Diözese mit der von Eurer Exzellenz gewünschten

Aufmerksamkeit und Wirksamkeit zu lenken; was es andererseits dem Klerus und den Gläubigen erschwert, mit ihrem Seelsorger so offen und klar zu verkehren, wie dies nötig wäre. Leider gibt es auch Elemente, die von den Gebrechen des Bischofs profitieren und ungestört ihre Pflichten vernachlässigen.
Eure Exzellenz sind sich gewiß darüber im klaren, daß die Zeiten und die äußeren Bedingungen eine aufmerksame, energische und wirksame Seelsorgertätigkeit erfordern.
Nach reiflichen Erwägungen und langen Gebeten sehe ich mich deshalb mit schmerzlichem Bedauern auf Grund meiner Amtspflicht dazu gezwungen, Sie wissen zu lassen, daß die Kongregation es für unumgänglich hält, daß Eure Exzellenz großmütigen Herzens die Führung der Diözese in die Hände des Heiligen Vaters zurücklegen.
Ich bin sicher, daß Eure Exzellenz darin eine Kundgebung des göttlichen Willens erkennen und also nicht zögern werden, im Interesse der Gläubigen das *fiat* auszusprechen; ja, ich vertraue darauf, daß das Opfer, das Sie zu bringen bereit sind, den guten Samen gedeihen lassen wird, den Sie in den zwölf Jahren Ihrer Amtszeit als Bischof in diesem Stück des Weinbergs des Herrn so reichlich gesät haben.
Die Kongregation wird nicht säumen, Ihnen mit einer schicklichen Lösung entgegenzukommen.

Im Oktober 1949 deutete man den «nicht mehr blühenden Gesundheitszustand» an, jetzt ist die Kongregation sicher, daß «eine Schwächung der Sehkraft und des Gehörs» vorliegen, so daß er beinahe blind und taub ist und Klerus und Gläubige nicht mehr mit ihrem Seelsorger verkehren können. Es geht dem Bischof Ficarra seinem Alter entsprechend – er ist siebenundsechzig – ausgezeichnet; doch Gottes Wille, der von der Konsistorialkongregation zum Ausdruck gebracht wird, hat seine «Gebrechen» beschlossen. Kann man so anmaßend sein und das *fiat* nicht aussprechen – um so mehr, als der Heilige Stuhl bereit ist, einem «mit einer schicklichen Lösung» entgegenzukommen? Es gibt da eine kleine Schwierigkeit: Der Bischof Ficarra glaubt an Gott; und nicht an *den* Gott, der beschließt, daß die Gesunden krank sind und die Gerechten zurücktreten müssen. Wenn sie von ihm *sic et simpliciter* verlangt hätten – böse Beispiele verderben gute Sitten: Die vielen Unterlagen, die ich gelesen habe, um diese Geschichte zu ordnen, haben mich der Verlockung des Lateinischen erliegen lassen, der geglätteten Absolutheit seiner Ausdrücke und Wendungen – wenn sie von ihm einfach verlangt hätten, von seinem Amt in der Diözese von Patti zurückzutreten – aus verborgenen Gründen und geheimen, nicht mitteilbaren Absichten –, dann hätte Bischof Ficarra sich vermutlich in stillem Gehorsam zurückgezogen. Aber die doppelte Lüge, das Verschweigen des wahren Grundes, dessentwegen man seinen Rücktritt wollte, und das Vorschieben eines offenkundig falschen Grundes, empörte ihn und ließ ihn aufbegehren. Er konnte sich nicht damit abfinden, daß die Kirche, seine

Kirche, log; und noch weniger konnte er diese Lüge hinnehmen, ihr zustimmen, sich zu ihrem Komplizen machen.
Er spricht das *fiat* nicht aus. Deshalb ruft man den Kardinal Ruffini, den Erzbischof von Palermo, zu Hilfe; er möge ihn persönlich und im direkten Gespräch zu seiner Gebrechlichkeit und zum Rücktritt überreden. Am 21. Januar schreibt Ruffini:

> Exzellenz, hochwürdigster und teuerster Herr, ich hätte mit Ihnen im Auftrag des Heiligen Stuhls eine wichtige Frage zu besprechen.
> Ich wäre Ihnen deshalb dankbar, wenn Sie in den nächsten Tagen nach Palermo kommen könnten.
> Ich schließe Sie in mein Gebet ein.

Der Bischof Ficarra begab sich sofort nach Erhalt des Briefes nach Palermo. Das Gespräch mit dem Kardinal muß unangenehm und verletzend gewesen sein, denn sobald er nach Patti zurückgekehrt war, schrieb er dem Kardinal einen langen Brief, der so begann: «Nach der Unterredung mit Eurer Eminenz danke ich dem Herrn, daß er mich in diesem heiteren Frieden erhält, der nur von Ihm kommt.» Ein harter Satz, voller Enttäuschung und Vorwurf, vielleicht auch mit einer Spur ungewollter Verachtung, wenn man bedenkt und auch den bereits gegebenen Beispielen entnimmt, wie zeremoniös und honigsüß, wie geeignet zum Sagen und Nichtsagen, zum Bejahen und zum Verneinen (*sit autem sermo vester: est est, non non*) die Sprache zwischen Kurie und Kongregationen, zwischen Bischöfen und Erzbischöfen im allgemeinen ist.

Und er fährt so fort:

> In meiner Geringfügigkeit sehe ich nicht, welche Pflicht oder Aufgabe ich in all den Jahren meiner seelsorgerischen Mission verabsäumt hätte; aber es ist unnötig zu wiederholen, daß mein Wille immer dem des Herrn (auch wenn er mich mahlen will wie den Weizen) und dem meiner verehrten Oberen folgen wird. Da aber der Herr selbst und unsere heilige Kirche niemandem das Recht auf Verteidigung verweigert, gestatte ich mir, darzulegen...

Er berichtet über die Lage in der Diözese in allen ihren Institutionen, in allen Tätigkeitsbereichen: sie ist weder besser noch schlechter als die Lage in anderen Diözesen des Südens und auf der Insel. Ein paar Priester haben gefehlt, doch wie überall; und wenn «die Schuld für jeden irrenden Priester auf den Bischof zurückfallen würde, dann könnte auch Pius X. nicht als Heiliger verehrt werden». Und was seine eigenen «Gebrechen» betrifft:

> Die Andeutungen hinsichtlich meines Gesundheitszustands sind, wie so viele andere, eine Lügengeschichte. Meine Augen sind ausgezeichnet – ich betone: ausgezeichnet – und sehen besser als nötig. Mein Gehör ist ausreichend, und hat es mir bis heute erlaubt, Eurer Eminenz und Tausenden von Männern der Kirche und von Gläubigen, die zu mir kommen, in der Beichte und im Gespräch zu begegnen.

> Bei Bedarf könnte ich ein ärztliches Attest vorlegen und mich von einem von Eurer Eminenz bestimmten Spezialisten untersuchen lassen ...

Kurz, er erträgt es nicht, daß man von ihm den Rücktritt verlangt oder ihn absetzt, weil er nicht mehr in der Lage wäre, diese oder eine andere Diözese zu leiten; er hält eine Lösung, ihn als Gebrechlichen zu pensionieren, nicht für «schicklich». Er möchte noch arbeiten, und vor allem möchte er nicht mit den Gründen aus Patti weggeschickt werden, die seine Verleumder und Verunglimpfer nennen, mit ihrem Sieg also. Er glaubt, es seien wenige, er kennt noch nicht ihre Menge und Stärke, das Netz der Interessen, das entstanden ist, die Tiefe der Wurzeln und das üppige Gedeihen des christdemokratischen Phänomens; er hat nicht bemerkt, daß in diesen Jahren des kalten Krieges die Solidarität der Kirche mit einer Partei zur Identifikation mit ihr, zur Identität geworden ist. Er schreibt: «Wenn ich bisweilen auch einigen dummen Feindseligkeiten oder Verleumdungen ausgesetzt war, so glaube ich doch weiterhin, daß dies der Tatsache zuzuschreiben ist, daß ich mich nicht den unsauberen und unredlichen Forderungen von drei oder vier größenwahnsinnigen Priestern gebeugt habe, die von ein paar Fanatikern und einer zweideutigen Frauensperson aufgeputscht wurden ...» Mit dieser Einschätzung irrt er: Dieser Größenwahn und dieser Fanatismus waren – in ganz Italien – die vom Faschismus *naturaliter* ererbte Art der Machtausübung; und ihr stand er in Patti im Wege, mit seiner Gleichgültigkeit gegenüber der politischen Macht und der Politik, mit seinem Mißtrauen

und dem Widerwillen, sich anstecken zu lassen, Mitwirkender oder Komplize zu werden.
Ruffini, der wohl wissen mußte, daß Ficarra in der Lage war zu reisen, da er ihn nach Palermo gerufen hatte, konnte während ihres Gesprächs keineswegs die Schwächung der Augen und des Gehörs feststellen, derentwegen die Konsistorialkongregation sich solche Sorgen machte; er schlug ihm vor, einen Weihbischof anzufordern, was ihm gestatten würde, in Patti zu bleiben, indem er sich scheinbar als gebrechlich hinstellte, sich aber in Wahrheit hinter der Krankheit versteckte. Der Bischof Ficarra antwortet darauf:

> Eure Eminenz haben mir gütigst vorgeschlagen, einen Weihbischof anzufordern. Meiner bescheidenen Meinung nach, die stets derjenigen der Oberen untergeordnet ist, wäre es vielleicht besser, daß ich einem anderen als Weihbischof an die Seite gestellt würde . . .

Er war ein Mann von reinster Aufrichtigkeit und von eingefleischtem Gehorsam; man darf nicht glauben, daß er in diesem Brief an Ruffini hart, ironisch und rebellisch sein wollte. Und doch ist er es. Er ist es, weil ihn das Gefühl der Gerechtigkeit erfaßt hat, die Idee der Gerechtigkeit, der Wahn der Gerechtigkeit. Der menschlichen Gerechtigkeit. Und das geht so weit, daß er glaubt, auch Ruffini müsse von diesem Gefühl, dieser Idee, diesem Wahn ergriffen sein:

> Ich bitte Eure Eminenz inständig, meine Sache mit Ihrem väterlichen Herzen zu vertreten, in

der sicheren Überzeugung, daß dies nicht nur ein Akt des Mitleids, sondern der reinen Gerechtigkeit ist.

«Der reinen Gerechtigkeit» – man kann ihn sich vorstellen, den Kardinal Ernesto Ruffini, während er den langen Brief des Bischofs von Patti zu Ende liest.

5

In seinem Brief an den Kardinal Ruffini hatte er darum gebeten, wenigstens bis zum 8. September, dem Fest der Madonna von Tindari, in Frieden gelassen zu werden. («In der Zwischenzeit können der Herr und die Heilige Jungfrau, wenn es in ihrem Willen liegt, mich erleuchten in der Wahrheit und mir bessere Tage bringen.») Man ließ ihn ein wenig über dieses Datum hinaus in Frieden, abgesehen von einem vertraulichen Brief vom 24. Juni 1952, der das Thema des Rücktritts nicht berührte, doch das, was die Ursache der Forderung nach seinem Rücktritt war, deutlich in Erinnerung rief:

> Ich bitte Eure Exzellenz, die Kongregation *vertraulich* und genauestens darüber zu informieren, wie die letzten Kommunalwahlen in der Diözese verlaufen sind (Propaganda, Listenbildung, Wahlabmachungen, Wahlbeteiligung usw.) sowie über deren Ergebnisse in den einzelnen Gemeinden der Diözese.
> Eure Exzellenz wird die Güte haben, dem Bericht Ihr maßgebliches Urteil über die neue Lage beizufügen.

Aber man durfte sich über diese Stille keiner Täuschung hingeben. Der Bischof von Agrigent, der hochwürdigste Herr Giovan Battista Peruzzo, rief es dem Bischof Ficarra am 9. Februar 1952 freundschaftlich und vorurteilslos in Erinnerung und fügte auch ein paar Ratschläge hinzu:

Liebe Exzellenz,
in dieser traurigen Stunde möchte ich bei Ihnen sein, um Sie zu trösten, oder Ihnen ein paar Neuigkeiten schreiben, die Sie stärken. Doch leider ist mir weder das eine noch das andere möglich. Ich halte es aber für meine Pflicht, Ihnen zu sagen, wie ich die Sache in ihrem tatsächlichen Umfang sehe. Ich spreche als Bruder zu Ihnen und bitte Sie, jedes Wort gut zu bedenken.

Nach meiner Auffassung ist die Konsistorialkongregation zu der Entscheidung gekommen, Eure Exzellenz aus Patti zu entfernen. Ich diskutiere nicht über die Gründe dieser Maßnahme, ich stelle nur die Tatsache fest.

Wenn Seine Eminenz Kardinal Piazza zu solchen Entschlüssen gelangt, ändert er schwerlich seine Meinung. Er geht seinen Weg und erreicht sein Ziel. Darum habe ich keine Hoffnung, daß Ihr Brief, Ihre Reise nach Rom oder die Empfehlungen irgendeines Kardinals seine Meinung noch ändern können. Nehmen Sie die Entscheidung des Heiligen Stuhls an; seien Sie stark in Ihrer Ergebenheit. Und sorgen Sie dafür, daß Sie die besten Bedingungen erhalten.

Seine Eminenz Kardinal Ruffini verspricht, daß Eure Exzellenz zum Titularerzbischof er-

nannt werden und 40 000 Lire monatlich bekommen. Sehen Sie zu, daß Sie etwas mehr herausholen, entweder eine Stelle in Rom, einen Auftrag bei einem regionalen Theologischen Seminar, oder daß wenigstens die 40 000 Lire monatlich auf 45 000 erhöht werden...
Hoffen Sie nicht darauf, daß die Konsistorialkongregation ihren Beschluß zurücknimmt, und schreiben Sie demgemäß an Seine Eminenz (*den Kardinal Ruffini*), daß er Ihren Brief nicht nach Rom sende. Fahren Sie nach Rom und treten Sie mit kindlichem Vertrauen vor den Heiligen Stuhl: bitten Sie den Kardinal, Ihre Ehre und Ihre Zukunft zu retten. Wenn es Ihnen schwerfällt, nach Rom zu gehen, gehen Sie nach Palermo zum Kardinal Ruffini und wiederholen Sie vor ihm dasselbe. Jedes Zögern kann Ihrer Zukunft schaden.
Verzeihen Sie mir die Aufrichtigkeit, aber wenn ich die Wahrheit verschweigen würde, wäre ich nicht Ihr Freund.
Der Gekreuzigte sei mit Ihnen...

Die Ehre und die Zukunft: die Ernennung zum Titularerzbischof – natürlich *in partibus infidelium*, denn es wäre von seiten des Heiligen Stuhls ein Wahnsinn gewesen, dem Bischof Ficarra, als Erzbischof, eine größere Herde anzuvertrauen, da er schon als Bischof seine Schafe von Patti nicht zum Stall der Democrazia Cristiana zu führen vermocht hatte – und 45 000 Lire monatlich. Der hochwürdigste Herr Peruzzo war ein «echter» Bischof; sein Brief an den Bischof Ficarra war

«weise» und wahrhaft «freundschaftlich». (Ich erinnere mich an den hochwürdigsten Herrn Peruzzo bei seinen Besuchen in Racalmuto, besonders an den, als er mich firmte. Sein würdevolles Auftreten in der Kirche und bei Prozessionen ging über in heitere und geistvolle Geselligkeit im privaten Kreis, wo er unterhielt und sich unterhalten ließ. Einmal besuchte er den Zirkel; und da er wußte, daß dies ein Sammelpunkt der Priesterfeinde war, gab er eine oder zwei amüsante Anekdoten über Priester zum besten. Die glühenden Kirchengegner waren darüber höchlichst erbaut: endlich einmal ein «anderer» Priester.)
Unter den Papieren des Bischofs Ficarra findet sich keine Abschrift seiner Antwort an den Bischof Peruzzo. Sicher ist, daß er dessen Ratschläge nicht befolgte, besonders was die geldliche Seite anbelangt. In den Unterlagen, die seinen Rücktritt betreffen, deutet der Bischof Ficarra nur ein einziges Mal an, in welcher Situation er sich befinden würde, wenn er das Bistum Patti verließe – wenn er sagt, daß er nicht wüßte, wo er wohnen sollte. Vor Jahren hatte er auf eine Forderung der Kongregation des Konzils – den von der Diözese zu leistenden Beitrag für das Sanatorium des Klerus um 1520 Lire zu erhöhen – mit einer genauen Darstellug der Finanzen des Bistums und seiner eigenen finanziellen Situation geantwortet: Sie war dramatisch, da die Hilfegesuche der Armen – und nicht nur die der Diözese, sondern auch der Kirche von Canicattì, deren Pfarrer er 1919 gewesen war –, der unbemittelten Seminaristen, seiner «armen Mutter» – einhundert Lire alle drei Monate – und der Kongregation des Konzils erhört werden mußten; sie war glücklich, da

sie ihm von Gott gegeben war und von Gott gelenkt wurde.
Er befolgte also die Ratschläge des Bischofs Peruzzo nicht; doch er konnte sich keiner Täuschung darüber hingeben, daß der Kardinal Piazza sein Ziel hartnäckig und entschlossen anstrebte, genau wie Peruzzo gesagt hatte. Als erstes bekam er den Weihbischof an die Seite gestellt, den anzufordern Ruffini ihm vorgeschlagen und den er nicht angefordert hatte; und er bekam ihn überdies so, als hätte er darum gebeten und man hätte seiner Bitte großmütig entsprochen; einen Weihbischof mit «ausgedehnten Vollmachten» – der ihn also der eigenen Macht entheben sollte. Man rechnete vielleicht damit, daß die Ernennung des Weihbischofs den Unwillen und den Widerstand des Bischofs in solchem Maße erregen würde, daß sie die Form des Gehorsams, des Scheins annähmen: mit einem Wort, daß er zurückträte. Da er sich aber damit abfand, geriet der Kardinal in Zorn. Man fühlt diesen Zorn unter der Sprache aus uralter Heuchelei und uralter Lüge beben wie Wasser, das unter einer Eisschicht kocht.

> Exzellenz, hochwürdigster Herr,
> mit meinem an Eure Exzellenz gerichteten Schreiben vom 9. Januar 1952 sah ich mich in der schmerzlichen und bedauerlichen Lage, Ihnen mitzuteilen, die Kongregation halte es für unumgänglich, daß Eure Exzellenz die Führung der Diözese Patti großmütig in die Hände des Heiligen Vaters legten.
> Eure Exzellenz antworteten damals, Sie «seien stets ein Mann des Gehorsams und des Op-

fers»; jedoch gaben Sie dem Wunsch Ausdruck, eine andere Aufgabe oder die Hilfe eines Weihbischofs zu erhalten, und Sie baten, bis zum September jenes Jahres im Amt bleiben zu können.

Der Heilige Vater hat mit höchstem Wohlwollen Ihrem Wunsch entsprochen und Sie weiterhin in Patti belassen, zum besseren Gedeihen der Diözese – deren Zustand in diesen letzten Jahren Anlaß zu nicht geringen Sorgen gegeben hat – Ihnen jedoch den hochwürdigsten Herrn Pullano, der mit den umfangreichsten Vollmachten versehen ist, als Koadjutor an die Seite gestellt.

Leider hat diese Maßnahme jedoch nicht den gewünschten Erfolg gezeitigt, weshalb die Kongregation sich erneut in der schmerzlichen Lage sieht, Ihnen vorschlagen zu müssen, die Führung der Diözese in die Hände des Heiligen Vaters zurückzulegen.

Gleichzeitig möchte ich Sie versichern, daß unser Heiliges Kollegium dank schon erteilter Ermächtigung des Heiligen Vaters nicht säumen wird, Ihnen bei einer schicklichen Lösung behilflich zu sein und Ihnen dieselbe Behandlung angedeihen zu lassen, die auch die anderen Bischöfe im Ruhestand genießen.

In Erwartung Ihrer baldigen Bestätigung ...

Dieses Schreiben ist vom 16. Juli 1954. Man müßte anerkennen, daß der Kardinal zwei Jahre lang Geduld gezeigt hat, wenn der Brief nicht den Zweifel weckte,

daß er vorher einen Fehler begangen hatte und einfach zwei Jahre brauchte, um darüber hinwegzukommen und entschiedener auf das zuzusteuern, was Bischof Peruzzo das Ziel genannt hatte.
Der Fehler war die Ernennung des Weihbischofs gewesen. «Diese Maßnahme hat nicht den gewünschten Erfolg gezeitigt»: Erfolg bedeutete offiziell, die Diözese zur Leistungsfähigkeit und zum Eifer des Glaubens zurückzuführen; doch im Verborgenen, in den löblichen Absichten der Kongregation und des Kardinals Piazza, bedeutete es, im Bischof Ficarra eine so große Erbitterung zu erzeugen, daß er sich nur durch einen Rücktritt davon befreien konnte. Statt dessen war weder die offiziell gewünschte, noch die im Verborgenen herbeigesehnte Wirkung eingetreten. Wenn wir uns *ad litteram* halten, kann der Kardinal nichts anderes sagen wollen als dies: Der Weihbischof, trotz «ausgedehntester Vollmachten», hat es nicht erreicht, die Diözese zu neuem Leben zu erwecken. Wenn man in Betracht zieht, daß er mit Bedacht ausgewählt wurde, als ein fähiger und erfahrener Mann sowohl in kirchlichen als auch in nichtkirchlichen Dingen und von keineswegs gefügigem Wesen, so ist die Feststellung, daß die gewünschte Wirkung nicht erreicht wurde, ein Eingeständnis des Kardinals, daß die Wahl nicht glücklich war und daß der hochwürdigste Herr Pullano nicht die Qualitäten besaß, die man an ihm gerühmt hatte. Doch dies wird insofern unlogisch, als der hochwürdigste Herr Pullano nach dem Rücktritt des Bischofs Ficarra an die Spitze der Diözese trat; und dann stand es entweder, wie Don Abbondio sagen würde, in den Sternen der Diözese, einen unfähigen

Bischof zu haben, oder der hochwürdigste Herr Pullano war dermaßen tüchtig, daß er diese schwierige Diözese verdiente. Was den Kardinal von dem Verdacht freispricht, durch einen rechthaberischen Ehrbegriff an einer realistischen Sicht der Dinge gehindert worden zu sein, wäre die Vermutung, daß der Bischof Ficarra, obwohl nun ohne reale Macht und zum Schattenbischof degradiert, weiterhin Ansehen genoß und einen recht großen und, aus dem Blickwinkel der Kongregation, unheilvollen Einfluß ausübte – das Ansehen eines Bischofs, der nur Bischof ist, der Einfluß eines Mannes außerhalb der Politik, der die Politik als das *Andere*, die Partei der Democrazia Cristiana als das *Andere* betrachtete und der es folglich ohne religiöse Vorurteile und in gutem Glauben jedem einzelnen überläßt, sich politisch mit der Democrazia Cristiana, außerhalb dieser Partei oder gegen sie zu betätigen. Nach einiger Überlegung kommt man zu der Vermutung, daß alle diese Elemente zusammenwirkten: das Kalkül der Kongregation, das durch die Ergebenheit des Bischofs Ficarra unwirksam wurde; die persönlichen Gefühle des Kardinals Piazza; die Unfähigkeit des Weihbischofs, den alten Bischof gänzlich aller Autorität zu entkleiden; das weiter bestehende Ansehen und der Einfluß dieses *unpolitischen* Bischofs.

6

Der Brief vom 10. Januar 1952, in dem zum erstenmal deutlich von dem Bischof Ficarra verlangt wird, er möge zurücktreten, trägt den gedruckten Vermerk: «SUB SECRETO S. OFFICCII. Violatio huius secreti, quocumque modo, etiam indirecte commisa, plectitur excommunicatione a qua nemo, ne ipse Emus Maior Poenitentiarius, sed unus Summus Pontifex absolvere potest.» Der Brief vom 16. Juli 1954 trägt einen kürzeren, maschinengeschriebenen Vermerk: «SUB SECRETO PONTIFICIO». Gibt es einen Unterschied zwischen den Geheimsachen des Heiligen Offiziums und denen des Papstes? Doch vor allem: Besteht ein Unterschied zwischen der Zensur, die denjenigen trifft, der den Inhalt eines Briefes, der als päpstliche Geheimsache bezeichnet wird, verbreitet, und der Zensur, die den trifft, der eine Geheimsache des Heiligen Offiziums bekanntmacht? Dies ist nur eine Frage aus Neugier, denn wir – diejenigen, die mir diese Briefe anvertraut haben, und ich, der ich sie zu einer größtmöglichen Verbreitung hier wiedergebe – wissen sehr wohl, daß uns beide treffen können, wenn es zwei Zensuren sind. Doch es genügt schon eine: diejenige, die der gedruckte Vermerk ausführlich erklärt. Wir übersetzen frei: «Die Verletzung dieses Geheimnisses, ganz gleich, auf welche Weise, hat die Exkommunikation zur Folge, die niemand, auch nicht der Großpönitentiar, sondern allein der Papst aufheben kann.» Es han-

delt sich zweifellos um die «große Exkommunikation», die Tommaseo, der sich darauf verstand, den «völligen Ausschluß aus der Kirche und aus jeglicher Gemeinschaft mit den anderen Gläubigen» nennt (während die «kleine» nur von den Sakramenten ausschließt). Wären wir selbst also damit jetzt automatisch exkommuniziert? Und würde uns der jetzige Papst lossprechen?
Alles in allem genommen, bleibt das seine Angelegenheit. Unsere Angelcgenheit ist es hingegen festzustellen, daß es dem Kardinal Piazza an einem bestimmten Punkt bei der Verfolgung des Bischofs Ficarra nötig scheint, ihm unter dem Gebot der Geheimhaltung zu schreiben und denjenigen, die dem zuwiderhandeln, mit der Exkommunikation zu drohen. Das ist ein Zeichen – wir urteilen nach menschlichem Maß, nach Gefühlen und Verhaltensnormen, die allen Menschen gemein sind –, daß er ein gewisses Unbehagen empfand, vielleicht sogar eine Art Scham bei diesem hartnäckigen Drängen auf das Ziel zu, das sein Ziel und das der Kongregation war.
Hartnäckig und ungeduldig. Doch der Ungeduld des Kardinals setzt der Bischof Ficarra ein Zeitgewinnen, ein Verschieben, Ausflüchte entgegen, was dem Kardinal Piazza wie Geringschätzung erschienen sein mag. Dabei war es Mitleid. Es war Mitleid gegenüber der Kongregation und dem Kardinal: Es war der Wunsch, daß sie ihres Irrtums gewahr werden und die Ungerechtigkeit erkennen sollten, die sie zu begehen im Begriff waren. So wie ich ihn aus allen seinen Schriften kennengelernt habe – vom Tagebuch auf dem Priesterseminar bis zu seinem Aufsatz über den Unglauben der

Sizilianer, von seinen Briefen bis zu den Anmerkungen und Studien über Augustinus und Hieronymus –, kann ich mir sehr gut vorstellen, daß er in jenen Tagen und Jahren um dieser Geschichte willen viel gebetet hat: für die Wahrheit, für diejenigen, die sie nicht sahen, oder sahen und mit Füßen traten.

Er betete für die sichtbare Kirche, die allzu sichtbar die Ungerechten vereinte und gleichzeitig die nach Gerechtigkeit Dürstenden zurückwies. (Besser wäre es, von Hungernden zu sprechen, denn in jenen Jahren verkörperte sich die Gerechtigkeit nicht einmal im Brot.) «Versäumt nicht», so heißt es in einem Brief des Augustinus an Proba Faltonia, den Angelo Ficarra übersetzte und veröffentlichte, als er noch Pfarrer in Canicattì war, «Euch auch unser zu erinnern. Denn wir wollen von Euch keine Ehre empfangen, die wir unter Gefahren bewahren, und gleichzeitig Eure Hilfe entbehren, die wir für nötig halten. Die Familie Christi betete für Petrus und für Paulus; auch Ihr gehört zu unserer Freude zu dieser Familie, und ohne Vergleiche mit Petrus und Paulus ziehen zu wollen: wir bedürfen der brüderlichen Fürbitte. Betet ...»

Dieser Brief des Augustinus ist ganz dem christlichen Gebet gewidmet. Der Bischof Ficarra übersetzte und kommentierte ihn für eine Reihe mit Schriften des Augustinus, die er zusammen mit seinem Mitbürger und Freund C. A. Sacheli publizieren wollte. Doch das Unternehmen gedieh nur bis zu diesem ersten Bändchen, sehr wahrscheinlich wegen des Einspruchs der nächsten kirchlichen Behörden. Die Freundschaft und die Zusammenarbeit mit Sacheli, der damals Philosophie am Gymnasium von Agrigent lehrte, mußte auf

Mißtrauen, wenn nicht sogar auf Unwillen stoßen: Daß sie, beide aus Canicattì gebürtig und als Lehrer Kollegen, freundschaftliche Beziehungen unterhielten, mochte noch hingehen; doch daß sie zusammen über den Heiligen Augustinus arbeiteten, das war ein wenig zu viel. (Sacheli war ab 1943 mein Professor für Pädagogik am Lehrerseminar Messina. Er war der einzige, der nicht die seltsamen Marotten und Zornesausbrüche der Universitätslehrer vorführte, wie sie damals üblich waren. Er war heiter, aufmerksam, genau. Ich habe übrigens niemals erfahren – und ich kenne seine Bücher, seine Broschüren, seine Briefe an den Bischof Ficarra –, welche Vornamen sich hinter den Initialen C. A. verbargen.)

Daß der Pfarrer Ficarra von Augustinus als ersten Text einen über das Gebet bekanntmachen und verbreiten wollte, entsprach einer sehr starken Neigung, die sich seit den ersten Jahren auf dem Priesterseminar bei ihm zeigte. Das Gebet und die Meditation über das Gebet füllten einen großen Teil seiner Tage, seines Lebens aus. Es war ein Fragen, es war die Suche nach einem Bündnis und das Gefühl, es gefunden zu haben (wenn schmerzlich eingestandene «Zerstreuung» oder «Dürre» es nicht trübten und störten); doch vor allem war es Prüfen und Selbstprüfung.

7

Zum Gehorsam bereit, nicht aber zur Hinnahme der Ungerechtigkeit und zur Bestätigung von Lügen, antwortete der Bischof Ficarra dem Kardinal Piazza, man werde nach dem marianischen Kongreß, der gerade in der Diözese vorbereitet werde, «die entsprechenden Vereinbarungen hinsichtlich des Verzichts» auf den Bischofssitz treffen können.
Der marianische Kongreß ging vorüber, er aber machte keine Andeutung, daß er das Thema wiederaufnehmen wolle. Vielleicht hatte er bei diesem Fest sogar neue Kraft geschöpft, in dieser seiner Angelegenheit die Hoffnung nicht aufzugeben und auf den Sieg der Wahrheit zu vertrauen. Seit jeher war seine Hingabe an Maria besonders groß, und dieses feierliche Begebnis mag ihm – obwohl er wußte, wie wenig religiös die kirchlichen Feste in Sizilien waren – so etwas wie eine Erleuchtung gebracht haben, ein neues Gefühl der Kommunion und des Vertrauens. Außerdem, warum hätte denn er das Thema des Verzichts wiederaufgreifen sollen, den die anderen von ihm erpressen wollten? Um seine Ungeduld zu rechtfertigen, zeigte der Kardinal über das Fest hinaus eine Zeitlang Geduld. Dann schrieb er und erinnerte den Bischof daran, was er erbeten und erhalten, und daran, was er versprochen hatte.

> Die Kongregation, die abgewartet hat, daß Eure Exzellenz das erwähnte frohe Ereignis in

aller Ruhe festlich begehen konnten, hält nunmehr den Augenblick für gekommen, um Ihren Wünschen entgegenzukommen, und bittet Sie, genauer mitteilen zu wollen, zu welchem Zeitpunkt der Verzicht auf die Leitung der Diözese von Patti erfolgen soll.

Ich bin gewiß, daß Eure Exzellenz mit der Antwort nicht zögern werden, da unser Heiliges Kollegium dem Heiligen Vater Bericht erstatten muß, auch zu dem Zweck, daß Seine Heiligkeit selbst die monatliche Unterstützung für Sie festlegen kann, die ich schon in meinem vorigen Schreiben vom 16. Juli d.J. erwähnt habe.

Ich wäre Eurer Exzellenz dankbar, wenn Sie mir mitteilten, wohin Sie die Absicht hätten, sich zurückzuziehen, da ich Seine Eminenz den Kardinalvikar davon in Kenntnis setzen müßte, falls Sie es vorzögen, nach Rom zu kommen.

Eminent, hervorragend, so müßte man hier sagen, sind in diesem Schreiben Erpressung und Lockung dosiert. (Der Heilige Vater wartet auf den Rücktritt, «auch» um Ficarras Pension festzusetzen, und je schneller der erstere, um so größer die zweite; Piazza läßt durchklingen, daß die Entscheidung, nach Rom zu kommen, auf Wohlwollen stieße, denn er weiß, daß der Bischof Ficarra gern in der Sektion «Lateinische Briefe» des Staatssekretariats arbeiten würde). Der Brief ist ein Gipfel der Schamlosigkeit mit seiner Behauptung, daß die Forderung, auf die Leitung der Diözese zu verzichten, bedeute, «Ihren Wünschen entgegenzukommen»: den Wünschen des Bischofs Ficarra nämlich. Zuerst war man seinen Wünschen entgegengekommen, als man ihm einen Weihbischof schickte, den er nicht wollte, und er hatte es so ausdrücklich betont, ihn nicht zu brauchen, daß er sich selbst als Weihbischof zur Unterstützung eines anderen Bischofs angeboten hatte. Jetzt kommt man ihm entgegen und verlangt einen Verzicht, zu dem er nicht bereit ist. Das Lügengebäude ist vollendet. Der Bischof Ficarra ist nicht mehr von «blühender Gesundheit». Der Bischof Ficarra leidet unter einer «Schwächung der Sehkraft und des Gehörs». Der Bischof Ficarra ist «gebrechlich». Der Bischof braucht zur Unterstützung einen Weihbischof und erbittet ihn. Der Bischof Ficarra möchte von der Leitung der Diözese zurücktreten. Die Lüge war langsam vorangeschritten, doch unaufhörlich, beharrlich, unerschütterlich. Nun war das Gebäude vollendet. Schamlos und mitleidlos vollendet. Nur, der Bischof Ficarra will nicht hinein in dieses Gebäude. Dem folgenden Brief des Kardinals – vom 13. Dezember 1954, genau einen Monat später – läßt sich entnehmen, daß der Bischof Ficarra tatsächlich einen Wunsch hatte: nämlich nach Rom zu reisen, um mit dem Kardinal Piazza *à visage découvert* zu sprechen und Erklärungen zu geben und Erklärungen zu erhalten. Aber eben das wollte der Kardinal nicht, ja vielleicht fürchtete er es: sich Auge in Auge dem Mann gegenüber zu sehen, den er, wie er wußte, ungerechterweise verfolgte. In offiziellen Briefen konnte er fortfahren, so ungerührt zu lügen, doch das wäre ihm nach einer Begegnung und nach einem Gespräch nicht mehr möglich gewe-

sen; und wenn er auch mit allerhand Vorwänden und Spitzfindigkeiten die Lage in der Diözese weiterhin als katastrophal hätte hinstellen können, so hätte er doch konstatieren müssen, daß der Bischof wohlauf war, ausgezeichnet sah, hinreichend hörte – und daß sein Geist klar und scharf war. Diese Begegnung, die Piazza fürchtete und die Ficarra auch nach seiner Absetzung noch anstrebte, fand einige Jahre später in Rom statt, zwei Tage vor dem Tod des Kardinals. Was zeigt – und dies sei allen Verfolgern eine Mahnung –, daß an einem bestimmten Punkt und unter bestimmten Umständen der Verfolgte zum Verfolger werden kann, eben weil er verfolgt wird oder verfolgt worden ist.
Was sie einander in dieser Unterredung sagten, was der Bischof – der Erzbischof geworden war – dem Kardinal sagte, ist uns nicht bekannt; von jemandem, der ihn begleitete, aber nicht an der Unterredung teilnahm, wissen wir nur, daß der hochwürdigste Herr Ficarra sie abgeklärt und gleichsam befriedigt verließ. Aber wir wissen, was der Kardinal ihm am 13. Dezember 1954 schrieb:

> Nach reiflicher Überlegung dessen, was Eure Exzellenz mir dargelegt haben, und in Anbetracht Ihres Briefes selbst kann ich *omnibus perpensis* nur unterstreichen, was ich Ihnen in meinem vorigen Schreiben vom 13. November d. J. zur Kenntnis gebracht habe.
> Ich halte es für überflüssig, Ihnen zu versichern, daß jeder Gedanke an Reaktionen bei eventuellen Beschwerdeführern gegen die Person Eurer Exzellenz ausgeschlossen ist. Alles,

was vom Heiligen Vater verfügt wurde, hatte und hat das Wohl der Gläubigen zum Ziel sowie die anerkannte Vereinbarung, Eurer Exzellenz nach so vielen Jahren der mühevollen und verdienstvollen Seelsorgertätigkeit einen schicklichen Ruhestand zu gewähren.

Unter diesen Umständen sehe ich keinen Grund, daß Eure Exzellenz nach Rom kommen müßten.

Ich erwarte hingegen, daß mir Eure Exzellenz so bald als möglich den Termin mitteilen – den ich Ihnen gern nach dem Weihnachtsfest zubillige –, an welchem Sie den Rücktritt von der Diözese Patti zu vollziehen wünschen...

Man beachte das Wort «Reaktionen» und den gleichsam nebelhaften, wattigen Sinn, den es aus dem Satz gewinnt, in dem es steht. Das Wort ist recht unpassend als Synonym für Genugtuung benutzt, und vielleicht auch, etwas passender, für Aufsehen. Der Satz muß also folgendermaßen verstanden werden: Was die Genugtuung, die Freude, das Aufsehen betrifft, die Ihre Absetzung – denn um nichts anderes handelt es sich bei dem Rücktritt ja – bei denjenigen verursachen mag, die Sie angeklagt haben, so beunruhigen Sie sich deswegen nicht; nicht zu deren Wohl hat der Heilige Vater dies verfügt, sondern zum Wohl der Gläubigen und um Eurer Exzellenz den Ruhestand zu gewähren, den Sie wünschen und verdienen.

Wem fallen da nicht die letzten Sätze der Unterredung zwischen dem Grafen und dem Pater Provinzial ein, in der man beschließt, Pater Cristoforo von Pescarenico nach Rimini zu versetzen? «Ihr Herr Neffe könnte das, zumal er so aufgebracht ist, wie Eure Herrlichkeit sagen, als eine Genugtuung betrachten, die man ihm gewährt, und – ich will nicht sagen, sich ihrer rühmen oder damit auftrumpfen – doch...» – «Glauben Sie das, hochwürdiger Pater? Mein Neffe ist ein Edelmann, der in der Welt Ansehen genießt... ganz nach Rang und Gebühr; doch mir gegenüber ist er junger Bursche, und er wird genau das tun, was ich bestimme. Damit Sie es genau wissen: Mein Neffe wird überhaupt nichts davon erfahren» (*Die Verlobten*, 19. Kapitel).

Und der Sekretär der Democrazia Cristiana in Pettineo?

8

Weihnachten ging vorüber. Es sah so aus, als hätte der Bischof Ficarra das Schweigen gewählt. In seinen Unterlagen finden sich weder Konzepte von Briefen an die Konsistorialkongregation noch – bis zum März 1955 – Schreiben des Kardinals Piazza an ihn. Er schrieb jedoch an den Kardinal Federico Tedeschini, der ihn seit jeher schätzte, und bat ihn, seine Sache zu vertreten. Mit einem Kopfbogen der Apostolischen Datarie antwortete ihm der Kardinal am 5. Februar 1955:

> Exzellenz, hochwürdigster Herr,
> ich habe mit meiner Antwort gezögert, weil ich Ihnen ungern ein Ergebnis meiner Bemühungen mitteilen wollte, das nicht Ihren berechtigten Wünschen entsprach. Nachdem ich nun aber gestern Ihren werten Brief vom 31. Januar erhalten habe, kann ich nicht umhin, Sie wissen zu lassen, daß ich mit dem höchsten Vertreter des Ihnen bekannten Amtes gesprochen habe; und daß mir auf alle meine Bemerkungen geantwortet wurde, es seien besondere Nachforschungen angestellt worden. Wie hätte ich das Ergebnis solcher Nachforschungen in Frage stellen können, da ich die entsprechenden Antworten nicht kannte? Liebe Exzellenz, ich sehe kein anderes Mittel, das Wirkung haben könn-

> te, als ein direktes Gespräch zwischen der angedeuteten Person und Ihnen: Nur Sie können – und ich glaube, sehr gut – auf jeden Vorwurf antworten.
> Ich bedaure sehr, daß ich Ihnen nichts Angenehmeres und Ihren Verdiensten, die für mich außer Frage stehen, Entsprechenderes mitteilen kann ...

Von seiten des Kardinals Tedeschini wird eine gewisse Abneigung gegenüber der «angedeuteten Person», dem Kardinal Piazza, offenkundig. Was seinen Rat betrifft, nach Rom zu reisen und mit dem Kardinal Piazza eine Unterredung zu führen, so war er, wie sich schon gezeigt hatte, wenig realistisch, und der Bischof Ficarra hatte bereits daran gedacht und vergebens darum ersucht. Es blieb dem Bischof also nichts übrig, als allem ein Schweigen entgegenzusetzen, demgegenüber der Kardinal Piazza entweder seine Kräfte verzehrte oder die volle Verantwortung übernahm, ohne die Zustimmung des Betroffenen zu verlangen.
Der nächste Schlag – aber noch nicht der endgültige – traf mit dem Brief vom 10. März 1955 ein:

> Ich komme meiner Pflicht nach, Eurer Exzellenz mitzuteilen, daß der Heilige Vater, der Ihr Gesuch mit höchstem Wohlwollen aufgenommen hat und zugleich wünscht, Seinem apostolischen Auftrag der Sorge für das Wohl der Gläubigen auf das beste nachzukommen, den hochwürdigsten Herrn Giuseppe Pullano zum Apostolischen Administrator mit allen Vollmachten der Diözese Patti ernannt hat.

> Dieser Beschluß des Heiligen Stuhls enthebt Eure Exzellenz einerseits aller Lasten und Verantwortlichkeiten des Seelsorgeramtes, während er Ihnen andererseits alle Ehren und Privilegien beläßt, die den Bischöfen dem Allgemeinrecht entsprechend in ihren Diözesen zustehen.

Diesmal war man nicht nur einem Wunsch des Bischofs Ficarra entgegengekommen, sondern einem Gesuch: natürlich, indem man es voraussah und ihm mit väterlichem Herzen zuvorkam. All dieser Fürsorge gegenüber erwies sich der Bischof jedoch als fühllos: Er trat nicht zurück, wie es der Kardinal gewiß erwartete. Es war der zweite Fehler des Kardinals Piazza: Der erste hatte darin bestanden, daß er einen Weihbischof ernannt hatte; der zweite bestand darin, daß er den Weihbischof zum Apostolischen Administrator «mit allen Vollmachten» erhob; beide Maßnahmen zogen die Angelegenheit in die Länge, statt sie, wie erhofft, zu beschleunigen. Und daß dies dem Kardinal zum zweitenmal passierte, läßt sich vielleicht mit der Eile erklären, mit der er die nunmehr Jahre dauernde Angelegenheit beenden wollte – aber auch damit, daß er den Menschen, den er vor sich hatte, überhaupt nicht in Betracht zog, genausowenig wie seinen Geist und seine Geisteshaltung, die aufrichtig und rein auf den Versuch reagierten – der nicht feingesponnen war, wie man es von einem Organ wie der Konsistorialkongregation und ihrem «höchsten Vertreter» hätte erwarten können, sondern grobschlächtig –, sein Bild zu verändern, es physisch und moralisch zu verfälschen

und zu entstellen und von ihm zu verlangen, daß er sich darin wiedererkenne wie in einem Spiegelbild. Das war ein wenig zu viel und rührte an die christliche Wahrheitsliebe und gleichzeitig an die sizilianische Eigenliebe, an das Gerechtigkeitsstreben und an ein – wiederum sizilianisches – bohrendes Rechtsbewußtsein.
Auch diesmal hatte die Maßnahme also nicht die Wirkung, die die Kongregation erwartete: Der Bischof Ficarra blieb in Patti, nicht mehr als Bischof de facto, doch «mit allen Ehren und Privilegien, die den Bischöfen zustehen». Es mögen recht wenige – rein zeremonieller Art – gewesen sein, doch waren sie hinreichend, um die Genugtuung der «Beschwerdenführer» zu trüben und den Triumph des Kardinals Piazza empfindlich aufzuhalten.
Und so vergingen weitere zwei Jahre.

9

Die Honoratioren der Democrazia Cristiana von Patti machten es ihm, wie wir gesehen haben, zum Vorwurf: In den Ferien genoß der Bischof «die Luft seines Canicattì». Jeden Sommer kehrte er dorthin zurück und war im Landhaus seines Bruders zu Gast.

Im August 1957 weilte er schon ein paar Tage dort, als er im *Giornale di Sicilia* die Nachricht von seinem Rücktritt von der Diözese Patti und die Ernennung zum Titularerzbischof von Leontopolis Augustamnica las. Auf die Nachricht war er sicher nicht gefaßt – was den Rücktritt betrifft. Denn die Beförderung gehörte zum Gang der Dinge und stand der Kirche wie sonst allen zu, die das Alphabet beherrschten, so wie es Casanova definiert hatte, als er sich mit dem Titel des Ritters von Seingalt schmückte: «Das Alphabet gehört allen, und allen steht es frei, sich seiner zu bedienen, um ein Wort zu bilden und zum eigenen Namen zu machen.» (Casanova, *Geschichte meines Lebens*, Band II, Kapitel XI) Er hätte hinzufügen müssen, daß auch die Atlanten und Geschichtsbücher allen gehören, die daraus einen Namen entnehmen und sich oder andere gratis damit auszeichnen wollen. (In diesem «gratis» ist *gratia*, die Gnade, enthalten, aber auch «wertlos» und «kostenlos»; wer also an solche Namen glauben will, muß es aus Großzügigkeit, Toleranz oder Gleichgültigkeit tun.)

Vielleicht erhob er Einspruch bei der Konsistorialkongregation, vielleicht auch nicht; der Brief, den ihm der Kardinal Piazza am 12. August zugehen läßt, scheint jedenfalls keine Antwort auf einen Protest zu sein:

> Exzellenz, hochwürdigster Herr,
> ich beeile mich, Eurer Exzellenz mitzuteilen, daß die Kongregation, die darüber informiert war, daß Sie nicht an Ihrem bischöflichen Sitz weilten, aus besonderer Hochachtung vor Eurer Exzellenz am 2.d.M. den hochwürdigsten Herrn Bentivoglio, den Erzbischof von Catania, damit beauftragt hat, Ihnen zu übermitteln, was der Heilige Vater bezüglich Ihrer Person verfügt hat.
> Dem Erzbischof ist ebenfalls das Schreiben mit Ihrer Ernennung zum Titularerzbischof von Leontopolis Augustamnica übergeben worden, das er Eurer Exzellenz aushändigen sollte.
> Nun erfahre ich jedoch, nicht ohne Verdruß, daß sich Seine Exzellenz Bentivoglia auf einer Pilgerreise in das Heilige Land befindet.
> Ich bin deshalb gewiß, daß Eure Exzellenz Verständnis dafür aufbringen werden, daß die erwähnte Ernennung veröffentlicht wurde, bevor Sie davon in geeigneter Form in Kenntnis gesetzt wurden.

Dies ist keine Entschuldigung, sondern ein Sichbeeilen. Und was den Verdruß darüber betrifft, daß der hochwürdigste Herr Bentivoglio den ihm anvertrauten Auftrag vergessen und seine Erledigung auf die Zeit nach der Rückkehr von seiner Pilgerreise verschoben hat, so wird der hochwürdigste Herr Ficarra nicht sehr daran geglaubt haben, und wir tun es noch weniger. Zusammen mit anderen Feinheiten, die schon in früheren Briefen der Kongregation enthalten waren, und auf die wir nicht hingewiesen haben, weil wir sicher waren, daß sie dem Leser nicht entgehen würden, findet sich hier eine, die alles andere in den Schatten stellt: Es ist von einer Ernennung die Rede, nicht von einem Verzicht oder Rücktritt. Der Verzicht war gewissermaßen schon geleistet, schon vollbracht und bekannt. Daß der hochwürdigste Herr Ficarra nichts davon wußte, war ein Detail, das man vernachlässigen konnte. Die Neuheit, die Nachricht war die Ernennung, die man doppeldeutig verstehen kann: als Ernennung des neuen Bischofs von Patti und als Ernennung des hochwürdigsten Herrn Ficarra zum Erzbischof von Leontopolis. Und betrübt ist der Kardinal in seinem letzten Brief an Exzellenz Ficarra allein über die Zerstreutheit oder Verspätung von Exzellenz Bentivoglio, derenthalben Exzellenz Ficarra, ohne in geeigneter Form benachrichtigt worden zu sein, aus der Zeitung erfahren hat, daß er nicht mehr Bischof von Patti, sondern Erzbischof von Leontopolis ist.

Leontopolis Augustamnica: *in partibus infidelium*.

Doch bei den Ungläubigen, auf der Seite der Ungläubigen – nicht dem Namen nach, doch sonst in jeder Hinsicht – befand sich der hochwürdigste Herr Ficarra bereits.

10

Im Oktober 1957 warf die Zeitschrift *L'espresso* die Frage der «Abdankungen von Bischöfen» auf. *Der Bischof von Patti erfuhr es aus der Zeitung*, so lautete der Titel des Artikels. «Bei den neuesten Absetzungen von Bischöfen durch die Behörden des Heiligen Stuhls sind die Fälle der Bischöfe Roberto Ronca und Angelo Ficarra besonders bedeutsam ... Die Konsistorialkongregation wurde durch ein Manuskript beunruhigt, das der Bischof Ficarra mit aller Ehrerbietung zur Einsichtnahme vorgelegt hatte. Die neue Studie des Bischofs und Patristikers trägt den Titel *Religiosität in Sizilien* und beschäftigt sich mit einem explosiven Thema, da sie sowohl die Verbreitung des Aberglaubens auf der Insel dokumentiert als auch die Kriterien und Methoden zu seiner Bekämpfung untersucht. Selbst wenn der Bischof Ficarra seine Studie veröffentlichen sollte, so ist ihm Rom doch durch eine Absetzung aus Gesundheits- und Altersgründen zuvorgekommen, was ihrer Veröffentlichung den Überraschungseffekt nimmt.»

In der Korrespondenz des Bischofs mit der Konsistorialkongregation wird nirgends die Frage der Veröffentlichung der «Meditationen» über das «religiöse Leben in Sizilien» angeschnitten; es gibt auch keine Andeutung, daß ein Manuskript übersandt wurde. Wahrscheinlich ist, daß dieses Manuskript, das der Bischof, wie man wußte, noch immer zu veröffentlichen gedachte, als Präzedenzfall diente, um es politisch-juristisch auszudrücken; der wirkliche Grund der Absetzung war jedoch ein anderer, der anfangs drängte, doch zum Zeitpunkt der Abberufung weniger dringlich war. Diesen Grund haben wir hier anhand von hinreichend überzeugenden Beweisstücken in seiner Besonderheit und Plumpheit dargestellt, und doch kann er ganz allgemein für die Geschichte Italiens zwischen 1945 und 1955 gelten – und für die Geschichte der Democrazia Cristiana in der italienischen Geschichte.

Man muß betonen, daß die Absetzung des Bischofs Ficarra im Jahre 1957 nicht «notwendig» war, wie sie es 1946 und 1953 gewesen wäre. Vieles war in Veränderung begriffen – damit sich nichts änderte, versteht sich. Aber eben deshalb gab es Veränderungen.

Im Jahre 1958 starb Pius XII.; der gutmütige, tolerante, scharfsinnige, doch vielleicht auch wirre und Verwirrung stiftende Angelo Roncalli bestieg als Johannes XXIII. den päpstlichen Stuhl. Für den hochwürdigsten Herrn Ficarra bedeutete dies eine Hoffnung, daß seinem Fall Gerechtigkeit zuteil werden könnte. Er schrieb am 18. November an den Kardinal Tedeschini. Am 13. Dezember antwortete der Kardinal, er habe «auf jede Weise versucht», ihm nützlich zu sein. «Ich habe dies nicht nur mündlich getan, sondern auch, indem ich die (vorzeigbaren) Briefe Eurer Exzellenz sowie die Briefe von Seiner Exzellenz Peruzzo und die des hochwürdigen Paters Brucculeri seiner Eminenz dem Kardinal Mimmi vorgelegt habe.» Die vom Kardinal ausgeübte und diskret durch das eingeklammerte «vorzeigbar» angedeutete Zensur – ebenso diskret ist die Mahnung, nur «vorzeigbare» Briefe zu schreiben – sagt uns, daß der hochwürdigste Herr Ficarra auch «nicht vorzeigbare» Briefe schrieb, in denen er die Dinge beim rechten Namen nannte. «Leider und zu meinem tiefen Bedauern», fährt der Kardinal fort, «muß ich Ihnen die Abschrift der Antwort der Konsistorialkongregation übermitteln, welche es nicht für angebracht hält, angesichts Ihres derzeitigen Gesundheitszustandes die vom verstorbenen Heiligen Vater Pius XII. getroffenen Verfügungen rückgängig zu machen.» In seinem Brief an den Kardinal Tedeschini schrieb der Kardinal Mimmi, der Nachfolger von Piazza, das Heilige Kollegium «schätze die Gaben des Geistes und des Herzens dieses ausgezeichneten Prälaten; doch, *omnibus perpensis*, ist es angesichts seines derzeitigen Gesundheitszustandes nicht der Auffassung, daß die seinerzeit von dem verstorbenen Heiligen Vater Pius XII. getroffene Verfügung rückgängig gemacht werden könne.»

Der hochwürdigste Herr Ficarra war mit dreiundsiebzig Jahren bei bester Gesundheit. Gott und Natur hatten den Beschluß des Kardinals Piazza und der Konsistorialkongregation, daß er gebrechlich sei, noch immer nicht zur Kenntnis genommen. Eben in diesem Jahr wurde in Canicattì das fünfzigste Jubiläum seiner Priesterweihe feierlich begangen; der Kardinal Ruffini ließ es sich zu dieser Gelegenheit nicht nehmen, in seiner Grußbotschaft Freude darüber auszudrücken, daß der hochwürdigste Herr Ficarra sich bei «bester Gesundheit» befinde.

Doch noch einmal «omnibus perpensis»: es ist wohl erwogen worden – mit Ausnahme der Gerechtigkeit, mit Ausnahme der Wahrheit. Noch einmal wurden Glaube, Hoffnung, menschliche Würde «gemahlen wie der Weizen».

In der anderen Kirche geschah unter dem gutmütigen, toleranten, scharfsinnigen, doch vielleicht auch wirren und Verwirrung stiftenden Chruschtschow etwas Ähnliches.

Nachbemerkung

«Ich würde nicht einmal einen Bischof umbringen», sagt eine Gestalt von Hemingway während des blutigen spanischen Bürgerkriegs von 1936 bis 1939, um ihre Milde zu beweisen; denn sie steht auf der gegnerischen Seite. Ich auch nicht, trotz der Rolle, die die Bischöfe in der Geschichte Siziliens und Italiens spielen und gespielt haben, einer ähnlichen, vielleicht schlimmeren Rolle als in Spanien. Niemals hätte ich jedoch geglaubt, daß ich eines Tages die Geschichte eines Bischofs – eines Sizilianers an der Spitze einer sizilianischen Diözese – erzählen würde, und zwar in apologetischem Ton und *ex abundantia cordis*: ohne Distanz, ohne Ironie, ohne Abneigung. Doch es wäre falsch, wenn der Leser dieses Büchleins (je nach Standpunkt des Beurteilers) auf eine Evolution oder Involution bei mir schlösse. Es ist ganz einfach das Folgende geschehen: Nachdem ich jahrelang in vielen Büchern die «schlechten» Priester verfolgt habe, bin ich notwendigerweise – ich will sagen: aus denselben Interessen und Sorgen, aus denen ich mich mit den «schlechten» beschäftigte – auf einen «guten» Priester gestoßen.

Meine Aufmerksamkeit für die Person und die Geschichte des Bischofs Ficarra wurde vor ungefähr fünfzehn Jahren geweckt. Damals hatte ich gerade das Buch *Kirchliche Feste in Sizilien* veröffentlicht – das erwartungsgemäß, wenn man die damalige und spätere

Entwicklung betrachtet, bei der Linken nicht auf Zustimmung stieß und bei der Rechten auf Mißbilligung, so daß mir sogar die Ehre eines Verrisses im *Osservatore romano* zuteil wurde –, und jemand erzählte mir von einem Bischof – den Artikel in *L'espresso* hatte ich entweder nicht gelesen oder vergessen –, der eine Studie, die als Ergebnis einer langen und schmerzlich erlittenen Erfahrung jene These von der Abneigung der Sizilianer gegen die christliche Religion bewies, die ich aufgestellt und die soviel Mißbilligung und Tadel hervorgerufen hatte, unveröffentlicht belassen hatte. Man forderte mich auch auf, dieses Manuskript zu suchen, doch ich tat nichts dergleichen, weil ich wußte, auf wieviel Mißtrauen man bei Verwandten stößt, wenn man nach Schriften eines Verstorbenen sucht, und das ganz besonders in Sizilien.

Doch wie immer bei Dingen, die uns wirklich interessieren und die wir wirklich wünschen, kamen die Unterlagen des Bischofs zu mir, ohne daß ich sie suchen mußte. Ja, sie *mußten* zu mir kommen. Es waren nicht nur die zwei Hefte der Handschrift über das religiöse Leben in Sizilien, sondern auch andere Manuskripte, gedruckte Broschüren, das Tagebuch aus den Jahren im Priesterseminar, viele Heftchen voller Notizen, Briefkonzepte und Briefe aus fünfzig Jahren. Unter den letzteren fiel mir eine Gruppe besonders auf: die Briefe der Konsistorialkongregation und des für diese zeichnenden Kardinals Piazza, die in ihrer Aufeinanderfolge zum Abbild der Verfolgung eines Gerechten vermittels der Lüge wurden. Man muß dazu sagen, daß derartige Briefe – «sub secreto» und mit der Androhung der großen Exkommunikation im Falle ihrer

Verbreitung – vielleicht zum erstenmal veröffentlicht werden, besonders weil es sich hier um Briefe aus einer uns nahen Zeit handelt. Gewöhnlich werden sie beim Tod des Empfängers sichergestellt; dies ist einer der wenigen Fälle, und vielleicht sogar die eine Ausnahme, wo dieser Versuch der Rücknahme nicht gelang.

Angelo Ficarra wurde am 7. Juli 1885 in Canicattì, einem großen und geschäftigen Ort der Provinz Agrigent (damals Girgenti) geboren. Der Vater, ein Analphabet, war Maurer in den Schwefelminen, was eine genauso gefährliche Arbeit wie die der Schwefelarbeiter war, ja sie war vielleicht noch gefährlicher, da im Innern der Schwefelgruben Stützmauern und Pfeiler errichtet werden mußten. (Ein Bruder des Vaters war unter einer plötzlich einstürzenden Wand ums Leben gekommen.) Da es in Canicattì ein technisches Institut gab, wurde Angelo dorthin geschickt, und er besuchte es bis zum Abschluß. Dann trat er ins Bischöfliche Seminar von Agrigent ein, und, so erinnert sich ein Mitschüler von damals, «er war anfangs kein sehr erbaulicher Jüngling, was die religiöse Seite betrifft». Aber wer weiß, was dieser einstige Mitschüler und spätere Monsignore unter erbaulich verstand. Im ersten Tagebuch aus der Seminarzeit lesen wir: «Am 20. Oktober habe ich endlich Canicattì verlassen, um ins Seminar einzutreten, in diese friedliche Stätte, die mich mit Jubel immer wieder ausrufen läßt: Haec est requies mea... Hic abitabo, quoniam elegi eam. Im Seminar, mein Gott, ist mein Geist Euch näher, mein Herz genießt tiefer die keuschen Freuden Eurer Liebe, mein Körper gehorcht ganz der Seele...»

Unvermeidlich war, daß im Seminar ein Musterbeispiel

der hinterlistigen und bisweilen streitsüchtigen klerikalen Macht vorherrschte, die eine Eigentümlichkeit der Hauptstadt jener alten Diözese war. Der wirkliche Name ihres Bischofs sagt uns heute nichts mehr, da uns der Name in Erinnerung geblieben ist, den ihm Pirandello in seinem Roman *Die Alten und die Jungen* gegeben hat: Exzellenz Montoro. Es ist also wahrscheinlich, daß das Betragen des jungen Theologen anfangs «nicht sehr erbaulich» war, weil er sich instinktiv im Gegensatz zu dieser Brutstätte eines dumpfen und reaktionären Klerikalismus fand, und sich später milderte und Abstand gewann durch ein gänzliches Versenken in Studien, in Meditation und Gebet (wie wir im übrigen aus seinem Tagebuch wissen).

Nach der Priesterweihe im Jahre 1908 machte er seine ersten, sehr lebendigen Erfahrungen als Pfarrer in Ribero, wo er auch eine kleine Zeitung veröffentlichte, die die Aufmerksamkeit von Luigi Sturzo und Napoleone Colajanni erregte. Und in seinem Briefwechsel mit einem befreundeten Priester schimmert in jenen Jahren ein Interesse für den *Modernismus* und auch ein gewisses Erschrecken über dessen Verurteilung durch Pius X. in der Enzyklika *Pascendi* durch. Aus jener Zeit, die er wohl intensiver erlebte, als aus seinen Papieren ersichtlich ist, blieb ihm ein Gefühl der Achtung für den Menschen und der Bewunderung für den Gelehrten Ernesto Bonaiuti, der seine Arbeit, insbesondere seine Studien über den Heiligen Hieronymus mit Aufmerksamkeit und Ratschlägen verfolgte.

Im Jahre 1914 promovierte er an der Universität Palermo mit einer Doktorarbeit über *Die Stellung des Heiligen Hieronymus in der Kulturgeschichte*. (Sie wurde später umgearbeitet und in zwei Bänden 1916 und 1930 veröffentlicht). Gleich darauf wurde er einberufen und leistete während des Ersten Weltkriegs Dienst in Militärkrankenhäusern. Nach seiner Rückkehr wurde er Pfarrer und dann Erzpriester in Canicattì, gleichzeitig unterrichtete er an öffentlichen Schulen. Im Jahre 1919, als er zum Erzpriester von Canicattì ernannt wurde, veröffentlichte er eine sorgfältige (und mit Lob bedachte) Sammlung, *Florilegium Hieronymianum*.

1934 wurde er zum Generalvikar der bischöflichen Kurie von Agrigent berufen und zwei Jahre später zum Bischof von Patti. In diesem Amt blieb er zwanzig Jahre, und es endete mit den bitteren Ereignissen, die wir berichtet haben. (Man könnte weit ausholen über die Geschichte dieses Bistums von Patti, das zu den ältesten Siziliens gehört und zu den verschiedensten Geschichten anregt, wie zum Beispiel der des Dichter-Bischofs Simon Rau, der dort, als galanter und melancholischer Mann von Welt, auf dramatische Weise in politische Ränke verwickelt, in einer Art Exil weilte. Zu ihm und zu vielen seiner Vorläufer und Nachfolger passen die dem Bischof zustehenden Titel auf das beste, die auch der hochwürdigste Herr Ficarra bei offiziellen und feierlichen Anlässen zu nennen hatte: «Graf von Librizzi, Baron von Gioiosa Marea, Fürst des Heiligsten Salvatore, Großkastellan zu Patti».)

Als Erzbischof von Leontopolis Augustamnica starb der hochwürdigste Herr Ficarra am ersten Juni 1959 in Canicattì. Unerwartet, als er gerade aus dem Haus ging. Und ohne einen Tag der «Gebrechlichkeit», bevor der Tod ihn ereilte.

Über Leontopolis Augustamnica und die Titularkirche von Leontopolis, zu deren Erzbischof der hochwürdigste Herr Ficarra ernannt worden war, haben wir nichts gefunden außer dem, was die *Katholische Enzyklopädie* mitteilt, und das betrifft nicht die Existenz einer «Titularkirche», auch nicht in ideeller Form, mit einem entsprechenden Erzbistum. Das Stichwort «Leontopolis» (ohne die Beifügung Augustamnica, und auch für sich allein ist Augustamnica nicht zu finden) nennt einen von Flavius Josephus so bezeichneten Ort, der dem heutigen Tell el-Jehudijjeh entspricht, das zirka dreißig Kilometer von Kairo und zwanzig Kilometer von dem antiken Heliopolis entfernt liegt. Dort hat es einen jüdischen Tempel gegeben, und Flavius Josephus berichtet von dessen Ursprung und Geschichte. Der Artikel, der den Bericht des antiken Geschichtsschreibers zusammenfaßt, schließt folgendermaßen: «Offensichtlich wurde der Kult des Tempels von Leontopolis als illegal betrachtet; die Opfer waren ungültig, seine Priester durften nicht am Tempel zu Jerusalem das Priesteramt ausüben, doch seltsamerweise behielten die ausdrücklich für ihn abgelegten Gelübde Gültigkeit. Der Tempel von Leontopolis hatte in Wirklichkeit wahrscheinlich wenig Bedeutung... er wurde nur irgendwie geduldet...»

Wäre es boshaft, wenn wir seitens der Kurie, der Konsistorialkongregation, des Kardinals Piazza in der Ernennung des hochwürdigsten Herrn Ficarra zum Erzbischof von Leontopolis eine gewisse Bosheit vermuten?

Italo Calvino im dtv

Foto: Isolde Ohlbaum

Das Schloß, darin sich Schicksale kreuzen

Der Schloßherr zieht ein Kartenspiel hervor, Tarockkarten. Und plötzlich scheinen die Figuren den Anwesenden zu gleichen. Calvino konstruiert aus den Karten einen magischen Reigen von Schicksalen. dtv 10284

Die unsichtbaren Städte

»Calvino entwirft im stilistisch knappen und eleganten Filigran seiner 55 Städteportraits eine Vision unserer Welt, in der Geschichte und Philosophie, Biologie und Ökologie, Linguistik und Semantik mit subtiler Genauigkeit integriert sind.« (Basler Zeitung)
dtv 10413

Wenn ein Reisender in einer Winternacht

Ein brillantes Verwirrspiel um einen Lesenden und eine (Mit-)Leserin, die von einer Geschichte in neun andere geraten. Kunst oder Leben, das ist keine Frage.
dtv 10516

Der Baron auf den Bäumen

Als Zwölfjähriger steigt der Baron auf eine Steineiche und wird bis zu seinem Tode nie mehr einen Fuß auf die Erde setzen. Ein mit immer neuen Einfällen und Phantasien angefüllter poetischer Roman, charmant, heiter, übermütig und klug.
dtv 10578

Der geteilte Visconte

Medardo di Terralba kehrt aus den Türkenkriegen im wahrsten Sinne in zwei Teile gespalten zurück. Zu allem Überfluß verlieben sich auch beide Hälften des Visconte, die gute wie die schlechte, in dieselbe Frau.
dtv 10664

Der Ritter, den es nicht gab

Innen hohl, besteht Ritter Agilulf nur aus Rüstung, Kampfgeist und Pflichtgefühl: das Musterbild eines ordentlichen Soldaten. »Ein Ritterroman, der mit allen Wassern des Unernstes gewaschen ist.« (Münchner Merkur)
dtv 10742

Herr Palomar

Herrn Palomars Leidenschaft ist das Betrachten; immer treiben ihn seine Phantasie und diskrete Neugier in wahrhaft abenteuerliche Denkspiralen und Selbstgespräche.
dtv 10877